1946 wird ein Kind im Nordwesten Deutschlands geboren. Der Vater ist Pole, Soldat der polnischen Besatzungsarmee, die in der britischen Besatzungszone agiert, die Mutter Deutsche. Die Liebe scheitert, der Soldat geht zurück nach Polen, und das Kind – ein Sohn – wächst ohne Vater auf. Erst viele Jahre später gibt es einen Kontakt. Und noch einmal viele Jahre später begibt sich Kolja Mensing, der Enkel, auf eine Spurensuche in Deutschland und Polen. Er entdeckt, dass Familiengeschichten nie so eindeutig sind, wie sie erzählt werden, und dass Krieg und Besatzungszeit auch seine Generation noch prägen.

70 Jahre nach dem Ende des Zweiten Weltkriegs beleuchtet »Die Legenden der Väter« darüber hinaus die historischen Umstände der polnischen Besatzungszone, die zwischen 1945 und 1947 im nördlichen Emsland und rund um Oldenburg und Leer existierte und über die heute nur wenig bekannt ist. Das Buch ist eine vollständig überarbeitete Neuausgabe mit einem aktuellen Nachwort des Autors.

KOLJA MENSING

DIE LEGENDEN DER VÄTER

VERBRECHER VERLAG

DRAUSSEN ist es längst Nacht. Die anderen haben sich tief unter ihren Decken vergraben, jemand hustet im Schlaf. Der junge Mann greift nach dem angebrochenen Päckchen mit den Zigaretten, das auf dem schmalen Ablagebrett unter dem Fenster liegt. Über der Tür des Zugabteils brennt eine Lampe, und sein Gesicht spiegelt sich in der dunklen Scheibe, über die der Regen feine Linien zieht. Józef Koźlik ist vierundzwanzig Jahre alt, doch er hat das weiche, blasse Gesicht eines kleinen Jungen. Selbst nach zwei Tagen im Zug sind auf seinen Wangen und rund um das Grübchen auf dem Kinn kaum Bartstoppeln zu erkennen. Erst die Zigarette macht ihn älter. Eine dunkle Haarsträhne fällt ihm ins Gesicht, als er sich vorbeugt, dem brennenden Streichholz entgegen. Józef kneift die Augen zusammen und zieht den Rauch tief in die Lungen.

Es ist kalt im Abteil. Er wickelt sich fester in die Wolldecke, die ihm ein Mitarbeiter der Militärmission beim letzten Halt in die Hand gedrückt hat, zusammen mit einem Becher lauwarmem Tee. Acht Stunden hatten sie in Lübeck auf dem Bahnhof gestanden, ohne aussteigen zu dürfen, vierhundert Männer in zwölf Waggons, bis die Verbindungsoffiziere noch einmal sämtliche Papiere durchgegangen waren und den Zug zur Weiterfahrt nach Stettin freigegeben hatten. Es ist einer der letzten Transporte mit polnischen

Soldaten, die aus Deutschland in ihre Heimat zurückkehren. Sie haben eine Wochenration Lebensmittel aus den Beständen der britischen Armee mit auf den Weg bekommen, englische Militärpolizisten mit weißen Handschuhen und einem Revolver am Gürtel haben den Zug bis zur Zonengrenze begleitet.

Die Polen tragen Zivil. Es wird schon lange nicht mehr gekämpft. Die meisten Soldaten sind in den ersten beiden Jahren nach dem Krieg zurückgegangen, zusammen mit den ehemaligen Zwangsarbeitern und Häftlingen aus den befreiten Lagern. Jetzt, im Dezember 1949, sitzen nur noch diejenigen im Zug, die keine Wahl haben, Schieber, die nach dem Krieg ein Vermögen gemacht haben, um es über Nacht wieder zu verlieren, gescheiterte Abenteurer, die sich durch das zerstörte Europa haben treiben lassen, bis ihr Heimweh so groß war, dass sie sich trotz der beunruhigenden Nachrichten aus Polen zuletzt doch noch in die Rückreiselisten der Militärmission eingetragen haben. Es riecht nach Enttäuschung und Verzweiflung in den Abteilen und nach Angst. Keiner der Soldaten weiß genau, was sie in Stettin erwartet, der Stadt, die vor dem Krieg zu Deutschland gehörte und jetzt ein polnischer Grenzort ist.

Józef ist auf dem Weg nach Steblau, einem Dorf in Oberschlesien. Dort lebt seine Mutter. Vor fünf Jahren hat er sie das letzte Mal gesehen, kurz nachdem sein Vater mitten im Krieg gestorben ist. Er zieht ein letztes Mal an der Zigarette, dann drückt er sie vorsichtig unter der hölzernen Sitzbank aus und wirft einen Blick auf den abgewetzten Koffer, der zu seinen Füßen steht. Er ist nur halb gefüllt, mit ein bisschen Kleidung, billigem Weinbrand, den er vor ein paar Tagen in Hamburg im Bahnhof gekauft hat, und einer Stange englischer Zigaretten. Im Seitenfach hat er eine goldene Taschenuhr verstaut, einer der letzten Wertgegenstände, die ihm geblieben sind.

Er richtet sich auf. Vorsichtig tastet er in der Innentasche seines Mantels nach dem braunen Umschlag, der ein paar zerknitterte Dollarnoten enthält, einen Bogen Briefpapier einer Firma namens Globus-Lichtspiele und eine Handvoll Schwarz-Weiß-Bilder. Ein Porträtfoto zeigt eine junge Frau mit dunklen Locken, und Józef wendet das Bild, um die Widmung auf der Rückseite zu lesen. Auf dem nächsten Bild sitzt die Frau mit einem Baby auf dem Arm in einem Park. Es sind Fotos wie aus einem Familienalbum. Józef trägt eine Uniform und schiebt einen Kinderwagen über eine Schotterstraße, dann wieder sieht man ihn und die Frau in einem Garten, unter hohen, alten Bäumen. Das Kind ist zwei Jahre alt, ein Junge mit blonden Locken. Er steht zwischen den Erwachsenen und hält sich an ihren Händen fest.

Józef holt ein Foto nach dem anderen hervor, und während er die Aufnahmen im schwachen Licht der kleinen Lampe im Abteil betrachtet, entsteht vor seinen Augen das Panorama einer norddeutschen Kleinstadt, mit einem Kirchturm, einem Bahnhof und einer halb zerfallenen

Schlossanlage, schmalen Straßen mit Kopfsteinpflaster, Obstgärten und duftendem Flieder. Er steckt die Bilder zurück in den Umschlag und greift zur Zigarettenschachtel. Vor dem Fenster des Abteils dämmert der Morgen.

ICH MOCHTE ES, wenn mein Vater mir Geschichten aus seiner Kindheit erzählte. Sein Großvater war Tischler gewesen, und mein Vater hatte oft ganze Nachmittage in der Werkstatt verbracht. Er spielte mit Holzresten, sortierte rostige Nägel in Kästen und Gläser und blätterte stundenlang in Musterbüchern und Katalogen für Messingbeschläge, Scharniere und Schlösser. Sein Großvater, er hieß Arnold, trug bei der Arbeit einen grauen Kittel, und mein Vater sah ihm gern über die Schulter, wenn er mit seinen Schnitzwerkzeugen aufwändige Verzierungen für Schränke und Kommoden anfertigte.

Die Erzählungen meines Vaters waren Berichte aus einem verzauberten Land. Auf den Hobelbänken lagen Werkzeuge mit klingenden Namen, Putzhobel und Fuchsschwänze, Schraubzwingen und Rundfeilen, und während in dem Leimtopf, der in der Mitte der Werkstatt auf einem Ofen leise köchelte, zähe Blasen aufstiegen und träge an der Oberfläche zerplatzten, lauschte mein Vater den einsilbigen Unterhaltungen der Gesellen, die sich in einer Art Geheimsprache über Maßzahlen und die Wahl der richtigen Holzsorte verständigten.

Die Hobelbänke standen im ersten Stock der Tischlerei. Im Erdgeschoss war die kleine Beizstube untergebracht, deren Wände von oben bis unten mit bunten Geldscheinen aus der Zeit der Inflation tapeziert worden waren. Hier arbeitete Karl, Arnolds jüngerer Bruder, und gleich daneben lag der Maschinensaal. Durch die Wand drangen die gefährlichen Geräusche der Hobelmaschine, der Furnierpresse und der Bandsäge, die vor dem Krieg von einer gewaltigen Dampfmaschine angetrieben worden waren und jetzt durch Elektromotoren in Gang gehalten wurden. Der Zutritt zu diesem Raum war meinem Vater streng verboten, und in der Werkstatt versuchte er immer wieder, einen Blick auf den verstümmelten Daumen des Altgesellen zu erhaschen, der sich vor langer Zeit an einer der Maschinen verletzt hatte und trotzdem geschickter als alle anderen mit Spitzbohrer und Winkel umgehen konnte.

Am Abend wurde es still in der Tischlerei. Die Maschinen verstummten. Der Lehrling fegte Sägemehl und Holzwolle zusammen, die Gesellen rauchten am Holzschuppen noch eine Zigarette. Während Arnold einen letzten Blick in das Auftragsbuch warf, lief mein Vater an den Johannisbeerbüschen vorbei über den Hof.

Auch diese letzten Stunden des Tages bekamen in seinen Erzählungen einen märchenhaften Glanz. Essensduft schlug ihm entgegen, wenn er das große Wohnhaus betrat. Arnolds Vater, der ebenfalls Tischler gewesen war, hatte vor dem Ersten Weltkrieg Möbel an ostpreußische Gutsbesitzer und Industrielle in ganz Deutschland verkauft. Er hatte sich in seiner Heimatstadt in der Nähe des Bahnhofs eine Bürgervilla im Stil eines englischen Landhauses mit verwinkeltem

Grundriss bauen lassen, mit einer Diele, die Halle genannt wurde, und einem Herrenzimmer mit Klavier und gerahmten Stichen an der Wand, in dem Gäste empfangen wurden. Jetzt schürte Anna, die Großmutter meines Vaters, in der Küche das Feuer und setzte eine schwere, gusseiserne Pfanne auf den Herd, um Bratkartoffeln mit Speck und Zwiebeln zuzubereiten. Sie holte Einmachgläser mit roter Beete, eingelegten Gurken und süßem Kompott aus dem schier unerschöpflichen Vorrat der Speisekammer, die sich in einem kühlen Kellerraum unter der Küche befand. Die Regale bogen sich unter der Last der Gläser mit Erbsen und Bohnen, auf dem Fußboden standen bauchige Flaschen mit selbst hergestelltem Obstwein.

Mein Vater schien sich an jede Einzelheit zu erinnern, an den dampfenden Becher mit heißem Kakao, der an seinem Platz bereits auf ihn wartete, wenn er abends ins Haus kam, an die strahlend weiße Kittelschürze seiner Großmutter, auf der niemals ein Fleck zu sehen war, an die Sticheleien zwischen seiner Mutter Marianne und ihrer jüngeren Schwester Eleonore, die noch ein Teenager war und von allen nur Lorchen genannt wurde, und an das braune Fläschchen mit Jodtinktur, aus dem Arnold nach dem Essen einige Tropfen in ein Glas Wasser gab. Er hatte einen empfindlichen Magen und schwor darauf, sich auf diese Art vor Krankheitskeimen zu schützen. Anschließend zog er sich ins Wohnzimmer zurück, legte sich auf die Chaiselongue und blätterte in einer zerlesenen russischen Grammatik.

Dann wurde mein Vater zu Bett geschickt. Er wusch sich am Spülstein in der Küche unter der Pumpe, dann ging er auf die Toilette, die im Stall neben der Küche untergebracht war und damals noch keine Wasserspülung hatte. Er lief durch die Diele in das Zimmer, das er sich mit seiner Mutter und Eleonore teilte, und bevor er einschlief, lauschte er auf die leisen Geräusche im Obergeschoss des Hauses. Dort hatten Arnolds Geschwister ihre Zimmer, der Junggeselle Karl, der in der Beizstube arbeitete, Rudolf, der Polsterer, und Lore, die ihren Mann an der Ostfront verloren hatte und am Ende des Krieges aus Berlin mit ihrem Sohn in ihr Elternhaus zurückgekehrt war. Arnolds Vater war bereits vor langer Zeit gestorben, aber seine Mutter, die Urgroßmutter meines Vaters, lebte noch. Auch sie hatte ein Zimmer im oberen Stockwerk, und mein Vater bekam sie nur zu Gesicht, wenn sie mit ihrem Nachtgeschirr in der Hand die Treppe herunterkam.

Anna, Arnold, Marianne und Lorchen spielten in der Küche Karten, bis es auch für sie Zeit war, sich schlafen zu legen. In manchen Nächten wachte mein Vater noch einmal auf, wenn sich leise die Tür öffnete und seine Mutter und ihre Schwester in das Zimmer kamen. Sie zogen sich im Dunkeln aus, lösten ihr Haar und warfen sich ihre Nachthemden über. Es gab nur zwei Betten. Marianne schlüpfte zu meinem Vater unter die Decke, und selbst im Sommer waren ihre Füße noch kalt vom Steinfußboden.

Mein Vater erzählte mir beim Abwaschen oder auf langen

Autofahrten von den Nachmittagen in der Tischlerei, von der Küche seiner Großmutter Anna und von dem Bett, in dem er auch dann noch gemeinsam mit seiner Mutter schlief, als er längst in die Schule ging. Ich war damals selbst noch ein Kind, und ich konnte nicht genug von diesen Geschichten bekommen. Sie vermittelten mir ein Gefühl von Geborgenheit. Ich glaubte fest daran, dass mir nichts passieren würde, solange mein Vater mit seiner tiefen Stimme in wenigen Sätzen die Zeit seiner Kindheit heraufbeschwören konnte. So nahe wie damals sollte ich ihm nie wieder sein.

DIE STADT, in der mein Vater aufgewachsen ist, heißt Fürstenau. Sie liegt im Nordwesten Deutschlands, im Niemandsland zwischen der niederländischen Grenze und den Dammer Bergen. In einem Autoatlas ist sie leicht zu finden, man muss nur der alten Bundesstraße 214 folgen, die vom Harz aus quer durch Niedersachsen in Richtung Westen verläuft. Ich selbst bin nie dort gewesen, und bis heute kommt es mir so vor, als ob Fürstenau in Wirklichkeit gar nicht existiert. Die ehemalige Garnisonsstadt, die in alten Urkunden Verstenowe, Fastenouwe oder Fürstenouwe genannt wird, gehört für mich in ein Land, das aus Zeit und Raum gefallen ist und das ich nur als Kind zusammen mit meinem Vater hatte betreten dürfen.

In der Mitte der Stadt befand sich ein Schloss, das von einem breiten Graben umgeben war, dem Schlossteich, und wenn die Schule vorbei war, lief mein Vater über die Brücke, die von zwei mächtigen alten Buchen begrenzt wurde und über den Schlossteich auf die Insel führte. Hier konnte man noch die Reste einer mittelalterlichen Befestigungsanlage erkennen, Bollwerke aus Sandstein und handgefertigten Ziegeln, die von Moos, Gras und Sträuchern überwuchert wurden. Mein Vater verbrachte ganze Nachmittage damit, die verborgenen Einstiege aufzuspüren, die in die Kellerräume unter dem Schloss führten. Mit einem Kerzenstummel in der Hand erkundete er die unterirdischen Gänge. Fledermäuse hingen von der Decke, und schwere Eisenringe erinnerten daran, dass hier einst Gefangene angekettet worden waren.

Atemlos hörte ich zu, wenn mein Vater von diesen Expeditionen berichtete. Ich spürte im Nacken den kalten Luftzug, der durch die Verliese strich, ich erschrak, wenn die Kerzenflamme zu flackern begann, wenn die Schatten sich aus den Ecken und Mauervorsprüngen lösten und über die feuchten Wände tanzten. Das Herz schlug mir bis zum Hals, wenn mein Vater schilderte, wie er glaubte, sich in den Gängen verlaufen zu haben, bis ich schließlich erleichtert mit ihm aufatmete, wenn im letzten Moment ein Streifen Tageslicht die Dunkelheit durchbrach und ihm den Weg zum Ausgang wies, so wie es Tom Sawyer ergangen war, als er und Becky Thatcher sich in der Höhle verlaufen hatten.

»Tom Sawyer« war eines der Bücher, die mein Vater mir vorgelesen hatte. Doch die Geschichten aus Fürstenau waren mir lieber. Ich durfte bei all den Streifzügen meines Vaters mit dabei sein. Ich schlich mit ihm durch raschelnde Kornfelder, Pfeil und Bogen griffbereit und eine Taubenfeder im Haar; ich sah ihm über die Schulter, wenn er aus einer Astgabel und einem alten Fahrradschlauch eine Steinschleuder bastelte und im Pottebruch, dem Stadtwald von Fürstenau, mit Kieselsteinen auf Krähen und Elstern schoss, die sich in den dichten Kronen der Laubbäume verbargen. An flirrenden, heißen Sommertagen lief ich mit meinem

Vater den kleinen Pfad an den Bahngleisen entlang, der aus der Stadt hinausführte. Ich begegnete bärbeißigen Gleisarbeitern und schweigsamen Streckenläufern, und ich bewunderte im Geiste die Kupfermünzen, die mein Vater auf die Schienen legte, um sie von den Rädern eines vorbeirauschenden Güterzuges zu hauchdünnen Kupferscheiben pressen zu lassen, die im Sonnenlicht in allen Farben schillerten.

Hinter dem Bahnhof, nur einen Steinwurf vom Güterschuppen entfernt, lag an einer schmalen Schotterstraße Arnolds Tischlerei. Am besten gefiel es mir, wenn mein Vater mir vom Alltag in der Werkstatt und im Haus seiner Großeltern erzählte, auch wenn es im Grunde genommen nur einige wenige Begebenheiten waren, die er zu immer neuen kleinen Geschichten zusammensetzte. Er hatte als Kind eine Wasserpistole besessen, die er in Karls Beizstube heimlich mit einer der ätzenden Flüssigkeiten gefüllt hatte, um Jagd auf die Fliegen zu machen, die hinter der Tischlerei auf der Bretterwand des Holzschuppens in der Sonne saßen. Dann gab es Rex, den ungestümen Schäferhundmischling, der in einer Hütte neben der Garage gehalten wurde, in der Arnolds Borgward Isabella stand. Einmal hatte mein Vater den Hund von seiner rostigen Kette befreit und ihn anschließend mit einem Stück altem Seil wie ein Zugpferd vor einen Handwagen gespannt, nur um nach einer kurzen und halsbrecherischen Fahrt vor dem Haus im Graben zu landen. Es war Anna, seine Großmutter, die seine blutigen Knie und Hände mit Wundpflaster versorgte, um ihm dann in der Küche eine Scheibe frisches Brot mit Butter und Zucker zu machen. Sie hielt den Laib fest an die Brust gepresst, wenn sie es schnitt, so wie sie es auf dem Bauernhof gelernt hatte, auf dem sie aufgewachsen war.

Im Sommer nahm Anna meinen Vater auf dem Fahrrad mit in den Pottebruch, um Blaubeeren zu sammeln, die hier in der Gegend Bickbeeren genannt wurden. Sie kannte die besten Stellen, und abends wurden die Beeren zusammen mit frischer Dickmilch gegessen, die den Tag über mit einem Geschirrtuch bedeckt in einer großen Schüssel auf den warmen Stufen des Hauses gestanden hatte. Aus Johannisbeeren und Himbeeren machte Anna Saft, den sie auf Flaschen zog oder zu Obstwein vergor, und im Spätsommer, nach den ersten Regenfällen, zog sie los, um Steinpilze zu suchen. Im Herbst röstete sie Esskastanien auf dem Ofen, und im Winter verrührte sie Sahne, Zucker und Schnee zu Eiscreme, die sie am Sonntag zum Nachtisch servierte.

In den Erinnerungen meines Vaters wurde seine Kindheit zu einem endlos langen Ferienaufenthalt bei den Großeltern. Es war ein einziges Idyll, und ich wäre nie darauf gekommen, ihn zu fragen, warum seine Mutter Marianne in den Geschichten aus Fürstenau nur am Rande vorkam und warum von einem Vater nie die Rede war. Stattdessen bat ich ihn immer wieder, mir eine jener vielen Geschichten zu erzählen, die ich längst auswendig kannte.

Fürstenau war eine Geisterwelt, bevölkert von Menschen, von denen ich die meisten nie selbst kennengelernt habe. Eleonore zum Beispiel, die jüngere Schwester meiner Großmutter, kannte ich nur aus den Geschichten meines Vaters, bei Geburtstagen und anderen Festen im Haus meiner Großeltern war sie nicht zugegen, obwohl ihr Name gelegentlich fiel und alle sie weiterhin Lorchen nannten.

Auch an Anna, die Großmutter meines Vaters, habe ich keine Erinnerungen, nur an Arnold, ihren Mann. Er war 1977 gestorben, und die letzten Jahre seines Lebens hatte er bei seiner Tochter Marianne gelebt. Wenn wir sonntags bei ihr zu Besuch waren, saß er im Wohnzimmer in einem Schaukelstuhl, eine hellblaue Wolldecke über den Beinen. Manchmal fuhr er mir mit seiner zittrigen Hand über den Kopf, aber die meiste Zeit döste er vor sich hin. Er war weit über achtzig Jahre alt. An den Gesprächen am Kaffeetisch nahm er nicht teil, und wenn er doch einmal etwas sagte, drangen nur unzusammenhängende Worte aus seinem zahnlosen Mund.

Arnold war Jahrgang 1891. Er hatte als Minenwerfer am Ersten Weltkrieg teilgenommen, und als er zurück nach Fürstenau kam, war sein Vater gestorben. Anstatt sein Studium an der Kunstgewerbeschule in Düsseldorf zu Ende zu bringen, übernahm Arnold die Tischlerei in Fürstenau. Mit dem Krieg müssen ihn glückliche Erinnerungen verbunden haben, denn 1939 ging er noch einmal an die Front. Er war mit achtundvierzig Jahren bereits zu alt, um als

Wehrpflichtiger eingezogen zu werden, doch er meldete sich gleich nach Kriegsausbruch freiwillig zum Einsatz.

Arnold war als Offizier mit der Wehrmacht in Frankreich und in Russland. Auf dem Vormarsch in Richtung Osten sah er bei Smolensk die Reste der Brücken, die Napoleon hier einst hatte über den Dnjepr bauen lassen, und an einem klaren Tag im November des Jahres 1941 waren vor ihm am Horizont die Stadtmauern von Moskau aufgetaucht, kurz bevor die deutschen Truppen zurückgedrängt wurden und bei Schnee und Eis den Rückzug antreten mussten. Arnold hatte ein Baubataillon mit Turkmenen, Afghanen und Usbeken angeführt, die auf die deutsche Seite übergelaufen waren. Aus dieser Zeit stammten seine Russischkenntnisse, die er aus dem Krieg mit nach Hause gebracht hatte und mit Hilfe der Grammatik aufrechtzuerhalten versuchte.

Wenn mein Vater von seinem Großvater sprach, nannte er ihn Atti, nicht Opa Atti, einfach nur Atti. Lange Zeit hatte ich geglaubt, dass es sich um eine Kurzform von Arnold handele, denn auch die anderen Erwachsenen nannten ihn so. Erst als die Kindheitserinnerungen meines Vaters erste Kratzer und Schrammen bekamen, verstand ich, dass dem Namen eine Verwechslung zugrunde lag. Als mein Vater sprechen lernte, nannte er seine Mutter Mutti, seine Großmutter Oma und für seinen Großvater, der die Rolle seines Vater eingenommen hatte, benutzte er das Wort Atti, eine kindliche Form von Vati. Korrigiert hat ihn niemand.

Eine der Geschichten meines Vaters drehte sich um eine Konfektschachtel, die Arnold von einer seiner seltenen Geschäftsreisen mitgebracht hatte. Ein Schokoladenfabrikant im Ruhrgebiet hatte sich den Tischler aus Fürstenau empfehlen lassen, der sich auf altdeutsches Schnitzwerk verstand. Es ging um einen lukrativen Auftrag, ein Erbe aus der Zeit, als die Tischlerei in Fürstenau unter Arnolds Vater noch Kunden überall in Deutschland beliefert hatte, und als er nach Hause kam, hatte er nicht nur eine stattliche Anzahlung in der Tasche, sondern auch eine Schachtel Pralinen aus der Herstellung des Fabrikanten im Gepäck.

Das war etwas Besonderes. Die Speisekammer im Keller war immer reich gefüllt, und Anna kochte mehrmals in der Woche in großen Töpfen Vanillepudding, zu dem es eingeweckte Kirschen und Mirabellen gab. Doch gekaufte Süßigkeiten waren eine Seltenheit, und Arnold hatte das Konfekt darum an einem sicheren Ort versteckt. Eines Abends, als mein Vater, seine Mutter und Eleonore allein zu Hause waren, machten sie sich auf die Suche. Sie rissen die Schubladen sämtlicher Kommoden und Schränke auf, bis sie sich schließlich gierig eine Handvoll Pralinen in den Mund stopfen konnten. Wenn mein Vater mir davon erzählte, wirkte es nicht, als seien Mutter, Sohn und Tante, sondern drei Geschwister durch das Haus getobt, außer Rand und Band, weil sie der elterlichen Aufsicht entkommen waren.

Selbst wenn es Streit zwischen meinem Vater und seiner Mutter gab, war es so, als würden eine ältere Schwester und ihr kleiner Bruder aneinandergeraten. Am Wochenende ging es oft hoch her, wenn in der Waschküche ein großer Kessel mit Wasser erhitzt wurde und mein Vater gebadet werden sollte. Dampfschwaden füllten den Raum, der Boden des Kessels, in dem sonst Wäsche ausgekocht wurde, war glühend heiß, und Marianne traktierte ihn so lange mit einer harten Bürste, bis er splitternackt und krebsrot vom heißen Wasser in den Garten lief und sich im hohen Gras zu verbergen suchte. Ein anderes Mal flüchtete er sich nach einer Auseinandersetzung auf das Dach der Garage und winkte seiner Mutter von oben herab triumphierend zu. Mein Vater hatte sie ausgetrickst wie ein kleiner frecher Bruder seine ältere Schwester.

Es waren Erinnerungen an harmlose Kinderspiele, zumindest kam es mir damals so vor. Mein Vater hatte mich zu seinem Komplizen gemacht. Indem ich ihm zuhörte, half ich ihm dabei, die Illusion aufrechtzuerhalten, dass es die heile Welt seiner Kindheit tatsächlich gegeben hatte. Dass noch ein anderer, bedrohlicher Ton in diesen Geschichten mitschwang, bemerkte ich erst sehr viel später. Erst einmal kam Józef ins Spiel.

ICH WAR sechs Jahre alt, als ich den Namen Józef Koźlik zum ersten Mal hörte. Es war an einem Sonntagabend, nach einem Besuch bei meinen Großeltern.

Mein Großvater war ein vermögender Mann. Er trug goldene Manschettenknöpfe, fuhr eine dunkelblaue Mercedes-Limousine mit holzverkleideten Armaturen, und zu dem großzügigen Anwesen, das meine Großeltern bewohnten, gehörten eine Veranda mit einer Hollywoodschaukel und ein beheizter Swimmingpool. Ich verbrachte den Tag vor dem Fernseher im Gästezimmer, und bevor wir am Abend wieder abfuhren, nahm mein Großvater mich beiseite und steckte mir einen Zehnmarkschein zu.

Damals kam mir der Luxus, in dem meine Großeltern lebten, normal vor. Mir fiel auch nicht auf, dass mein Vater meine Großmutter mit »Mutti« ansprach, meinen Großvater dagegen immer nur bei seinem Vornamen nannte. Über die angespannte Stimmung, die nach den Besuchen bei meinen Großeltern auf der Rückfahrt zwischen meinen Eltern herrschte, machte ich mir ebenfalls keine Gedanken. Sie stritten auch an anderen Tagen.

An einem dieser Sonntage kam mein Vater abends noch einmal in mein Zimmer. Er hatte mir vorgelesen, wie jeden Abend, und eigentlich hätte ich bereits schlafen sollen. Er schaltete die Lampe auf dem Nachttisch wieder an, setzte sich an mein Bett und erklärte mir, dass der Mann meiner Großmutter nicht sein leiblicher Vater sei, sondern sein Stiefvater. Mein richtiger Großvater sei ein Pole namens Józef Koźlik, der während des Krieges als Soldat nach Deutschland gekommen sei.

Es war eine abenteuerliche Geschichte. Mein Vater erzählte mir, dass mein Großvater als junger Mann nach dem Überfall der Deutschen auf Polen sein Heimatland verlassen habe. Er sei mit falschen Papieren über die Karpaten nach Ungarn, Rumänien und Jugoslawien bis nach Griechenland geflohen und habe sich schließlich in Palästina den britischen Truppen angeschlossen, um gegen die Deutschen zu kämpfen. Als der Krieg vorbei gewesen sei, erklärte mein Vater mir, sei Józef mit der britischen Armee nach Deutschland gekommen und habe in Fürstenau meine Großmutter kennengelernt. Sie hätten ein Kind bekommen, ihn, meinen Vater. Kurz darauf sei Józef nach Polen zurückgekehrt. Meine Großmutter sei im Haus ihrer Eltern geblieben, er selbst könne sich nicht an seinen Vater erinnern.

Das war die Geschichte, so wie mein Vater sie mir erzählte. Er löschte das Licht und ging aus dem Zimmer. Die Tür zum Flur ließ er angelehnt, wie jeden Abend. Nicht alles verstand ich sofort. Mir blieb zunächst nur das Bild von einem jungen Mann im Kopf, der durch eine mondlose Nacht lief, im Schutz der Dunkelheit auf Züge aufsprang und sich tagsüber in verfallenen Scheunen und unter Brücken versteckte.

Mein Vater erzählte mir dann immer wieder von Józef. Mit der Zeit prägten sich mir alle Details ein, die falschen Papiere, die Ziegenhirten, die die alten Wege durch die Berge kannten, die flirrende Hitze in den Camps in Palästina, Orte wie Tobruk und Monte Cassino, an denen mein Großvater Seite an Seite mit englischen Soldaten gekämpft hatte.

AN EINEM DIENSTAG im Oktober beschloss mein Vater, von zu Hause auszureißen. Er war zwölf Jahre alt. Er aß das Mittagessen, das Anna im Ofen für ihn warm gehalten hatte. Anschließend brachte er seinen Ranzen in das Schlafzimmer, das er sich jetzt nur noch mit seiner Mutter teilte. Mariannes Schwester hatte im Jahr zuvor die Schule beendet und das Haus verlassen, um zu studieren. Hastig suchte mein Vater Unterwäsche, Socken und einen warmen Pullover zusammen und lief mit dem Bündel die Treppe in den ersten Stock hinauf und weiter bis zum Dachboden. Aus einer der Holzkisten zog er den alten Seesack hervor, den ein Verwandter in den Jahren nach dem Krieg in Fürstenau zurückgelassen hatte.

Anna arbeitete im Garten, und mein Vater schaffte aus der Speisekammer ein Glas eingemachte Kirschen und eine Packung Zwieback auf den Dachboden. Im Laufe des Nachmittags füllte sich der Seesack. Mein Vater packte eine Wolldecke und einen Esbit-Kocher ein und auch sein Taschenmesser, nachdem er mit der längeren der beiden Klingen ein paar Münzen aus dem Sparschwein geangelt hatte, das im Schlafzimmer auf der Frisierkommode stand. Abends schlich er sich ein letztes Mal auf den Dachboden. Er trug den Seesack nach unten und warf ihn kurzerhand aus dem Fenster in den Garten, um ihn anschließend im Schutz der

Dunkelheit zwischen den Ligustersträuchern am Bahndamm zu verbergen.

Am nächsten Morgen wurde er erst spät wach. Mittwochs musste er nicht zur Schule. Es gab zu wenige Lehrer in den Fünfzigerjahren, weil viele Männer im Krieg gefallen waren, und am Gymnasium war der Unterricht so lange zusammengestrichen worden, bis schließlich ein ganzer Tag für schulfrei erklärt worden war. Marianne hatte damals gerade angefangen, als Sekretärin in einer Eisenwarenhandlung in Rheine zu arbeiten. Sie verließ das Haus früh am Morgen, und als Anna in die Stadt gegangen war, um auf dem Markt und in Knockes Kolonialwarenladen Einkäufe zu erledigen, holte er sein Fahrrad aus der Garage. Er schob es aus der Einfahrt und sah sich vorsichtig nach allen Seiten um, bevor er den Seesack aus dem Gebüsch zog, ihn auf den Gepäckträger warf und den Bahndamm entlang hinaus in die Felder fuhr.

Mein Vater muss an jenem Mittwoch im Oktober rund hundert Kilometer mit seinem Fahrrad zurückgelegt haben. Die Ausläufer des Teutoburger Waldes hinter Osnabrück hatten ihn viel Kraft gekostet. Er war erschöpft, und mit der Müdigkeit kamen die Zweifel. Er war sich längst nicht mehr sicher, ob er die Nacht wirklich allein am Rande eines Feldes verbringen wollte, in eine Wolldecke gewickelt, den Kopf auf dem rauen Stoff des Seesacks. In einer kleinen Ortschaft hielt er an einem Gasthof. Er setzte sich an einen Tisch in der Ecke, kratzte seine letzten Pfennige zusammen und bestellte ein Glas Limonade. Es war Abend, mein Vater war zwölf Jahre alt, und der Wirt hatte ihn noch nie gesehen. Er musste nicht viele Fragen stellen, um herauszubekommen, dass der Junge, der in seiner Schankstube saß, von zu Hause weggelaufen war. Er griff zum Telefon, und eine Stunde später traf Marianne in Arnolds Borgward ein.

Das war das Ende des Abenteuers, zumindest in der ersten Version dieser Geschichte. Später, nachdem mein Vater mir von Józef erzählt hatte, bekam die Geschichte einen neuen Schluss. Als Marianne in Fürstenau in der Küche den Seesack auspackte, fand sie darin nicht nur Kleidungsstücke, den Campingkocher, ein leeres Kompottglas und eine angebrochene Packung Zwieback, sondern auch einen Schulatlas. Auf der Karte, die den nördlichen Teil Deutschlands zeigte, hatte mein Vater mit einem Bleistift die Route eingetragen, die er in den nächsten Tagen und Wochen mit dem Fahrrad hatte zurücklegen wollen.

Der schmale, graue Strich führte über Osnabrück, Hannover und Berlin und von dort aus immer weiter nach Osten. Mein Vater hatte im Oktober 1958 nicht einfach nur von zu Hause weglaufen wollen. Er hatte ein ganz konkretes Ziel gehabt: Er war auf dem Weg nach Polen gewesen.

Ich hatte mir gewünscht, dass es eine einfache Geschichte werden würde. Eine junge Frau lernt kurz nach dem Krieg einen polnischen Soldaten kennen. Für beide ist es die erste große Liebe. Sie bekommen ein Kind, doch dann kehrt der

Soldat zurück in sein Heimatland. Der Frau bricht es das Herz, sie verliert nie wieder ein Wort über den Mann, und für den Sohn bleibt der Vater für immer ein Geheimnis. Doch die Geschichte von meinem Vater und meinem polnischen Großvater ließ sich nicht in wenigen, überschaubaren Sätzen zusammenfassen.

1953, mit sechs Jahren, sollte mein Vater zu Ostern eingeschult werden. Die Volksschule lag nicht weit vom Haus seiner Großeltern entfernt an der Bahnhofstraße, auf der anderen Seite der Gleise. Das große Gebäude mit den spitzen Giebeln beherbergte gleich zwei Schulen, eine evangelische Volksschule im rechten Flügel und eine katholische im linken; eine Mauer teilte den Schulhof. Marianne war evangelisch, genau wie ihre Eltern, und mein Vater würde eine Klasse im rechten Flügel des Schulgebäudes besuchen. Es gab nur ein Problem. Er war noch nicht getauft.

Die Zeremonie fand zu Hause statt. An einem grauen Nachmittag im Januar traf der Pastor ein, und die Familie versammelte sich im Herrenzimmer, hinter zugezogenen Gardinen. Auch Großonkel Rudolf war da, der mittlerweile eine Wohnung in der Nähe seiner Polsterwerkstatt bezogen hatte. Es war eine seltsame Stimmung, was nicht nur daran lag, dass Rudolf und Anna sich nicht leiden konnten. Alles ging sehr schnell, ohne viele Worte. Der Pastor sprach das Glaubensbekenntnis, sprengte Wasser über den Kopf meines Vaters, und anschließend gab es eine Tasse Kaffee.

Mein Vater spürte, dass etwas nicht in Ordnung war,

doch niemand erklärte ihm den Grund dafür, dass er mitten in der Woche in aller Stille zu Hause getauft wurde und nicht am Sonntagmorgen in der Kirche. Dass es dabei um den Vater ging, den er nicht hatte, begann er erst zu ahnen, als er wenige Wochen später in die Schule kam.

Viele Kinder wuchsen damals ohne Vater auf. Die jüngeren von ihnen waren auf einem der letzten Fronturlaube gezeugt worden, bevor der Krieg in seine letzte Phase getreten war und noch einmal unzählige Soldaten gefallen waren. Doch mein Vater war nach dem Krieg geboren worden, im August 1946, und als er im Frühjahr 1953 in die Schule kam, war er das einzige Kind in seiner Klasse, das auf die Frage des Lehrers nach Namen und Beruf des Vaters keine Antwort geben konnte.

Das Feld in der rechten Spalte des Klassenbuchs blieb leer. Erklärungen gab es keine. Dafür sei sie zuständig, sagte Marianne, wenn sie auf einer Behörde oder bei einem Arztbesuch nach dem Vater ihres Kindes gefragt wurde, in einem Tonfall, der keine Nachfragen zuließ. Mein Vater begriff früh, dass es einen Bereich im Leben seiner Mutter gab, an den er besser nicht rührte.

Er bemerkte auch, dass über ihn geredet wurde. Die Gesellen tuschelten, wenn er nach der Schule in der Werkstatt saß und mit seinem Taschenmesser aus einem Stück Holz eine Pistole schnitzte, und das Gespräch brach ab, wenn er zu ihnen hinübersah. Nachbarn wechselten Blicke, wenn er sich mit einem Fußball unter dem Arm an ihnen vorbei in Richtung Sportplatz auf den Weg machte, ältere Schüler ließen in der Pause anzügliche Bemerkungen fallen, die er nicht verstand.

Mein Vater besuchte noch immer die Volksschule, als er sich an einem Samstagnachmittag durch den Liguster am Bahndamm zwängte, mit zwanzig Pfennig in der Tasche, die er von Arnold bekommen hatte, um sich Limonade zu kaufen. Er betrat die Bahnhofsgaststätte. In einer Ecke des dunklen Schankraums fiel eine Bemerkung, und die Wirtin brachte die Männer, die dort beim Bier saßen, mit einer erschrockenen Geste zum Schweigen. An diesem Tag hatte mein Vater zum ersten Mal das Wort »Polenkind« gehört, das ihn von nun an begleiten sollte und das ihn schließlich, als er dessen volle Bedeutung begriffen hatte, dazu brachte, sich mit dem Fahrrad auf die Suche nach seinem Vater zu machen.

Eines hatte er gleich verstanden. Ihm haftete ein Makel an. Es gab ein dunkles, unaussprechliches Geheimnis, das seine Herkunft betraf, und das Gefühl der Scham, das ihn seitdem begleitete, verschloss ihm den Mund.

Mein Vater fragte weder seine Mutter noch seine Großeltern, was es mit seinem Vater auf sich habe, und auch als er mir später von ihm erzählte, geschah das nur unter dem Siegel der Verschwiegenheit. An jenem Sonntagabend nach dem Besuch bei meinen Großeltern hatte er mir eingeschärft, die Geschichte von Józef Koźlik für mich zu behalten. Ich sollte mit niemandem darüber sprechen, vor allem nicht mit meiner Großmutter. Damit war der Bund zwischen uns endgültig besiegelt. Wir teilten ein Geheimnis, das sich wie eine schützende Mauer um die Welt legte, in der wir beide zu Hause waren.

Als Kind interessierte mein Vater sich für alles, was mit dem Militär zu tun hatte. Arnold erzählte oft von seiner Zeit in Russland, wenn er mit anderen Männern zusammensaß, die ebenfalls im Krieg gewesen waren, und mein Vater hockte dann auf den Treppenstufen, die von der Halle hinunter in die Küche führten, und spitzte die Ohren.

Er las die Groschenhefte mit den Landser-Geschichten, die in der Schule während der Pause getauscht wurden, er verfolgte in den Illustrierten seiner Mutter die Vorabdrucke der Romane, die in Stalingrad spielten, und mit einem aus einem Stück Draht gebogenen Dietrich verschaffte er sich heimlich Zugang zu dem verschlossenen Schrank auf dem Dachboden, der vollgestopft war mit Büchern aus den ersten Jahren des Krieges, mit reißerischen Berichten über die ersten, siegreichen Feldzüge der Wehrmacht.

Dann kam die Bundeswehr nach Fürstenau. Es waren die Jahre der Wiederbewaffnung, und auf dem Gelände am Fuß des Fensterbergs, den mein Vater im Winter mit dem Schlitten hinabfuhr, wurde eine Kaserne gebaut. Zivilpersonal wurde gesucht. Marianne bewarb sich im Frühjahr 1959 bei der Standortverwaltung als Sekretärin und wurde angenommen. Im Büro einer hundertfünfzig Mann starken

Flugabwehrbatterie schrieb sie Dienstpläne ins Reine, nahm Urlaubsanträge entgegen und ließ sich vom Hauptmann der Einheit Beurteilungen für die Personalakten diktieren. Zweimal, manchmal dreimal in der Woche stellte sie Materialanforderungen und Versorgungslisten zusammen, die ein motorisierter Kurier zum Bataillonsstab brachte, im Austausch gegen eine versiegelte Mappe mit Tagesbefehlen.

In der Kaserne gab es auch eine Truppen-Bibliothek, ein kleines Zimmer neben einem der Aufenthaltsräume für die Mannschaften, und mein Vater drängte Marianne, ihm aus diesen Beständen etwas zum Lesen mitzubringen. Eines Abends kam sie tatsächlich mit einem dicken, hellblau gebundenen Buch nach Hause. Es war eines der vielen Erinnerungsbücher an die Schlachten des Zweiten Weltkriegs, die in den Fünfzigerjahren erschienen, und handelte vom Kampf um Monte Cassino.

Mein Vater teilte sich nun nicht mehr das Bett mit seiner Mutter. Nach dem Tod der Urgroßmutter hatte er im ersten Stock des Hauses sein eigenes Zimmer bekommen. Hierher zog er sich zurück, um das Buch an einem einzigen Wochenende zu verschlingen. Neben ihm lag der aufgeschlagene Schulatlas. Mein Vater suchte die nordafrikanischen Häfen, von denen aus die Schleppzüge mit den britischen und amerikanischen Einheiten nach Sizilien übersetzten, er verfolgte den Weg der deutschen Einheiten, die hastig in Italien zusammengezogen wurden, um eine Verteidigungslinie zwischen Rom und Neapel aufzubauen, und er markierte den wichtigsten strategischen Punkt dieser Linie mit dem Bleistift, den 516 Meter hohen Klosterberg Monte Cassino. Die letzten, entscheidenden Gefechte fanden im Mai des Jahres 1944 statt.

Auch ich habe das Buch gelesen. Ich hatte bei einem Antiquar eine alte Ausgabe entdeckt, und einiges darin kam mir vertraut vor.

Im Jahre 1941 hatte die polnische Exilregierung ein Abkommen mit der Sowjetunion ausgehandelt. Der General Władysław Anders bekam die Erlaubnis, in Russland aus Kriegsgefangenen eine Armee zusammenzustellen. Die Rekruten, die aus ihren Lagern am Eismeer und in Sibirien entlassen worden waren, sammelten sich in Busuluk an der Wolga und Jangijul in Usbekistan, in Tozkoje und Tatischtschewo, um mit den Schiffen der russischen Kriegsmarine über das Kaspische Meer in die iranische Hafenstadt Bandar Pahlawi gebracht zu werden.

In Khanaqin befand sich ein Ausbildungslager der britischen Armee. Hier wurden die Soldaten, die aus Russland kamen, mit den Resten der polnischen Armee vereinigt. Einzelne Einheiten hatten sich nach der Niederlage gegen die Wehrmacht im Winter 1939 über den Balkan bis nach Griechenland durchgeschlagen – und weiter bis in das britische Mandatsgebiet Palästina.

Im Iran wurde das II. Polnische Korps aufgestellt, das bald nur noch »Armia Andersa« genannt wurde, die Anders-Armee. Die Soldaten wurden nach Kairo verlegt, um in Nordafrika drei Jahre lang mit den Briten gegen deutsche und italienische Truppen zu kämpfen, unter anderem in Tobruk.

Im Frühjahr 1944 kamen sie nach Italien. Die polnischen Soldaten sollten die deutschen Stellungen rund um das Kloster Monte Cassino stürmen. Es gelang ihnen, wenn auch unter schweren Verlusten. Am frühen Morgen des 18. Mai wehte die polnische Fahne über den Trümmern des Klosters. Ein knappes Jahr später, auch das stand in dem Buch, sollte ein Teil der Anders-Armee im Gefolge der britischen Armee im Norden Deutschlands einmarschieren.

Mein Vater war dreizehn Jahre alt, als er zum ersten Mal etwas über die polnischen Soldaten erfuhr, die auf der Seite der Alliierten gekämpft hatten. Die Legenden, die sich um die Schlacht von Monte Cassino rankten, waren die Grundlage für die Geschichte von meinem polnischen Großvater.

Es sollte einige Zeit dauern, bis ich sämtliche Teile zusammengesetzt hatte, die Andeutungen und Hinweise, die meinen Vater seine ganze Kindheit über begleitet hatten. Doch das Buch, das Marianne meinem Vater aus der Bibliothek der Kaserne mitgebracht hatte, hatte seine Fantasie wohl am meisten beflügelt. Von jetzt an sah er seinen Vater in den Reihen der Anders-Armee marschieren.

IN ROMANEN, in denen es um Familien und ihre Geschichte geht, wird gerne ein bestimmter Moment beschrieben, an dem der Erzähler unvermittelt Einsicht in eine dunkle Vergangenheit erhält. Es kann die unabsichtliche Bemerkung eines Verwandten sein, ein altes Foto, das ein neues Licht auf den Vater oder den Großvater, die Mutter oder die Großmutter wirft.

Ich habe diesen Moment nie erlebt. Alles hatte offen zutage gelegen. Ich hatte das Geflecht von widersprüchlichen Geschichten und einzelnen, unverbundenen Erinnerungen lange Zeit einfach nur nicht hinterfragt.

Ich war dreiunddreißig Jahre alt, als ich zum ersten Mal nach Polen kam. Ich hatte ein Stipendium bekommen und verbrachte drei Monate im Gästehaus einer alten Villa am Stadtrand von Krakau. Ich verbrachte die Tage auf meinem Zimmer, sah auf die Bäume des Parks, der sich vor meinem Fenster erstreckte, und versuchte zu arbeiten. Ich wollte Schriftsteller werden, aber ich hatte nie vorgehabt, ein Buch über Józef zu schreiben. Für mich war mein polnischer Großvater nichts als eine Fantasiefigur, ein Held aus einer Erzählung, die mich als Kind gefesselt und die dann ihre Anziehungskraft verloren hatte.

In Krakau saß ich an einem Band mit Kurzgeschichten, über Menschen, die in großen Städten leben, über die kleinen Lügen, die ihren Alltag zusammenhalten, und über Beziehungen, die wortlos enden.

Abends traf ich mich mit den anderen Stipendiaten in der Küche des Gästehauses. Wir waren zu sechst, Deutsche, Ukrainer und Polen. Wir tranken Wodka mit Apfelsaft und bemühten uns, nicht über die Arbeit zu sprechen, die wir tagsüber hinter verschlossenen Türen verrichteten.

Trotzdem ging es spät am Abend dann doch immer wieder darum, ob die Literatur die Wirklichkeit abbilden sollte oder sie neu erfinden müsste. Dann redeten wir die ganze Nacht hindurch, in betrunkenem Englisch, bis der Rauch unserer Zigaretten den Feuermelder in dem denkmalgeschützten Gebäude auslöste.

Kurz bevor ich nach Polen gefahren war, hatte mein Vater mir die Zigarrenkiste gegeben, in der er Józefs Briefe und Postkarten aufhob. Als Kind hatte ich die Schachtel immer wieder in der Hand gehabt, wenn ich im Arbeitszimmer meines Vaters spielte und die Schubladen seines Schreibtischs aufzog, während er über Unterrichtsvorbereitungen und Korrekturen saß. Sogar der leichte Tabakgeruch, kühl und bitter, der nach all den Jahren noch immer an ihr haftete, kam mir vertraut vor.

Trotzdem hatte ich nicht gewusst, dass mein Vater und Józef über zehn Jahre hinweg Briefe gewechselt hatten, von 1973 bis 1984, genau in der Zeit, in der mein Vater mir von Fürstenau erzählt hatte – und von dem Vater, den er selbst angeblich nie gehabt hatte. Alles war längst da. Doch nichts passte zusammen.

Einen der Briefe hatte ich mit nach Polen genommen. »Józef Koźlik, ulica Jagusia 5, Steblów, Lubliniec« stand als Absender auf der Rückseite des Umschlags, aber ich hatte die Fahrt dorthin während meiner Zeit in Krakau immer wieder aufgeschoben. Ausreden fanden sich leicht, die zähe Arbeit an den Kurzgeschichten, die endlosen Gespräche über Literatur, die Altstadt mit ihren Kirchen und Plätzen, von denen ich bisher kaum etwas gesehen hatte, oder ein Ausflug nach Auschwitz und Birkenau, wo wir schweigend vor den Trümmern der gesprengten Gaskammern standen.

Am letzten Wochenende machte ich mich dann doch noch auf den Weg. Ich mied die Autobahn, auf der ich drei Monate zuvor nach Krakau gekommen war, und fuhr stattdessen über die Landstraße, die durch das oberschlesische Industriegebiet führte. Ich sah Schornsteine und Fördertürme, alte Schuppen und graue Mietshäuser, schmutzige Fabrikhallen und bunt getünchte Plattenbauten. Am Straßenrand warben Reklametafeln für deutsche Supermärkte, die Filialen in Polen aufgemacht hatten, ich kam durch Bytom und Tarnowskie Góry, und dann war ich da.

Lubliniec, deutsch Lublinitz, war keine schöne Stadt. Viele Geschäfte standen leer, durch die Fußgängerzone streiften ein paar Teenager, nur an einer Tankstelle herrschte reger Betrieb. Ich folgte der Straße, die nach Norden aus der Stadt herausführte, in den Ortsteil Steblau, der auf dem polnischen Stadtplan Steblów hieß. An einer Kreuzung entdeckte ich auf der linken Seite das leere Schaufenster einer ehemaligen Fleischerei; durch die Scheibe sah man noch die Kacheln und den Verkaufstresen. Die ulica Jagusia war eine Sandpiste mit Schlaglöchern. Ich parkte vor dem schmalen, grau verputzten Haus mit der Nummer fünf, klingelte an der Tür und wartete darauf, dass Anna, Józefs jüngere Schwester, mir die Tür öffnen würde.

Es war einfacher, als ich es mir vorgestellt hatte. Anna hatte während des Krieges in der Schule Deutsch gelernt. Sie küsste mich auf beide Wangen, und ich folgte ihr die Treppe hinauf in die kleine Wohnung im oberen Stockwerk des Hauses, im Flur vor dem Spiegel eine alte Margarineschachtel mit Lockenwicklern.

Ich blieb den ganzen Nachmittag. Als ich mich wieder ins Auto setzte, hatte ich einen Zettel in der Tasche mit Daten und mit Namen von Orten und Menschen, dazu eine Handvoll alter Fotografien. Ich hatte einen ersten, flüchtigen Blick auf das Leben meines polnischen Großvaters geworfen. Einiges, was ich erfahren hatte, hatte mich überrascht. Am meisten jedoch verblüffte mich die Tatsache, dass mein Vater selbst nie versucht hatte, mehr über Józef Koźlik zu erfahren, obwohl er offenbar die Gelegenheit dazu gehabt hatte.

Anna hatte mir ein unscharfes Farbfoto aus dem Herbst des Jahres 1978 gezeigt. Es zeigte meine Eltern in der Küche von Annas Wohnung.

Mein Vater war damals einunddreißig Jahre alt gewesen, nur zwei Jahre jünger, als ich es jetzt war. Anna hatte mich an diesem Nachmittag immer wieder mit seinem Namen angesprochen. Für sie musste mein Besuch wie ein Déjà-vu gewesen sein. Anscheinend sah ich meinem Vater ähnlicher, als ich geglaubt hatte, und auf dem Weg zurück nach Krakau dachte ich zum ersten Mal daran, Ordnung in das Flechtwerk von Geschichten zu bringen, das mich seit meiner Kindheit begleitet hatte.

Die Zigarrenkiste hatte in meiner Wohnung auf mich gewartet. Als ich zurück in Berlin war, machte ich mich daran, die Briefe zu lesen, einen nach dem anderen, so wie man einen Stapel Post durchsieht, nachdem man von einer langen Reise heimgekehrt ist.

Es gab nur Józefs Briefe, die Antworten meines Vaters waren nicht erhalten. Anna hatte mir erzählt, dass sie ihren Bruder nur wenige Wochen vor seinem Tod von einem Fenster ihrer Wohnung aus dabei beobachtet hatte, wie er im Garten ihres Elternhauses in Lublinitz mit ein paar Holzspänen ein kleines Feuer in einem Ascheeimer entfacht hatte, um darin stapelweise Papiere zu verbrennen, alte Kalender, amtliche Schreiben, Fotografien. Auch die Briefe meines Vaters müssen darunter gewesen sein, und so konnte ich das, was er an Józef geschrieben haben muss, aus den Antworten nur erahnen.

Wenn ich an meinen Vater dachte, dann dachte ich an

Fürstenau. Selbst als das Bild, das er mir beschrieben hatte, Risse und Sprünge bekam und zuletzt von der vermeintlichen Idylle im Haus seiner Großeltern nichts mehr übrig war, war die Vorstellung, die ich mit meinem Vater verband, die jenes kleinen Jungen, der in Arnolds Tischlerwerkstatt auf dem Fußboden saß und mit Holzresten spielte.

Der junge Familienvater, der mir in Józefs Briefen entgegentrat, war mir fremd, selbst wenn die Namen der Orte, an denen er als Lehrer gearbeitet hatte, vergessene Erinnerungen an meine eigene Kindheit hervorriefen, an Freitagnachmittage, an denen mein Vater nach einer langen Woche in einer anderen Stadt nach Hause kam. Müde stieg er aus dem Auto, in der Wildlederjacke, die ich später als Student selbst ein paar Jahre lang trug, unter dem Arm die Umhängetasche, in der er Bücher, Hefte und eine Schachtel mit farbiger Kreide transportierte.

Ich bin 1971 zur Welt gekommen. Mein Vater besuchte noch die Universität, und als zwei Jahre später der Briefwechsel mit Józef einsetzte, fehlte ihm noch immer das Staatsexamen. Eine feste Stelle an einer Schule war nicht in Aussicht. Er hielt sich zunächst mit befristeten Verträgen über Wasser, die ihn in verschiedene Orte in ganz Niedersachsen führten. In einem Brief muss er Seesen im Harz erwähnt haben. »Wo genau liegt die Stadt?«, schrieb Józef zurück: »Ich habe in Braunschweig in einer Kaserne gewohnt.«

Es ist einer der wenigen Hinweise auf den Krieg und die

Ereignisse, die Józef und meine Großmutter Marianne zusammengeführt hatten. Ich war enttäuscht, in den Briefen nichts über die Flucht aus Polen und über die Schlacht von Monte Cassino zu finden, von der mein Vater mir erzählt hatte, als ich ein Kind war.

Stattdessen las ich, wie Józef Anteil am Familienleben meines Vaters nahm. Er freute sich, als meine Eltern eine größere Wohnung fanden, und er bestärkte meinen Vater in seiner Entscheidung, das Examen nachzuholen, um Beamter werden zu können und die Chancen auf eine dauerhafte Anstellung in der Nähe seines Wohnortes zu erhöhen. Zwei Wohnungen, schrieb er, das seien auch doppelte Kosten.

Es war eine seltsame Mischung aus Intimität und Distanz. Józef war meinem Vater nie wieder begegnet, seit er kurz nach dem Krieg Fürstenau verlassen hatte, und doch trat in den Briefen ein Vater seinem Sohn gegenüber. Die Ratschläge zum beruflichen Fortkommen waren nicht die einzigen Stellen, an der Józef einen väterlichen Tonfall anschlug. »Pass auf beim Schreiben der Adresse«, korrigierte er meinen Vater: »Das letzte Mal hast Du ›Lubliniec‹ falsch geschrieben. Der vorletzte Buchstabe ist ein ›e‹, der letzte ein ›c‹.« Vor allem ermahnte Józef meinen Vater, ihm auch wirklich zu antworten.

Er selbst schickte drei, manchmal vier Briefe im Jahr. Außerdem schrieb er regelmäßig Postkarten, zu Weihnachten eine Krippenszene, Küken in einem Nest zu Ostern und ein Foto von einem Strauß gelber Rosen zum Geburtstag, und jedes Mal wies Józef darauf hin, dass mein Vater sich mit seinen Antworten zu viel Zeit lasse. »Ich erwarte täglich einen Brief von Dir.« »Mit großer Sehnsucht warte ich auf eine Nachricht von Dir.« »Lass mich nicht wieder so lange warten.« Und am 3. April 1974, als Nachtrag unter einem Ostergruß: »Warum schreibst Du mir nicht?«

Fünfundzwanzig Umschläge lagen in der Zigarrenkiste, die vor mir auf meinem Schreibtisch stand, dazu ein Stapel Postkarten. Józef schrieb ausführlich, die meisten Umschläge enthielten mehrere Seiten. Trotzdem blieben viele Fragen offen. Den größten Raum nahmen Kommentare zu den politischen Zuständen in Polen ein, und schließlich wurde Józefs Tonfall zunehmend unpersönlich.

Ich las die Briefe immer wieder, und die abenteuerliche Geschichte des polnischen Soldaten, die mein Vater mir erzählt hatte, kam mir jedes Mal unwirklicher vor. Ich fuhr zurück nach Polen, um mehr über meinen Großvater in Erfahrung zu bringen.

DIE MALAPANE entspringt im Hochland von Oberschlesien. Sie fließt über Grünwald und Alt Werder in Richtung Westen, um sich bei Keltsch und Sandowitz in Richtung Norden zu wenden. Der sandige Boden des Flusstals im Oppelner Land ist reich an Erzen, und Ende des achtzehnten Jahrhunderts lässt Philipp Graf Colonna tief in den Wäldern sechs Hochöfen errichten. Ein Kanal wird ausgehoben, Schleusen werden gebaut, und das Wasser der Malapane treibt jetzt Blasebälge und Hammerwerke an.

Die Hütte wächst schnell. In Preußen steigt die Nachfrage nach Stahl und Schmiedeeisen, und in den Dörfern rund um Colonnowska siedeln sich Arbeiter an. Auch Maria Wieszoleks Eltern kommen gegen Ende des neunzehnten Jahrhunderts nach Groß Stanisch, einen kleinen Ort mit einer Kirche, der von Colonnowska aus auf der anderen Seite der Malapane liegt. Hier, fast eintausend Kilometer östlich von Fürstenau, hat alles angefangen, und zwar mit einem Gewehrschuss.

Als Oberschlesien nach dem Ersten Weltkrieg in eine deutsche und eine polnischen Hälfte geteilt wird, ist Maria Wieszolek vierundzwanzig Jahre alt. Sie ist eine schöne Frau, aber sie trägt ein Glasauge, und hier in der Gegend weiß jeder, wie sie dazu gekommen ist.

Zu Beginn des Krieges hatte Maria einen hartnäckigen

Verehrer. Nachdem sie ihn auf einem Fest mit deutlichen Worten abgewiesen hatte, passte er sie auf dem Weg nach Hause ab und bedrohte sie mit einem Gewehr. Es war ein Luftgewehr, ein Spielzeug, das sich nicht einmal dazu eignete, Spatzen zu erlegen, doch als sich ein Schuss löste, wurde Maria so unglücklich von der Kugel getroffen, dass sie ein Auge verlor. Ihr Verehrer fiel im Jahr darauf in einem Schützengraben an der Westfront. Maria blieben das Glasauge, ein hängendes Lid und der Ruf, die weibliche Hauptrolle in einem Liebesdrama gespielt zu haben. Von nun an gingen die Männer auf Abstand zu ihr.

Der Hilfsschaffner Augustyn Koźlik, der aus Bendawitz kommt, einem Dorf, das zum Kirchspiel Groß Stanisch gehört, muss darum nicht lange um sie werben. Als er Maria Wieszolek im Sommer des Jahres 1923 um ihre Hand bittet, willigt sie sofort ein, und sie beklagt sich auch nicht, als er ihr kurz vor der Heirat eröffnet, dass er in den polnischen Teil Oberschlesiens übersiedeln wird.

Augustyn ist Pole, kein Deutscher, und er weiß, dass er bei der Reichsbahn keine Aussicht auf Beförderung hat. Auf der anderen Seite der Grenze rechnet er sich bessere Chancen aus. Als er kurz nach der Hochzeit eine Stelle bei der Polnischen Staatsbahn in Siemianowitz antritt, verspricht er Maria, dass er sie nachholen werde, sobald er eine passende Wohnung gefunden habe. Doch jedes Mal, wenn Augustyn seine Frau in Groß Stanisch im Haus ihrer Eltern besucht, vertröstet er sie auf den nächsten Monat, lässt ein bisschen Geld da und fährt allein zurück nach Polen.

Auch als Maria schwanger wird, macht Augustyn keine Anstalten, sie nach Polen zu holen. Am 17. Februar 1925 bringt sie einen Sohn zur Welt, der in Groß Stanisch auf den Namen Józef getauft wird.

Vier Jahre lang fährt Augustyn mit den Zügen der Polnischen Staatsbahn durch das oberschlesische Industriegebiet. Viele Bahnhöfe kennt er noch aus der Zeit vor dem Krieg, aber die Namen auf den Schildern haben jetzt einen polnischen Klang, aus Kattowitz ist Katowice geworden, aus Myslowitz Mysłowice.

Augustyn ist vom Hilfsschaffner zum Schaffner befördert worden, und im Jahre 1927 wird er Stationsvorsteher in Siemianowitz. Er verdient gut und schickt regelmäßig Geld an seine Eltern. Wenn er zu Besuch bei ihnen in Bendawitz ist, bringt er Geschenke für seine jüngeren Schwestern mit, Kämme, mit Schildplatt besetzte Haarbürsten, ein kleines besticktes Portemonnaie zum Namenstag.

Mit der Zeit werden die Wünsche der Schwestern immer größer und kostspieliger. Sie bitten Augustyn um Geld für Ohrringe und Halsketten und schicken ihn in die Markthalle in Siemianowitz, um Stoff zu kaufen, aus dem sie sich Kleider für die Tanzvergnügen auf den Dörfern der Umgebung nähen. Augustyn kann nicht Nein sagen, und schließlich drängen seine Schwestern ihn, eine Kutsche anzuschaffen. Sie träumen davon, am Sonntagmorgen unter den

Blicken ihrer Nachbarn in einem Landauer mit offenem Verdeck von Bendawitz nach Groß Stanisch zur Kirche zu fahren.

Augustyn zögert, doch dann willigt er ein. Der Wagen ist noch nicht gekauft, als die Nachricht von dem teuren Geschenk nach Groß Stanisch und bis in das Elternhaus seiner Frau Maria dringt. Augustyns Schwiegervater platzt der Kragen.

Im Frühjahr 1929 ist die wirtschaftliche Situation in Oberschlesien schlecht. Die Grenze hat sich zwischen die Eisenhütten und die weiterverarbeitenden Betriebe der Stahlindustrie geschoben, die neuen Zollbestimmungen verlangsamen die Gütertransporte. Auf der deutschen Seite haben zahlreiche Unternehmen in den letzten Jahren Konkurs angemeldet, und auch in den Hochöfen in Colonnowska ist die Glut erloschen.

Marias Vater, der als Former im Gießwerk gearbeitet hat, ist arbeitslos. Seine Tochter ist seit sechs Jahren verheiratet und wohnt immer noch in seinem Haus. Sie hat inzwischen drei Kinder, ihren Sohn Józef und zwei Mädchen, Anna und die kleine Hilda, die erst drei Monate alt ist.

Als Augustyn das nächste Mal nach Groß Stanisch kommt, stellt Marias Vater ihn zur Rede und verlangt eine Erklärung dafür, dass sein Schwiegersohn seinen Schwestern eine Kutsche mit lederbezogenen Sitzen schenken will, sich aber keine Wohnung für seine Frau und seine Kinder leisten kann.

Auch Maria macht ihm schwere Vorwürfe. Sie hat es satt, immer wieder vertröstet zu werden, und setzt ihrem Mann ein Ultimatum. Wenn er nicht umgehend eine Wohnung besorge und sie, Józef und die Mädchen nach Siemianowitz hole, brauche er sich in Groß Stanisch nicht mehr blicken zu lassen. Und ganz bestimmt werde sie keine ausgedehnten Spaziergänge mehr mit ihm unternehmen, um zwischen den dornigen Brombeerranken am Ufer der Malapane ein weiteres Kind zu zeugen.

Augustyn kauft keine Kutsche, und nach vier Wochen hat er die nötigen Papiere für die Übersiedlung seiner Familie zusammen. Die bürokratischen Hürden sind niedrig. Augustyn hatte bereits 1923 die polnische Staatsangehörigkeit angenommen, und damit sind auch seine Ehefrau und seine drei Kinder Polen.

Józef ist vier Jahre alt, als er im Sommer 1929 zum ersten Mal sein Heimatland betritt.

Es ist laut. Pferdefuhrwerke rattern über das Kopfsteinpflaster, Werksirenen heulen, Lokomotiven pfeifen. Siemianowitz, das nach der Teilung Oberschlesiens den Namen Siemianowice Śląskie trägt, ist eine andere Welt als Bendawitz oder Groß Stanisch.

Im Süden der Stadt ist im neunzehnten Jahrhundert eine Eisenhütte entstanden, die Laurahütte, mit einem Schienenwalzwerk und Bergwerken, die Steinkohle und Erz liefern. In der Hütte ist vom frühen Morgen bis spät in den Abend hinein Betrieb. Walzen knirschen, Gebläse rauschen, Metall schlägt auf Metall.

Die schmale Straße, die an der Ostseite der Hütte direkt an der Werksmauer vorbeiführt, heißt jetzt ulica Piastowska, nach dem polnischen Königsgeschlecht der Piasten, die im Mittelalter über das Herzogtum Schlesien herrschten.

Hier mietet Augustyn im Jahre 1929 eine Wohnung für sich, seine Frau und die drei Kinder. Durch die dünnen Fensterscheiben dringt der Lärm aus den Werkhallen. Neben der Küche gibt es nur ein Zimmer, in dem drei Betten stehen, eines für Augustyn und Maria, eines für Józef, eines für die beiden Schwestern Anna und Hilda. Im Jahr nach dem Umzug wird Lena geboren; sie schläft bei den Eltern. Die Toilette befindet sich in einem Holzverschlag im Hof, ein Badezimmer gibt es nicht. Am Wochenende stellt Maria einen großen Topf mit Wasser auf den Herd, Augustyn trägt eine schwere Zinkwanne die Treppen vom Dachboden herunter. Dann wird gebadet, der Reihe nach, erst die Eltern, dann die Kinder.

Im Frühjahr 1932 wird Józef eingeschult. Er hat es nicht weit. Er muss sich im Hof hinter dem Haus nur durch die Lücke im Bretterzaun zwängen, um dem schmalen Pfad zu folgen, der durch das Dickicht aus Brennnesseln und wilden Rosen führt, und ein paar Minuten später steht er schon auf dem Hof der Schule.

Der Unterricht beginnt um acht Uhr morgens und endet wochentags um zwei Uhr nachmittags, am Samstag bereits um eins. Im Klassenzimmer steht ein Rohrstock in der Ecke, und wer sich mit seinem Banknachbarn unterhält oder seine Hausaufgaben vergisst, bekommt ein Dutzend Schläge in die offene Hand. Im Unterricht dürfen die Schüler nur Polnisch sprechen, aber auf dem Hof und auf der Straße hört man auch Deutsch, mit einem harten schlesischen Dialekt.

In der großen Pause holen die jüngeren Schüler Knöpfe aus der Tasche und werfen sie aus zwei Metern Entfernung gegen eine Mauer. Wer seinen Knopf mit dem geringsten Abstand zur Wand platziert, streicht die Einsätze der anderen Mitspieler ein. Der Wert der einzelnen Knöpfe wird nach einem vertrackten System bestimmt, je nachdem, ob sie aus gelbem Plastik, schwarzem Horn oder schillerndem Stahl sind. »Guzik« heißt das Spiel auf Polnisch, »Knefle« im schlesischen Deutsch.

Józef ist geschäftstüchtig. Nach der Schule zieht er mit den anderen los, um auf der Halde des Bergwerks Michał im Norden der Stadt zwischen dem Abraum mit einem alten Blecheimer in der Hand nach Brechkoks zu suchen oder auf dem Gelände der Laurahütte verrostetes Eisen zu sammeln, das er bei einem Schrotthändler in ihrem Viertel zu Geld macht. Holzreste schnürt er mit einem Bindfaden zusammen und verkauft die Bündel als Brennmaterial zum Anfeuern der Öfen. Er bekommt ein paar Groszy, wenn er älteren Leuten ihre Taschen mit den Einkäufen nach Hause trägt, und im Herbst, wenn die Kirmes zu Ende ist, sucht er am nächsten Tag auf dem leeren Rummelplatz im Gras nach Geldstücken, die durch die Zwischenräume der Holzbohlen am Boden der Buden gefallen sind.

Er legt mit den anderen zusammen, und sie kaufen beim Bäcker an der Ecke Piastowska und Głowackiego Kuchenreste oder beim Fleischer gegenüber vom Bahnhof für fünf Groszy ein Paket mit Wurstresten, das sie sich in ihrem Versteck bei den Bahngleisen teilen. Sie sitzen im hohen Gras zwischen den Güterschuppen und Lagerhallen, und an manchen Nachmittagen spüren sie, wie der Boden unter ihren Füßen zittert.

Unter Tage wird gesprengt, und mit dem dumpfen Beben der Explosionen rollen unheimliche Geschichten heran. Józef hört zu, wie die Freunde, deren Eltern im Bergwerk arbeiten, von eingestürzten Schächten erzählen, von verschütteten Stollen und von dem Bergarbeiter, der Selbstmord begangen hat, indem er sich auf eine Kiste Dynamit setzte und sich vor den Augen der anderen Kumpel in die Luft jagte.

Józef ist dreizehn Jahre alt, als in Siemianowitz plötzlich alle von dem Krieg reden. Auf dem Schulhof sprechen Józef und die anderen während der Pause über den Panzer 7TP, den die polnische Armee nach dem Vorbild eines britischen Modells entwickelt hat, über U-Boote und Zerstörer, Truppenstärken und Aufmarschzeiten. Die einen wollen zur Marine, die anderen zur Luftwaffe. Józef will Pilot werden.

Dann kommt der Sommer 1939. In Polen brechen die Schulferien an. Józef geht schwimmen, spielt Fußball, zieht mit seinen Freunden über die Halden. Im Herbst soll er auf das Gymnasium wechseln. Seine Noten sind gut, und seine Eltern träumen davon, ihn ein Priesterseminar besuchen zu lassen.

Dann heulen am frühen Morgen des 1. September überall in der Stadt die Sirenen. Der Krieg hat begonnen, am ersten Tag nach den großen Ferien. Maria ruft nach den Kindern, um sich mit ihnen in den Keller des Hauses zu flüchten. Józef ist verschwunden. Maria läuft auf die Straße, um ihn zu suchen, zuerst nach links, dann nach rechts, entlang der Mauer der Laurahütte, bis zur Ecke Głowackiego. Dort steht Józef vor der Bäckerei, den Kopf in den Nacken gelegt, und sucht mit zusammengekniffenen Augen den Himmel nach Flugzeugen ab. Seine Mutter greift ihn am Arm und zieht ihn mit sich nach Hause. Im Keller warten sie gemeinsam mit den Nachbarn darauf, dass die ersten Bomben fallen.

Die deutschen Flugzeuge ziehen über die Stadt hinweg. Siemianowitz wird nicht angegriffen, und nach einigen Stunden wagt sich Maria mit ihren Kindern wieder aus dem Keller hervor. Sie kehren zurück in die Wohnung, um auf Augustyn zu warten, der wie jeden Tag zum Bahnhof gegangen ist. Als er zurückkommt, liegen die Kinder bereits im Bett.

Jeden Abend bringt Augustyn neue Nachrichten mit nach Hause. Die Panzer der Wehrmacht überrollen das

Land. Luftangriffe begleiten den Vormarsch der deutschen Truppen. Nach Deutschland greift die Sowjetunion Polen an. Als die Rote Armee einmarschiert, ist das Land endgültig verloren. Anfang Oktober geben die letzten polnischen Einheiten auf.

Wie es weitergeht, kann man in den Geschichtsbüchern nachlesen. Das Gebiet zwischen Warschau und Krakau wird zum »Generalgouvernement« erklärt, und der Westen Polens wird an das Reich angeschlossen. Die Familie Koźlik lebt jetzt wieder in Deutschland.

AUS ANNAS KÜCHENFENSTER hatte ich einen Blick über die Felder und Wiesen hinter den Wohnhäusern geworfen. Es gab noch zwei Höfe, die daran erinnerten, dass Steblau im neunzehnten Jahrhundert eine kleine Bauernschaft gewesen war, die als Vorwerk zum Rittergut Lublinitz gehörte, mit einem eigenen, herrschaftlichen Gutshof.

Die Bewohner von Steblau waren arm. Der Boden war lehmig und brachte keine großen Erträge. Im Frühjahr drang die Pflugschar nur mit Mühe durch die harte Krume, und wenn im Herbst die schweren Regenschauer über das flache, ungeschützte Land zogen, verwandelten sich die Kartoffeläcker und Kohlfelder in eine Sumpflandschaft.

Im Jahre 1863 brach auf dem Heuboden einer Scheune ein Feuer aus, das auf benachbarte Häuser und Ställe übergriff. Steblau brannte nieder und musste neu aufgebaut werden. Zwei Jahre später lebten einer amtlichen Statistik zufolge gerade einmal einhundertsiebenundzwanzig Menschen hier, außerdem wurden sechs Pferde, neun Ochsen und achtunddreißig Kühe verzeichnet.

Nach dem Ersten Weltkrieg hatten Diplomaten aus der ganzen Welt über Monate hinweg beim Rat des Völkerbunds in Genf über die Aufteilung Oberschlesiens gestritten. Eine der vielen Kompromisslösungen, die im Sommer des Jahres 1921 gefunden wurden, bestand darin, die Grenze nördlich von Tarnowitz nach einem Schlenker quer durch den Landkreis Lublinitz zu führen. Die Dörfer und Bauernschaften im Westen des Kreises gehörten ab jetzt zum Deutschen Reich. Steblau dagegen lag auf der polnischen Seite. Es wurde in Steblów umbenannt, und aus der Kreisstadt Lublinitz wurde Lubliniec. Die Einwohnerzahlen stiegen. Viele Polen wechselten aus dem deutschen Teil Oberschlesiens auf die andere Seite der Grenze und ließen sich in der Umgebung von Lublinitz nieder.

Mitte der Dreißigerjahre werden in Steblau rund dreißig Hektar als Bauland ausgewiesen. Entwässerungsgräben werden gezogen, Parzellen abgesteckt und die ersten Fundamente gelegt. Im Herbst 1938 erwirbt auch der junge Grenzbeamte Anton Szafrański eines der Grundstücke. Es liegt nicht weit von der Straße, die früher nach Rosenberg führte und seit der Teilung nur wenige Kilometer hinter Steblau an einem Schlagbaum endet. Szafrański hat gerade erst geheiratet. Die Bauarbeiten an seinem Haus sind noch nicht abgeschlossen, als er sich im Januar 1939 bei seinen nächtlichen Kontrollgängen durch die Wälder eine Lungenentzündung zuzieht. Er stirbt noch im selben Winter.

Die junge Witwe bietet das halb fertige Haus zum Verkauf an. Die Wände sind nicht verputzt, Fenster und Fußböden fehlen. Trotzdem findet sich ein Interessent.

Der Stationsvorsteher Augustyn Koźlik aus Siemianowitz trägt sich seit Längerem mit dem Gedanken, ein Haus zu kaufen. Zehn Jahre lang hat er mit seiner Frau und seinen vier Kindern in der kleinen Wohnung in der ulica Piastowska gewohnt. Maria hat ihn gedrängt, nach einem Haus auf dem Land zu suchen. Sie hat das Leben in der lauten Stadt satt und wünscht sich einen eigenen Garten, um Obst und Gemüse anzubauen. Steblau scheint der ideale Ort zu sein, um sich niederzulassen. Das Dorf liegt nahe an der Grenze, und es ist nicht weit nach Bendawitz und Groß Stanisch. Außerdem gibt es in Lublinitz einen großen Bahnhof. Zwei Bahnlinien kreuzen sich hier, und Augustyn rechnet sich Chancen auf den Posten des Stationsvorstehers aus.

Die Entscheidung fällt schnell. Augustyn verdient gut, fast fünfhundert Złoty im Monat. Er hat in den letzten Jahren genug Geld beiseitegelegt. Darüber hinaus hatte eine der Schwestern mit ihrem Ehemann nach dem Tod seiner Eltern deren Haus übernommen und zahlt ihn jetzt aus.

Der Beleg hat sich erhalten: Augustyn wendet sich am 8. März 1939 an die Devisenstelle in Breslau, um sich das Geld überweisen zu lassen. Am 12. August des Jahres 1939 ist es so weit, auch das ist dokumentiert. Augustyn unterschreibt den Kaufvertrag über Grundstück und Haus des verstorbenen Grenzbeamten Anton Szafrański in Steblau und stellt bei der Polnischen Staatsbahn einen Antrag auf Versetzung nach Lublinitz. Im September will er umziehen. Doch dann beginnt der Krieg.

Die Deutschen übernehmen bereits im November 1939 das Streckennetz im ehemals polnischen Teil Schlesiens. Augustyn erscheint jeden Morgen pünktlich zum Dienst auf dem Bahnhof von Siemianowitz. Die Arbeit ist die gleiche wie vor dem Krieg, nur dass er eine neue Uniform bekommen hat. Augustyn trägt jetzt die dunkelblaue Schirmmütze der Reichsbahn mit der roten Biese und dem goldenen Adler, samt Hakenkreuz.

Zu Beginn des Jahres 1940 hört er sich vorsichtig bei seinen Vorgesetzten um. Es gibt keine Einwände gegen eine Versetzung nach Lublinitz. Also fährt er an den Wochenenden mit Józef nach Steblau, um die letzten Arbeiten am Haus zu erledigen.

Die Fenster hat Augustyn noch vor Ausbruch des Krieges einsetzen lassen, und das Holz für den Fußboden ist bereits geliefert worden. Józef und sein Vater verputzen die Wände, sie schlagen Nägel in die Dielenbretter, setzen Türen ein und tapezieren. Bevor sie sich am Sonntagabend aufmachen, um von Lublinitz über Tarnowitz und Beuthen zurück nach Siemianowitz zu fahren, heizen sie noch einmal sämtliche Öfen ein, um die Feuchtigkeit aus dem klammen Mauerwerk zu treiben.

Ende März ist es so weit. Die Familie zieht um, und als Maria, Augustyn und ihre Kinder mit einem Wagen voller Möbel, Kisten und Koffer in Steblau eintreffen und im Körnerweg Nummer fünf zum ersten Mal gemeinsam durch die leeren Zimmer des neuen Hauses gehen, in denen es nach Holz, Putz und frischer Farbe riecht, sieht es so aus, als ob mitten im Krieg ein neues Leben beginne.

Augustyn fährt morgens mit dem Fahrrad zum Bahnhof,

Maria lockert den harten Boden im Garten mit Spaten und Spitzhacke auf, um Kartoffeln anzupflanzen, Mohrrüben, Bohnen und Kohl. Nach Ostern wird der Schulbetrieb im Kreis Lublinitz wieder aufgenommen. Anna, Hilda und Lena besuchen die Volksschule und verstehen zunächst kein Wort. Der Unterricht findet auf Deutsch statt, und im Gegensatz zu ihrem älteren Bruder haben sie die Sprache nie richtig gelernt.

Józef ist jetzt fünfzehn. Er bleibt zu Hause. In Lublinitz gibt es ein Gymnasium, doch höhere Schulen dürfen nur die Kinder deutscher Familien besuchen. Er streift durch die Wälder im ehemaligen Grenzland, erkundet die schmalen Straßen und Gassen rund um das alte Rathaus und den kleinen Marktplatz von Lublinitz.

Es ist das erste Jahr in Steblau. Im Sommer lernt Józef die anderen Jungen in der Nachbarschaft kennen. Abends spielen sie Fußball auf den Sandwegen zwischen den Häusern, und Józef freundet sich mit Alois Gambusch an, der ein paar Straßen weiter mit seinen Geschwistern und seiner Mutter lebt und als Stallknecht und Erntehelfer auf den Bauernhöfen in der Umgebung arbeitet. Alois ist zwei Jahre älter als Józef, ein stämmiger junger Mann, der sich einen dünnen Schnurrbart stehen lässt und immer eine Zigarette im Mundwinkel hat. Sein Vater ist gleich nach Ausbruch des Krieges von den Deutschen verschleppt worden, aber Alois verliert nie ein Wort darüber.

Anfang September nimmt er Józef für ein paar Tage mit

hinaus auf die Felder. Nach der Arbeit lassen sie sich erschöpft an einem der Heuhaufen auf den Boden sinken und blinzeln in die warme Abendsonne. Alois bietet Zigaretten an, und Józef gewöhnt sich langsam an den beißenden Geschmack des Tabaks.

Während sie rauchen, reden sie über den Krieg. Alois schwärmt von den Siegen der Wehrmacht, von den Fallschirmjägern, die die Landung der Deutschen in Norwegen vorbereitet, und von den Panzerdivisionen, die im Frühjahr Frankreich überrollt haben.

Gerade erst hat der Luftkampf um England begonnen. Noch melden die Zeitungen schwere Verluste aufseiten der Briten. Józef und Alois wissen alles über Reichweiten, PS-Zahlen und Bordwaffen der Dorniers, Spitfires und Hurricanes. Sie kennen jedes einzelne Detail der Ju 87, der deutschen Sturzkampfbomber, die sich unter dem lauten Heulen der Fahrtwindsirene aus den Wolken auf ihre Ziele stürzen. Sie sprechen über die Tricks, mit denen die Piloten der Messerschmitts ihre Gegner in der Luft überrumpeln, sie vergleichen Kurvenflugtauglichkeit und Bombenlast der englischen und deutschen Flugzeuge.

Manchmal liegen sie auch einfach nur am Rand des Feldes im Gras, sehen in den Himmel und stellen sich vor, dass sie selbst hinter dem Steuerknüppel eines Flugzeuges sitzen. »Schade, dass sie nur Deutsche nehmen«, sagt Józef. Alois pustet einen Rauchkringel in die Luft. »Abwarten«, sagt er. »Bald nehmen sie jeden.«

Im März 1941 tritt in Oberschlesien die Verordnung über die Deutsche Volksliste in Kraft. Ostern ist gerade vorbei, als Augustyn Koźlik gegenüber vom Bahnhof das Backsteingebäude der Kreisverwaltung von Lublinitz betritt. In einem überheizten Büro beantwortet er eine Reihe von Fragen, die alle nur einen Zweck haben, nämlich zu klären, ob er eher ein Pole oder ein Deutscher ist.

Augustyn gibt an, dass er von 1917 bis 1918 im 2. Schlesischen Husaren-Regiment der preußischen Kavallerie gedient habe, dass er 1929 von Groß Stanisch nach Siemianowitz gezogen sei, dass er in den Jahren vor Ausbruch des Krieges polnischer Staatsbürger gewesen sei und dass seine Muttersprache Polnisch sei, er aber genauso gut Deutsch spreche. Dann setzt er seine Unterschrift unter den Bogen mit seinen Antworten und fährt mit dem Fahrrad zurück nach Steblau.

Die Nationalsozialisten beäugen die Bewohner des ehemaligen Grenzlandes mit Misstrauen. Die Oberschlesier, die keine echten Deutschen sind, aber auch keine richtigen Polen, passen nicht in die Kategorien der völkischen Ideologie. Die Deutsche Volksliste soll dieses Problem nun lösen. Es handelt sich um eine Art Melderegister, das aus vier Abteilungen besteht. In die ersten beiden Abteilungen, die Volkslisten eins und zwei, werden ehemalige polnische Staatsbürger eingetragen, die nachweisen können, dass sie sich in der Zeit zwischen den Kriegen für die deutsche Minderheit engagiert haben. Sie bekommen umgehend die deutsche Staatsangehörigkeit zuerkannt, doch im östlichen Teil von Oberschlesien sind das nur wenige.

In die Volksliste drei werden die Einwohner eingetragen, die schlecht oder gar nicht Deutsch sprechen, ihre deutsche Abstammung jedoch anhand von Geburtsurkunden oder Familienbüchern nachweisen können. Ihnen wird die Staatsangehörigkeit nur auf Probe erteilt.

Dann gibt es noch die Volksliste vier. Hier werden diejenigen aufgenommen, die sich in den Augen der Nationalsozialisten von ihren deutschen Wurzeln entfernt haben, Männer, die eine polnische Frau geheiratet haben, oder die sich wie Józefs Vater Augustyn in den Zwanzigerjahren dafür entschieden haben, auf die andere Seite der Grenze zu wechseln und die polnische Staatsangehörigkeit anzunehmen.

Ein Eintrag in die Volksliste vier ist gefährlich. Wer hier auftaucht, muss damit rechnen, seinen Besitz zu verlieren, zur Zwangsarbeit verpflichtet zu werden oder in einem Konzentrationslager zu enden.

Doch die Deutschen brauchen Arbeiter für die Bergwerke, Hütten und Walzwerke Oberschlesiens, die die Rüstungsindustrie im Reich mit Stahl beliefern. Also wird ein Großteil der Bevölkerung kurzerhand in die dritte Abteilung der Volksliste eingetragen, gleichgültig ob die Vorfahren Deutsche oder Polen waren.

Auch Augustyn ist darunter. Józef begleitet seinen Vater, als er ein paar Tage später noch einmal bei der Kreisverwaltung vorspricht, um die Volkslistenausweise für seine Familie abzuholen. Es sind gefaltete Karten aus grüner Pappe, mit Hakenkreuz-Stempel, Foto und der Unterschrift des Landrats. Józef steckt den Ausweis in die Innentasche seiner Jacke.

JÓZEF IST SECHZEHN, als im Juni des Jahres 1941 Militärkolonnen Lublinitz durchqueren, auf dem Weg nach Osten. Im Sommer werden in Białystok und Minsk, Smolensk und Kiew die ersten Schlachten geschlagen, und die Wehrmacht setzt zum Marsch auf Moskau an.

Der Krieg weitet sich aus, Deutschland braucht Soldaten, genau wie Alois es vorausgesagt hat. In Oberschlesien werden alle jungen Männer zur Wehrmacht eingezogen, die in die Volksliste eins, zwei oder drei eingetragen worden sind.

Es gibt Gerüchte über Widerstand. In Ratibor sollen über hundert Jugendliche der Gestapo übergeben worden sein, weil sie sich während der Musterung demonstrativ als Polen bezeichnet haben, und eine Handvoll Verzweifelter ist angeblich aus Oberschlesien ins Generalgouvernement geflohen, um nicht an die Front geschickt zu werden. Alois, der ältere der beiden Freunde, hat sich ohne Protest einziehen lassen. Er hat sich für den Dienst in der Luftwaffe gemeldet, was sonst.

Am 1. Oktober des Jahres 1941 nimmt Józef Abschied von ihm. Er begleitet ihn am frühen Morgen zum Bahnhof von Lublinitz, wartet auf dem Bahnsteig und hebt die Hand, als der Zug abfährt, der Alois und die anderen Rekruten zu ihrer Ausbildungskompanie bringen wird. Józef geht den weiten Weg nach Steblau allein zurück.

Fast vierzig Jahre werden vergehen, bis er Alois Gambusch wieder trifft. Der Freund wird nach dem Krieg in Deutschland bleiben und sich in Bayern niederlassen, in Kochel am See. Erst in den Siebzigerjahren wird er noch einmal für ein paar Tage nach Steblau kommen, und Józef gibt ihm bei dieser Gelegenheit einen der Briefe an meinen Vater mit, den Alois für ihn in Deutschland in den Briefkasten steckt.

Józef ist noch zu jung, um eingezogen zu werden. In den nächsten Monaten verbringt er viel Zeit zu Hause. Er spaltet Feuerholz, streicht die Fensterrahmen mit einem Rest Farbe, der noch vom Hausbau übrig ist, und gegen Mittag nimmt er das Fahrrad seiner Mutter und fährt raus an den Bahndamm, um Augustyn sein Mittagessen zu bringen.

Sein Vater ist jetzt Gleisarbeiter. Den Posten als Stationsvorsteher hat er vor einem halben Jahr verloren, als die Angehörigen der Volksliste drei von Beamtenstellen ausgeschlossen wurden. Zusammen mit einem kleinen Trupp anderer Arbeiter bessert Augustyn an der Strecke von Lublinitz nach Tarnowitz das Gleisbett aus. Im Vergleich zu früher bekommt er nur noch einen Hungerlohn.

Józef sammelt am Bahndamm ein paar Brocken Kohle auf, die von einem Güterzug gefallen sind, wie früher, als er mit den anderen Jungen in Siemianowitz nachmittags über die Halden zog, und auf dem Rückweg klappert er die Bauern ab, bei denen er im Sommer zusammen mit Alois bei der Ernte geholfen hat.

Manchmal kann einer von ihnen Hilfe gebrauchen. Dann packt Józef im Stall und auf dem Heuboden mit an und bringt abends eine Tüte Mehl oder ein kleines Stück Speck mit nach Hause. An guten Tagen fällt sogar eine Zigarette für ihn ab, die er in seinem Zimmer mit dem Taschenmesser sorgfältig in drei Teile zerschneidet. Die Stummel raucht er heimlich, im Garten hinter dem Hühnerstall, wo seine Mutter ihn vom Küchenfenster aus nicht sehen kann.

Das nächste Jahr bricht an, und im Sommer, kurz bevor auf den Feldern die Ernte eingebracht wird, werden die jungen Männer des Jahrgangs 1925 überall im Deutschen Reich mit Aushängen dazu aufgerufen, sich bei ihren örtlichen Gendarmerieposten einzufinden. Józef entdeckt das Plakat eines Morgens in der Tür der Fleischerei in Steblau, und er meldet sich noch am selben Tag. Er ist jetzt siebzehn Jahre alt.

Die Aufforderung zur Musterung ist sein erster amtlicher Brief. Im August des Jahres 1942 steht er vor dem Musterungsstab in Lublinitz. Józef steigt auf eine Waage, stellt sich neben ein Zentimetermaß, dann hört der Arzt mit dem Stethoskop die Lunge ab und das Herz, er leuchtet ihm mit einer Taschenlampe in den Hals und greift ihm zuletzt überraschend fest an die Hoden. Józef ist kerngesund, nichts spricht dagegen, dass er Soldat wird. Er äußert den Wunsch, zur Luftwaffe eingezogen zu werden, genau wie Alois.

Doch es dauert, bis Józef eingezogen wird. Erst muss er wie alle Wehrpflichtigen zum Reichsarbeitsdienst. Sechs

Monate lang schleppt er in der Kornmühle von Lublinitz Säcke mit Mehl, und wenn er abends nach Hause kommt, sitzt er erschöpft und müde neben seinem Vater in der Küche. Es ist einer der vielen harten Winter dieses Krieges. Im Mai 1943 trifft endlich der Brief ein, auf den Józef gewartet hat. Er wird eingezogen und kommt tatsächlich zur Luftwaffe.

Das Fliegerregiment 63 ist ein reines Ausbildungsregiment. Die Einheit war einige Monate vor Beginn des Krieges in Eger aufgestellt worden, einer tschechischen Kleinstadt. Neben dem Regiment war hier eine Schule der Luftwaffe untergebracht, in der ein Teil der Rekruten in kleinen Gruppen auf den Flugzeugführerschein vorbereitet wurde, um als Bomberpilot, Jagdflieger oder Aufklärer eingesetzt zu werden.

Davon träumt Józef, seit er zu Beginn des Krieges die ersten Flugzeuge am Himmel über Siemianowitz gesehen hat. Doch als er im Frühjahr 1943 im Alter von achtzehn Jahren eingezogen wird, werden in Eger schon längst keine Piloten mehr ausgebildet.

Das Fliegerregiment 63 ist nach Frankreich verlegt worden. Es gehört zu den Einheiten, die die deutschen Besatzungstruppen verstärken sollen. Im November 1942 ist es zunächst nach Lothringen verlegt worden, und ein halbes Jahr später trifft Józef mit einem Truppentransport in Toul ein, einer kleinen Stadt in der Nähe von Nancy.

Bereits im Zug hat er festgestellt, dass er nicht der einzige Rekrut ist, der aus dem ehemaligen Grenzland im Osten des Deutschen Reiches kommt. Im Fliegerregiment 63 gibt es viele Oberschlesier, Masuren und Kaschuben, die vor dem Krieg in Polen gelebt haben. »Beutekameraden« werden sie von den anderen Soldaten genannt, und sie stehen ganz unten in der Hackordnung.

Die Grundausbildung dauert acht Wochen. Die Rekruten lernen anzutreten, Meldung zu machen und im Gleichschritt zu marschieren. Józef läuft stundenlang mit schwerem Gepäck durch das Gelände, baut Unterstände, sichert Brücken. Er macht unzählige Liegestütze und Kniebeugen auf dem staubigen Kasernenhof und reißt sich die Hände am rauen Holz der Eskaladierwand auf, er zielt mit dem Karabiner auf Pappkameraden und übt den Umgang mit Handgranaten, Panzerwurfminen und Rollbomben.

Józefs Ergebnisse auf dem Schießstand sind schlecht, und mittlerweile hasst er die Übungen mit der Gasmaske. Jedes Mal zerrt er zu lange an den Lederriemen, bis sein Ausbilder, der mit Stoppuhr und Trillerpfeife neben ihm steht, ihm die Maske wütend aus den Händen schlägt: »Du bist längst tot!«

Am Anfang hatten die anderen noch gelacht, wenn einer von ihnen vom Spieß zusammengestaucht wurde. Jetzt heben sie nicht einmal mehr den Kopf. Die Stimmung im Regiment ist schlecht. Schuld daran ist nicht der harte Drill. Seit Tagen machen Gerüchte über den künftigen Einsatz der Rekruten die Runde. Das überzählige Personal der Luftwaffe soll in Felddivisionen zusammengefasst werden und dem Heer zu Hilfe kommen.

In der Kaserne von Toul macht sich Angst breit. Die jungen Soldaten rechnen fest damit, nach Osten verlegt zu werden. In einigen Kompanien kommt es zu Unruhen, und sogar ein Bevollmächtigter aus dem Berliner Luftfahrtministerium reist an, um mit den meuternden Soldaten zu verhandeln.

Die Lage beruhigt sich erst, als die Soldaten erfahren, dass sie nach ihrer Ausbildung nicht in das Stammpersonal des Regiments übernommen werden. Sie sollen Wachmannschaften für die Stützpunkte der Luftwaffe im Süden Frankreichs stellen. Das Fliegerregiment 63 wird im Sommer 1944 in die Nähe von Marseille verlegt und dann weiter nach Nîmes. Józef sieht zum ersten Mal in seinem Leben Palmen.

Der Krieg rückt näher. Im Juli setzen alliierte Truppen von Nordafrika nach Sizilien über. Ein Kaschube aus Danzig, mit dem Józef sich während einer der langen Nachtwachen eine Zigarette teilt, erzählt ihm, dass ganze Scharen von polnischen Soldaten aus der Wehrmacht zum Gegner übergelaufen seien. Die Einheiten der Briten und Amerikaner würden mittlerweile sogar Kleidung und falsche Papiere mit sich führen, um die Deserteure noch an der Front in ihre Reihen übernehmen zu können.

Es ist eine sternklare Nacht. Józef hält seine Zigarette in der hohlen Hand, um die Glut in der Dunkelheit zu verbergen. »Und du?«, fragt ihn der Kaschube: »Was würdest du machen?«

Seit Józef in Frankreich ist, schickt seine Mutter ihm jede Woche einen Brief. Postsendungen, die auf Polnisch verfasst sind, sortieren die Zensurstellen der Wehrmacht sofort aus. Also schreibt Maria auf Deutsch an ihren Sohn, so wie sie es dreißig Jahre zuvor als Kind in der Schule in Groß Stanisch gelernt hatte, mit Buchstaben, die aus langgezogenen Spitzen und scharf abgezirkelten Bögen zusammengesetzt sind.

Sie berichtet von den Fortschritten, die seine Schwestern in der Schule machen, erzählt von der Arbeit im Garten, vom Graben und Hacken, Säen, Pflanzen und Ernten, vom Sturm, der im Winter des Jahres 1943 eine der Tannen am Ende des Grundstücks aus dem Boden gerissen hat, und von den Schwalben, die im Hühnerstall ein Nest gebaut haben.

»Mach Dir um uns keine Sorgen, es geht uns gut«, schreibt Maria am Ende eines jeden Briefes.

Sie erwähnt nicht, dass es beim Fleischer in Steblau an den meisten Tagen nicht einmal mehr Abfälle zu kaufen gibt. Sie verschweigt auch die Gestapo-Trupps, die in den Wäldern rund um Lublinitz entlaufene Zwangsarbeiter jagen und eines Morgens kurz vor Sonnenaufgang die Mutter und die ältere Schwester von Alois Gambusch abgeholt haben, weil sich drei Partisanen bei ihnen versteckt haben.

Und sie verliert kein einziges Wort darüber, dass Augustyn sterbenskrank ist.

Die Nachricht vom Tod seines Vaters erreicht Józef in der Bretagne. Bereits im Februar des Jahres ist er zusammen mit den anderen Angehörigen seines Regiments für eine zweite Ausbildung aus dem Süden Frankreichs zunächst nach Reims verlegt worden. Die Wehrmacht rechnet mit einer Landung der Alliierten in Frankreich und versucht nun, aus den über das ganze Land verstreuten Bodentruppen der Luftwaffe Fallschirmjägereinheiten zusammenzustellen.

Józef rückt ins Gelände aus, baut Stellungen und probiert den Schützenwechsel am Maschinengewehr. An Bord eines Flugzeugs gelangt er allerdings auch in Reims nicht. Im Jahre 1944 gibt es kaum noch Treibstoff für die regulären Einsätze der Luftwaffe, Trainingsflüge sind vollkommen ausgeschlossen.

Also simuliert er gemeinsam mit den anderen Soldaten den Absprung und das Abrollen am Boden auf dem Hof der Kaserne mit Hilfe eines wackligen, aus ein paar Latten zusammengenagelten Holzturms und einer viel zu dünnen, mit Stroh gefüllten Matte. Nach ein paar Wochen wird Józef der 3. Fallschirmjägerdivision zugeteilt und von Reims nach Brest verlegt.

Brest ist eine Festung, mit einer riesigen Bunkeranlage im Hafen, in der die U-Boote der deutschen Flotte auf ihren Einsatz warten. Aufklärungsboote und Zerstörer patrouillieren entlang der Atlantikküste, die ganze Stadt befindet sich in einem hektischen Wartezustand.

Józefs Einheit wird außerhalb der Stadt in einem provisorischen Feldlager untergebracht. Er verbringt die Tage damit, mit den anderen Soldaten zu würfeln, und manchmal klettert er auf einen der Felsen, starrt auf das stürmische Meer hinaus und sucht den Horizont mit bloßem Auge nach den Landungsbooten der Briten und Amerikaner ab.

Am 20. Mai, einem ungewöhnlich milden Tag, wird er am Morgen zum Kompaniechef gerufen, der ihm ein Telegramm in die Hand drückt, zusammen mit einem fertig ausgefüllten Urlaubsschein. Józef darf nach Hause fahren, um am Begräbnis seines Vaters teilzunehmen.

ICH WAR für einige Wochen nach Lublinitz gekommen, hatte ein billiges Hotelzimmer genommen und besuchte so oft wie möglich Anna in der ulica Jagusia, um von ihr noch mehr über das Leben ihres Bruders zu erfahren. Annas jüngere Schwestern Hilda und Lena waren bereits verstorben, genau wie ihr Mann, und sie nahm mich mit auf den Friedhof an die Gräber der Familie. Sie zeigte mir auch die Grabstelle von Józef, zu der ein schwarzer Marmorstein mit der Aufschrift »requiescat in pace« gehörte: Ruhe in Frieden.

An anderen Tagen fuhr ich mit dem Auto nach Groß Stanisch, das jetzt Staniszcze Wielkie hieß, um unter den strengen Blicken eines Priesters die Kirchenbücher und Standesregister von Sankt Borromäus durchzusehen, auf der Suche nach Einträgen zu den Familien Koźlik und Wieszolek, Augustyns und Marias Eltern, die vor über hundert Jahren in dieser Gegend gesiedelt hatten.

Ich kam mir vor wie einer der Nachfahren der Vertriebenen, die Busreisen nach Polen unternahmen, um die Überreste des Lebens zu besichtigen, das ihre Eltern oder Großeltern hier vor dem Krieg geführt hatten. »Genealogia«, das polnische Wort für Familienforschung, ersparte mir oft längere Erklärungen, auch wenn es nicht jeder, der hier lebte, gern hörte. Mit einem Fotoapparat und einer der zweisprachigen Karten in der Hand, in der noch die alten Grenzen eingetragen waren, klapperte ich in Bendawitz und den anderen Siedlungen rund um Groß Stanisch die Häuser ab, um mich in gebrochenem Polnisch danach zu erkundigen, ob vor dem Krieg möglicherweise Verwandte von mir hier gewohnt hätten. Manchmal vertrieb mich ein Hund, bevor ich überhaupt mit jemandem gesprochen hatte.

Ich sammelte Geschichten, über einen preußischen Hilfsschaffner, der sich nach dem Ersten Weltkrieg in Oberschlesien den polnischen Aufständischen anschließt, über eine junge Frau, die ein Glasauge trägt, weil ein enttäuschter Liebhaber mit einem Luftgewehr auf sie geschossen hat, und über eine Familie, die von Deutschland nach Polen zieht und ihren Wohnort dazu nur ein paar Kilometer nach Osten verlegen muss.

Und ich fuhr nach Siemianowitz, um an einem heißen Sommertag rund um die Eisenhütte zu laufen, die schon vor Jahren stillgelegt worden war, bis ich in der ulica Piastowska vor der Hausnummer sieben stand, einem dunkelroten Backsteinbau mit drei Geschossen, in dem Józef zehn Jahre lang mit seinen Eltern und seinen Geschwistern im ersten Stock gewohnt hatte.

Niemand öffnete, als ich an der Wohnungstür klingelte, und so warf ich aus einem der Fenster im kühlen Treppenhaus nur einen Blick in den Hinterhof. Ein Bretterzaun, ein Obstbaum, daneben ein Schuppen. Bunte Wäsche hing an einer Leine, Tischtücher, Bettdecken und Hemden bewegten sich sanft im Wind. Die Zeit schien stillzustehen.

Abends in meinem Hotelzimmer in Lublinitz machte ich mir Notizen, und manchmal hielt ich inne, weil ich glaubte, im Kopf die Stimme meines Vaters zu hören, der mir von seiner Kindheit erzählte. Ich war auf der Suche nach meinem polnischen Großvater, aber insgeheim hoffte ich, hier, mitten in einem fernen, fremden Land, den Weg zurück in die vertraute Welt von Fürstenau zu finden, in die mein Vater mich einst mitgenommen hatte.

Doch erst einmal führten meine Recherchen mich weit zurück in die Geschichte Oberschlesiens und in die Vergangenheit der Familie Koźlik.

JÓZEFS GROSSVATER Carl Koźlik war im neunzehnten Jahrhundert aus Lasisk nach Bendawitz gezogen. Er war der Sohn eines armen Bauern und sprach genau wie seine Nachbarn Polnisch mit schlesischem Dialekt. »Wasserpolnisch« nannten die preußischen Verwaltungsbeamten, die aus Berlin in die Provinz versetzt worden waren, diese Sprache, in der sich entlang der Oder und der Malapane deutsche, tschechische und böhmische Wörter mit dem polnischen Vokabular mischten.

Als Carls Sohn Augustyn in die Schule kam, hatte er als künftiger Untertan des Königs und Kaisers Deutsch lernen müssen. Es fiel ihm nicht schwer, und er nutzte seine Chance. Statt als einfacher Arbeiter in die Hütte zu gehen und am Hochofen zu schwitzen, fing Augustyn 1911 bei den Preußischen Staatseisenbahnen an.

Drei Jahre lang kontrollierte er Fahrkarten, dann begann der Erste Weltkrieg. Augustyn fertigte jetzt Züge ab, die Soldaten, Waffen und Munition an die Front nach Russland transportierten und Stahl aus Colonnowska in die Rüstungsfabriken im Westen des Reiches schafften. 1917 wurde er selbst eingezogen, mit Pelzmütze, geschnürter Jacke und Säbel, in der traditionellen Uniform eines Husaren der preußischen Kavallerie.

Im Herbst 1918 nahm Augustyn an den letzten, schweren Abwehrgefechten der deutschen Truppen in Flandern teil.

Im November kehrte er nach der Unterzeichnung des Waffenstillstands heim nach Bendawitz, doch hier war der Krieg noch nicht vorbei. Vier Wochen zuvor war in Warschau die Republik ausgerufen worden. Polen, das Land, das die europäischen Großmächte im achtzehnten Jahrhundert unter sich aufgeteilt hatten, war wiederauferstanden. Über die Grenzen des neuen Staates wurde heftig gestritten, und als Augustyn von den verwüsteten Schlachtfeldern in Frankreich und Belgien zurückkam, hatte sich der Konflikt in seiner Heimat zugespitzt.

Die polnische Regierung verlangte die Angliederung ganz Oberschlesiens an den neuen Staat. Deutschland lehnte diese Forderungen ab, und die Siegermächte einigten sich darauf, die Bewohner des umstrittenen Gebiets selbst entscheiden zu lassen. Die Vorbereitungen für die Volksabstimmung hatten kaum begonnen, als es im August des Jahres 1919 zu den ersten Ausschreitungen kam. Polnische Nationalisten riefen in Oberschlesien zum Aufstand auf, Freikorps und andere paramilitärische Einheiten lieferten sich die ersten Scharmützel.

Auf beiden Seiten kämpften Soldaten, die nach dem Ende des Krieges nicht in den Alltag zurückgefunden hatten. Viele der polnischen Aufständischen hatten kurz zuvor noch in den Reihen der kaiserlichen Armee gestanden. Zu ihnen gehörte auch Augustyn Koźlik, der als deutscher Soldat in den Krieg gezogen war und sich jetzt in einen polnischen Patrioten verwandelte. Kaum war er in Bendawitz angekommen, entfernte er die Abzeichen von seiner Uniform, streifte sich die weiße Armbinde der Aufständischen über und zog noch einmal in die Schlacht. Diesmal kämpfte er für das Land, in dem die Sprache seiner Eltern und Großeltern gesprochen wurde.

In Oberschlesien tobte ein Bürgerkrieg. Tausende von Menschen kamen in den nächsten zwei Jahren bei den Auseinandersetzungen zwischen den polnischen Aufständischen und deutschen Freikorps ums Leben. Im März 1921 fand endlich das seit Langem geplante Plebiszit statt. Eine knappe Mehrheit entschied sich für den Anschluss Oberschlesiens an Deutschland, doch die polnische Regierung weigerte sich, das Ergebnis anzuerkennen.

Im Mai 1921 kam es in Oberschlesien noch einmal zu erbitterten Kämpfen, die nicht weit von Bendawitz in der Schlacht um den Wallfahrtsort Sankt Annaberg ihren Höhepunkt erreichten. Noch einmal, zwei Monate später, wurde ein Waffenstillstand ausgehandelt. Polen bekam das flächenmäßig kleinere Gebiet zugesprochen, gelangte aber in den Besitz der Industrieanlagen in Beuthen, Königshütte und Kattowitz.

Es war ein Kompromiss, doch die polnischen Nationalisten feierten die Teilung Oberschlesiens als Sieg. Augustyn durfte sich als Held fühlen. Diesen Krieg hatte er gewonnen, auch wenn er sich erst einmal auf der falschen Seite der Grenze wiederfand. Colonnowska und die Siedlung Bendawitz blieben bei Deutschland.

In Siemianowitz war Józefs Vater dem Verband der Schlesischen Aufständischen beigetreten. Er hatte ein Foto anfertigen lassen, das ihn in seiner Uniform und mit einem Orden an der Brust zeigte, und er traf sich regelmäßig mit seinen Kameraden, um beim Bier Erinnerungen an die Jahre nach dem Krieg aufzufrischen, an die Schlacht um den Annaberg und an ihren Anführer Wojciech Korfanty, der in einer Bergarbeitersiedlung bei Siemianowitz aufgewachsen war. Keiner von ihnen rechnete damit, dass sie bald noch einmal in den Krieg ziehen würden.

Im September 1939, am Morgen nach dem Ausbruch des Zweiten Weltkrieges, waren in Siemianowitz mehr als hundert Männer mit Hakenkreuz-Armbinden zur Zeche Michał gezogen. Die meisten von ihnen waren Einheimische, Deutsche, die nach dem Ersten Weltkrieg in Polen geblieben waren und sich in Vereinen, konspirativen Gruppen und Freikorps organisiert hatten. Sie waren mit Maschinenpistolen, Gewehren und Handgranaten bewaffnet und verschanzten sich in den Verwaltungsräumen.

Eine Einheit der polnischen Armee nahm das Gelände unter Beschuss, und während Augustyn und seine Kollegen auf dem Bahnhof Truppentransporte abwickelten, hörten sie die unterschiedlichsten Gerüchte über die Schlacht um das Bergwerk. Die einen behaupteten, die Polen hätten den Auftrag, die Gruben zu sprengen, um Kohle und Erze nicht dem Feind zu überlassen. Dann hieß es wieder, die

Deutschen selbst wollten die kriegswichtige Industrie auf polnischem Gebiet sabotieren.

Das Gefecht dauerte bis zum Nachmittag. Auf polnischer Seite standen nicht nur die regulären Truppen, sondern auch ehemalige Aufständische. Sie kämpften selbst dann noch weiter, als die polnische Armee sich zurückzog, weil die ersten Einheiten der Wehrmacht anrückten. Schließlich mussten sie aufgeben. Die Aufständischen wurden festgenommen, mit Stacheldraht gefesselt, durch die Stadt getrieben und erschossen.

Es war Augustyns Glück, dass er an jenem Septembertag, an dem der Krieg begonnen hatte, zur Arbeit gegangen war und nicht wie viele seiner ehemaligen Kameraden zur Zeche Michał hinausgelaufen war, um gegen die Deutschen zu kämpfen. Auf dem Bahnhof hörte er von SS-Trupps, die mit der Wehrmacht nach Polen gekommen waren und ehemalige Aufständische im Grenzgebiet auf den Dorfplätzen zusammengetrieben und hingerichtet hatten. Augustyn verbrannte seine Uniform, ließ seine Orden und Abzeichen verschwinden und mied den Kontakt mit alten Freunden aus der Zeit der Aufstände.

Von nun an hatte er Angst. Es war eine heimtückische, bösartige Angst, die ihn vom Ausbruch des Krieges an begleitete. An manchen Tagen hielt sie ihn so fest umklammert, dass er an nichts anderes denken konnte. Dann wieder zog sie sich zurück, folgte ihm fast unmerklich wie ein unsichtbarer Begleiter, nur um ihn zuletzt, wenn er sie bei der Arbeit für ein paar Stunden fast völlig vergessen hatte, plötzlich aus dem Hinterhalt zu überfallen.

Es genügte ein polizeilicher Aushang mit einer Liste von Namen oder eine geflüsterte Unterhaltung über einen Nachbarn, der vor ein paar Wochen über Nacht verschwunden war, um Augustyn daran zu erinnern, dass er selbst als ehemaliger Aufständischer einer Verhaftung bisher nur knapp entronnen war. Auch er hätte eigentlich längst in einer der Verhörzellen im Keller des Gestapo-Hauptquartiers in Lublinitz landen müssen.

Józefs Schwester Anna erzählte mir, wie die Angst ihres Vaters von Tag zu Tag größer wurde. Augustyn schreckte mitten in der Nacht auf, weil er ein Geräusch gehört hatte und glaubte, dass die Gestapo vor der Tür stand und ihn abholen wollte. Wenn in Steblau die Nachbarn über die Zeit vor dem Krieg sprachen, schwieg er, um nicht auf seinen Wechsel von der deutschen auf die polnische Seite der Grenze angesprochen zu werden, und wenn Kollegen während der Mittagspause hinter vorgehaltener Hand über Freunde redeten, die in den Untergrund gegangen waren und sich jetzt in den Wäldern zwischen Lublinitz und Oppeln im Tal der Malapane vor den Deutschen verbargen, holte er seinen Tabakbeutel heraus und drehte sich Zigaretten auf Vorrat, um nicht in das Gespräch einbezogen zu werden.

Die ständigen Magenschmerzen und die Appetitlosigkeit schob Augustyn auf seine Nervosität, auf den Schlafmangel und die harte Arbeit draußen am Bahndamm. Doch Anfang 1944, Józef war mittlerweile fast ein Jahr von zu Hause fort, ging es Augustyn schlechter.

Er nahm immer weiter ab. Maria machte sich jetzt ernsthafte Sorgen. Die Versorgungslage war schlecht, und die Lebensmittelkarten reichten nur bis zur Mitte des Monats. Der Garten warf kaum noch etwas ab, die Hühner hatte sie längst geschlachtet. Also fuhr sie mit dem Fahrrad über die Dörfer und tauschte bei den Bauern Halsketten und Broschen aus ihrem Schmuckkästchen gegen Eier, Fleisch und Geflügel. Maria kochte Gänsesuppe, damit Augustyn wieder zu Kräften kam, doch das fette Fleisch bekam ihm nicht. Nach dem Essen wand er sich in Krämpfen auf dem Bett.

Im April des Jahres 1944 wog Augustyn nur noch fünfzig Kilo. In Italien setzten die Soldaten der Anders-Armee zum Sturm auf Monte Cassino an, amerikanische und britische Truppen bereiteten sich auf die Landung in Frankreich vor, und im Osten wurden die Deutschen von der Roten Armee immer weiter zurückgedrängt. Nicht mehr lange, und die Front würde in Polen angekommen sein.

Augustyn ahnte, dass er das Ende des Krieges nicht mehr erleben würde. Am 24. April machte er sich auf den Weg zum Amtsgericht. In seiner alten ledernen Aktenmappe trug er den Vertrag bei sich, den er im Sommer 1939 mit der Witwe des Grenzbeamten Szafrański geschlossen hatte. Vier Jahre nach dem Kauf ließ er das Grundstück in Steblau im Grundbuch eintragen. Als Miteigentümerin gab er seine Ehefrau Maria an, damit nach seinem Tod keine Zweifel daran aufkämen, dass sie die rechtmäßige Besitzerin von Haus und Grundstück war.

Erschöpft kehrte er an diesem Tag nach Hause zurück. Das Abendessen lehnte er ab. Augustyn konnte keine feste Nahrung mehr zu sich nehmen. Mitte Mai erbrach er Blut. Maria rief den Arzt. Die Untersuchung dauerte nicht lange. Der Arzt sah Augustyn in den Hals, roch an seinem Atem, tastete ihm mit kalten Händen den Bauch ab.

Am 19. Mai wurde Augustyn am späten Vormittag im Krankenhaus von Lublinitz mit Äther betäubt. Ein Chirurg öffnete seinen Brustkorb und stellte fest, dass ein Tumor Augustyns Magen und seine Speiseröhre befallen hatte. Es war Krebs im fortgeschrittenen Stadium. Eine Operation erschien aussichtslos. Der Arzt vernähte die Wunde. Ein paar Wochen, vielleicht sogar einige Monate würde Augustyn noch zu leben haben, erklärte er Maria, die mit ihren drei Töchtern im Flur des Krankenhauses gewartet hatte.

Doch Augustyn war bereits zu schwach. Er erwachte nicht mehr aus der Narkose. Um 14.15 Uhr stellte eine Krankenschwester seinen Tod fest.

ES IST EIN weiter Weg. Józef fährt über Rennes und Le Mans nach Paris, weiter nach Straßburg und dann, am Rhein entlang, nach Karlsruhe. Die Züge sind überfüllt mit bleichen, erschöpften Soldaten, darunter Verwundete mit Augenklappen und Armbinden, die aus einem Lazarett kommen und notdürftig wiederhergestellt zurück an die Ostfront müssen. Sie teilen Tabak und Schnaps und tauschen Neuigkeiten aus. Die Rote Armee rückt vor, die Wehrmacht zieht sich aus der Ukraine und aus Weißrussland zurück nach Polen. Józef hört von durchbrochenen Fronten, Kesselschlachten und schweren Verlusten.

In Karlsruhe wechselt er den Zug, und als er weiter Richtung Osten fährt, erkennt er die Städte, die er ein Jahr zuvor auf dem Weg zur Grundausbildung durchquert hat, nicht mehr wieder. Mannheim, Frankfurt, Erfurt liegen in Schutt und Asche, Brandmauern, zerborstene Kirchtürme und Fabrikschornsteine ragen aus Trümmerfeldern hervor.

Das ist der Krieg, von dem Józef in Frankreich nichts gesehen hat. Hinter Frankfurt wird der Zug zum ersten Mal auf offener Strecke von amerikanischen Flugzeugen angegriffen, und Józef stürzt mit den anderen aus dem Wagen, um in einem Graben Schutz vor dem Maschinengewehrfeuer zu suchen.

Die Fahrt verzögert sich immer wieder. Nach vier Tagen

kommt Józef endlich an. In Breslau ist er mitten in der Nacht noch einmal umgestiegen, in den Zug nach Kattowitz. Es ist die alte Strecke über Namslau, Kreuzburg und Rosenberg, auf der sein Vater dreißig Jahre zuvor Fahrkarten kontrolliert hat.

Hungrig und übermüdet steigt Józef am frühen Morgen in Lublinitz aus dem Zug. Auf dem Bahnhof kennt er niemanden mehr, von den früheren Kollegen seines Vaters hat keiner seine Arbeit behalten. Das Schild mit dem Namen der Stadt ist wieder einmal ausgetauscht worden. Lublinitz heißt jetzt Loben, der alte, deutsche Name war dem polnischen Lubliniec zu ähnlich gewesen.

Ein Bauer nimmt Józef auf dem Pferdewagen mit. Auch die letzten Erinnerungen an die polnische Zeit sind verschwunden. Lubliniec, Lublinitz, Loben ist eine deutsche Kleinstadt geworden. Der »piekarz« ist nun ein Bäcker, der Fleischer in Steblau verkauft nicht mehr »wędliny«, sondern Wurstwaren. Józefs Mutter Maria und seine Schwestern Anna, Hilda und Lena laufen ihm auf dem Körnerweg entgegen, in schwarzen Kleidern und mit rot geweinten Gesichtern. Er kommt zu spät. Sein Vater ist am Tag zuvor begraben worden.

Maria kocht ihm eine Tasse Kaffee, irgendwie hat sie ein paar Bohnen aufgetrieben. Sie erzählt von der Beerdigung. Józefs Vater konnte nicht auf dem großen Friedhof der Stadt beerdigt werden, der im neunzehnten Jahrhundert südlich des Bahnhofs angelegt worden war. Der Zugang zu dem Gräberfeld ist seit Wochen gesperrt; die Deutschen bauen eine neue Straße.

Also musste der Katholik Augustyn auf dem bereits seit Jahren nicht mehr genutzten evangelischen Friedhof beigesetzt werden, der außerhalb der Stadt in Richtung Tarnowitz liegt und noch aus preußischer Zeit stammt. Die Nachbarn und die ehemaligen Arbeitskollegen, die Verwandten, die aus Bendawitz und Groß Stanisch und ganz Oberschlesien angereist waren, kamen auf dem Weg von der Nikolaikirche neben dem Marktplatz in ihrer schwarzen Kleidung ins Schwitzen. Der 23. Mai 1944 war ein warmer Tag, und sie waren fast erleichtert, als sie endlich am offenen Grab standen, im Schatten der Pappeln, die auf dem stillgelegten Friedhof in die Höhe geschossen waren.

»Dein Vater ist an seiner Angst gestorben«, sagt Maria zu Józef. Leise beginnt sie zu weinen. Als Józef ihr einen verlegenen Blick zuwirft, stellt er fest, dass die Tränen ihr nur über die eine Hälfte des Gesichts laufen. Ihr Glasauge bleibt trocken. »Geh dich waschen«, sagt Maria.

Drei Tage bleibt Józef in Steblau. Seine Schwestern weichen ihm in dieser Zeit nicht von der Seite. Anna ist jetzt siebzehn, Hilda fünfzehn und Lena vierzehn. Sie wollen alles über Frankreich wissen. Józef erzählt von den grünen Weinbergen in Toul, von den Palmen und den römischen Ruinen in Nîmes, von dem ständigen Wind, dem rauen Meer und der strahlend weißen Gischt an der Atlantikküste.

Józef gibt sich Mühe. Er streut ein paar französische Wörter ein, die er in den vergangenen Monaten aufgeschnappt hat, »pain«, »vin«, »guerre«, doch als Anna, die Älteste, ihn mit einem Augenzwinkern nach den Mädchen in Frankreich fragt, winkt er verlegen ab. Er zeigt seinen Schwestern lieber das Abzeichen der Fallschirmspringer, einen grimmigen silbernen Adler, der sich mit angelegten Flügeln zu Boden stürzt und in seinen Krallen ein Hakenkreuz trägt.

Dass Józef bisher nur auf einem Kasernenhof von einem zwei Meter hohen Holzturm gesprungen ist, verschweigt er seinen Schwestern, genau wie den Abend, den er zusammen mit zwei anderen polnischen Wehrmachtssoldaten in einem schäbigen Bordell in Reims verbracht hat. Er hat wenig zu erzählen, und er hat Angst davor, dass er zu klein sein könnte für die Welt da draußen, dass das Leben ihn einfach überrollt, so wie der Krieg über die deutschen Städte hinwegfegt, und dass auch von ihm dabei am Ende nichts übrig bleiben würde.

Vielleicht kommt Józef bei seinem kurzen Besuch zu Hause zum ersten Mal der Gedanke, dass er sich in Zukunft ein bisschen größer machen muss, als er in Wirklichkeit ist. Er erinnert sich an die Geschichten, die sein Ausbilder in der Kaserne in Reims erzählt hat, ein Fallschirmjäger der ersten Stunde, der mit einem zerschossenen Arm und einer Augenklappe vom Einsatz in Kreta zurückgekommen war.

Am schlimmsten sei der Absprung bei Nacht, erklärt Józef seinen Schwestern in der Küche in Lublinitz. Man falle aus der Luke in die Dunkelheit, die kalte Luft pfeife in den Ohren, und den Boden erkenne man erst kurz vor dem Aufprall. »Man denkt jedes Mal, das ist das Ende«, sagt er, so lässig, wie es eben geht.

Maria hat Józefs Kleidung ausgebürstet und gewaschen, und am Tag vor seiner Abfahrt drängeln die Schwestern so lange, bis ihr Bruder ihnen erlaubt, die Uniform anzuprobieren. Während die Mädchen sich umziehen, sucht Józef nach dem Fotoapparat seines Vaters. Er findet ihn in einem Schrank im Schlafzimmer der Eltern, zusammen mit zwei unbenutzten Filmen und einem Umschlag vom Fotografen Poznański, der sein Atelier in Lublinitz gleich hinter dem Marktplatz hat.

Der Umschlag enthält Aufnahmen, die Augustyn kurz nach dem Umzug der Familie gemacht hat. Die Fotos sind mitten im Krieg entstanden, aber es sind seltsam friedliche Bilder, von Nachbarskindern, die mit der kleinen Lena in der Frühlingssonne auf dem Sandweg vor dem neuen Haus spielen, von Anna und Hilda, die im Gras sitzen, und eines von Józef selbst, auf dem er fünfzehn Jahre alt ist. Er lehnt am Gartenzaun, eine Hand in der Hosentasche, und blinzelt in das viel zu helle Licht.

Józef nimmt den Fotoapparat und geht hinunter in den Garten. Die drei Mädchen posieren hinter dem Haus in der Fliegerbluse der deutschen Luftwaffe, die schmale Mütze fest auf das hochgesteckte Haar gedrückt. Sie verwandeln sich in lachende Wehrmachtssoldaten, und Hilda, sie ist von den dreien die Verwegenste, schlüpft für die Kamera sogar in die schweren, hochgeschnürten Stiefel.

Am Abend fährt Józef noch einmal mit Anna hinten auf dem Fahrradgepäckträger hinaus zum Friedhof. »Lange werde ich die Uniform ohnehin nicht mehr tragen«, erklärt er seiner Schwester, als sie die welken Blumen am Grab des Vaters aufsammeln. Er erzählt ihr von den Gerüchten, die unter den Polen und Schlesiern in seiner Einheit die Runde machen, von den Überläufern, die sich den Briten und Amerikanern angeschlossen haben und auf der Seite der Alliierten gegen die Deutschen kämpfen. »Ich warte nur auf die richtige Gelegenheit«, sagt Józef, als sie zurück zum Fahrrad gehen.

Im Juli, er ist längst zurück in Frankreich, trifft ein Brief in Steblau ein. Es ist ein Formschreiben der Wehrmacht. Maria Koźlik wird mitgeteilt, dass ihr Sohn Józef seit Anfang des Monats als vermisst gilt.

Anna tröstet ihre Mutter. »Er ist nicht tot«, sagt sie und berichtet ihr von dem Gespräch auf dem Friedhof. »Er kämpft jetzt gegen die Deutschen.«

Anna hat nie daran gezweifelt, dass ihr großer Bruder zum Deserteur geworden ist. Noch sechzig Jahre später sollte sie mir die Geschichte in ihrem Wohnzimmer in Steblau erzählen.

Ende Mai kehrt Józef zurück nach Brest. Er bleibt nur wenige Tage. In der Nacht vom 5. auf den 6. Juni 1944 nehmen die Schiffe der Alliierten Kurs auf die Normandie. Józefs Einheit wird Hals über Kopf aus der Bretagne in den Norden verlegt, auf die Halbinsel Cotentin. Sie sollen Saint-Lô sichern, einen wichtigen Knotenpunkt im Versorgungsnetz der Wehrmacht.

Doch als die Soldaten dort eintreffen, ist von der Stadt kaum noch etwas übrig. Amerikanische und englische Flugzeuge haben Saint-Lô bereits in den Tagen vor der Invasion unter Beschuss genommen. Allein die mittelalterliche Kathedrale mit ihren meterdicken Mauern hat das Bombardement überstanden.

Die Fallschirmjäger verschanzen sich. Józefs Regiment bezieht auf einem Hügel im Osten der Stadt Stellung. Von hier aus lässt sich die Straße kontrollieren, die von Saint-Lô über La Malbrêche und Vaubadon nach Bayeux führt. Bei guter Sicht kann er sogar die Kriegsschiffe auf dem Ärmelkanal erkennen und die Rauchschwaden, die über der Küste aufsteigen.

Die Alliierten liefern sich heftige Gefechte mit den Deutschen, und Józef hört Tag und Nacht die dumpfen Geräusche der Panzerkanonen und Mörser, Feldhaubitzen und Raketenwerfer. Die Soldaten bauen ihre Stellung aus, flicken im Schatten eines Eichenwäldchens ihre Kleidung, reinigen ihre Karabiner und überziehen ihre Helme mit einem groben Drahtgeflecht, in das sie zur Tarnung Gräser und Zweige stecken.

Sie warten. Drei Wochen lang bleibt das Regiment in Stellung, und abends, wenn die Sonne tiefer steht, liegen die Soldaten auf dem Rücken im warmen Gras und zielen mit ihren Karabinern auf Enten und Gänse, die von der umkämpften Küste ins Landesinnere fliehen.

Dann geht alles plötzlich sehr schnell. Anfang Juli stoßen die Amerikaner in Richtung Süden vor, direkt auf Saint-Lô. Die ersten Einheiten greifen die Stadt von Westen her an, zunächst ohne großen Erfolg. Die Landschaft in der Umgebung ist von Hecken durchzogen, hinter denen die Deutschen sich tief eingegraben haben, um aus der Deckung heraus das Feuer auf die Angreifer zu eröffnen. Bauernhöfe dienen als Unterstände für Maschinengewehre, Entwässerungsgräben und tief ausgefahrene landwirtschaftliche Wege verhindern das Vorrücken der amerikanischen Panzer.

Schließlich ändern die Amerikaner ihre Taktik. Sie versuchen, Saint-Lô einzukreisen. Eine der Etappen auf dem Weg zu diesem Ziel ist der Hügel, auf dem sich Józefs Regiment verschanzt hat.

Am 11. Juli 1944 ist es so weit. Am frühen Morgen greifen die Amerikaner die Stellungen der Wehrmacht im Osten an. Sie kommen mit schwerem Gerät. Von seinem Hügel aus sieht Józef, wie Planierraupen mit gewaltigen Schaufeln Sand in die Gräben schieben, um den amerikanischen Panzern den Weg zu ebnen. Pioniertrupps säubern Minenfelder und sprengen mit TNT Lücken in die jahrhundertealten Erdwälle, die die deutschen Soldaten zu Befestigungsanlagen umfunktioniert haben, während die Artillerie ihnen

Rückendeckung gibt und die Hecken und Waldverstecke mit Feuer überzieht.

Als Erstes fällt das Dorf Cloville am Fuß des Hügels in die Hände der Amerikaner. Von hier aus kämpfen sie sich durch Obstgärten und Weinstöcke den Hang hinauf. Am späten Nachmittag nehmen sie mit Phosphorgranaten und schwerer Artillerie das dreieckige Waldstück unter Beschuss, das Józefs Regiment als Rückzugsgebiet dient.

Die Kämpfe ziehen sich hin. Józef wird mit einem kleinen Trupp immer weiter in den Wald zurückgedrängt, er sucht Schutz hinter Bäumen und in Erdlöchern, feuert blindlings in die Abendsonne hinein, bis ihm die Munition ausgeht.

Dann kommt die Nacht. Der Wehrmachtssoldat Józef Koźlik verschwindet in der Dunkelheit, um Jahre später in den Erzählungen meines Vaters als polnischer Soldat in einer britischen Uniform wieder aufzutauchen. Als ob das ganze Leben nur ein Maskenball sei.

AN EINEM SAMSTAG im Mai 1973 fuhr mein Vater nach Fürstenau. Meine Eltern lebten damals in einem alten Haus am Rand des Moors, eine gute Stunde Fahrt von der Stadt entfernt, in der mein Vater seine Kindheit verbracht hatte.

In ein paar Tagen sollte er seine erste Stelle als Lehrer antreten, und er nutzte die letzten freien Tage für einen Besuch bei seinen Großeltern. Er hatte das Seitenfenster des VW Käfers heruntergekurbelt, und die Luft roch nach Sommer. Das karge Torfmoor mit seinen ärmlichen Straßensiedlungen und den mühsam trockengelegten Äckern hatte er bald hinter sich gelassen. Jetzt fuhr er hinter Traktoren und Milchlastern langsam über schmale Landstraßen, die an alten Gehöften vorbei durch die Landschaft führten, in der er aufgewachsen war.

Als ich dem Weg auf einer Karte mit dem Finger folgte, waren es die hart klingenden Namen der niedersächsischen Dörfer und Kleinstädte, die mich zurück in die Welt der Geschichten meines Vater versetzten, Bersenbrück und Bramsche, Ankum, Nortrup, Karwisch. Jeder dieser Orte war für mich mit einer Erinnerung meines Vaters verbunden. In Quakenbrück war er zur Schule gegangen, in Rheine hatte seine Mutter Marianne in der Eisenwarenhandlung gearbeitet. In Schwagstorf hatte mein Vater mit seinem Großvater Arnold einen Bauern besucht, der eine Aussteuertruhe in Auftrag geben wollte, in Meppen hatte er Fußball gespielt, und nach Lonnerbecke war mein Vater oft allein mit dem Fahrrad an der Bahnstrecke entlanggefahren, zu Verwandten, die dort einen Bauernhof hatten, um Eier, Butter oder Milch zu holen.

Inmitten dieser Orte lag Fürstenau. Mit der Bundeswehrkaserne, in der Marianne zehn Jahre zuvor als Sekretärin gearbeitet hatte, war der Wohlstand eingezogen. Aus dem kleinen, verträumten Ort mit den engen Gassen und der Burgruine war eine moderne Kleinstadt geworden, mit frisch geteerten Straßen und aufgeräumten Wohnsiedlungen.

Auch bei den Großeltern meines Vaters hatte sich einiges verändert. Seit mein Vater mit dem Studium begonnen hatte, waren Arnold und Anna allein. Arnolds Bruder Rudolf und seine Schwester Lore waren längst ausgezogen, Marianne hatte geheiratet, den Mann, den ich einmal meinen Großvater nennen würde, und ihre jüngere Schwester Eleonore hatte ebenfalls das Haus verlassen.

Die Tischlerei hatte seit Ende der Sechzigerjahre kaum noch Gewinn abgeworfen. Arnold, der den Betrieb als junger Mann übernommen hatte, verfügte nicht über das Talent, Geld zu verdienen. Er hatte eine sichere Hand, wenn es um Schnitzarbeiten ging, doch die Geschäfte führte er nachlässig. Seine Auftragsbücher waren Kalender, in denen er mit einem Zimmermannsbleistift die Namen der Kunden und die gewünschten Arbeiten eintrug. Den Lohn für die Gesellen und Lehrlinge zählte er am Monatsende aus seiner

Brieftasche ab, genau wie das Haushaltsgeld für Anna. Niemand hatte Einblick in seine Buchführung, selbst ihm war es nicht aufgefallen, dass die Tischlerei zuletzt seine gesamten Ersparnisse aufgezehrt hatte. Es gab keine Rücklagen, keine Lebensversicherung, nicht einmal ein gut gefülltes Versteck mit Schwarzgeld wie in anderen Handwerksbetrieben.

Dann hatten Nachbarn Arnold eines Nachmittags auf dem Parkplatz des neuen Supermarktes am anderen Ende der Stadt angetroffen. Er wirkte verwirrt, und sie mussten ihn zurück nach Hause begleiten. Zuerst hieß es nur, es sei das Alter, doch allen war klar, dass er die Tischlerei nicht würde weiterführen können.

Verträge wurden geschlossen. Mariannes Mann übernahm Grundstück, Haus und Werkstatt, und Arnold und Anna bekamen ein lebenslanges Wohnrecht zugesprochen.

Auf den ersten Blick wirkte es wie eine gute Lösung. Die Werkstatt wurde verpachtet und von einem Tischler weitergeführt, der für ein Antiquitätengeschäft in Osnabrück alte Möbel aufarbeitete. Das Wohnhaus wurde umgebaut. Die verspielte Fassade verschwand hinter Ziegelsteinen, und aus der Bürgervilla im Stil eines englischen Landhauses wurde ein schlichtes Mehrparteienhaus mit zwei Mietwohnungen im Obergeschoss.

Auch die Waschküche und der Stall waren ausgebaut worden. Hier bekam Karl sein Zimmer, Arnolds anderer Bruder, der als Einziger der Verwandten im Haus geblieben war.

Mein Vater schaute immer als Erstes bei ihm vorbei, wenn er nach Fürstenau kam. Überall stapelten sich Noten, Westernheftchen, zerlesene Taschenbücher und alte Reader's-Digest-Ausgaben. Karls zerbeulte Trompete stand auf einem Tischchen in der Ecke, und auch den Lehnstuhl gab es noch, in dem er schon früher den ganzen Abend gesessen und gelesen hatte. Das einzige Zugeständnis an die neuen Zeiten war eine Kochplatte, auf der er sich das Essen aufwärmte. Früher hatte er den Teller mit den Bratkartoffeln, den mein Vater ihm jeden Abend nach oben brachte, einfach auf den Kohleofen gestellt.

Auch in der Küche gab es jetzt elektrischen Strom, aber Anna hatte darauf bestanden, dass der alte Herd, der mit Holz befeuert wurde, für Notfälle blieb. Dampf stieg aus den Töpfen. Anna trug die gleiche weiße Kittelschürze, die sie immer getragen hatte, die Wangen rot vom Kochen, die Haare streng zu einem Dutt zusammengesteckt, und zum Nachtisch stellte sie eine riesige Schüssel mit Vanillepudding auf den Tisch und öffnete ein Glas mit Erdbeeren, das letzte, das vom vergangenen Jahr noch übrig war.

Alles war wie früher. Nach dem Essen legte sich Arnold im Wohnzimmer zum Mittagsschlaf auf die Chaiselongue, neben sich die russische Grammatik, in der er immer noch gelegentlich blätterte, obwohl seit dem Krieg, der ihn nach Russland geführt hatte, fast dreißig Jahre vergangen waren.

Mein Vater blieb allein mit Anna in der Küche. Er half beim Abwasch, dann saßen sie am Tisch und sahen aus dem

Fenster hinüber zur Werkstatt. Gearbeitet wurde dort nicht, es war Samstag.

Mein Vater erzählte von der Schule, an der er demnächst unterrichten würde, Anna erkundigte sich nach mir, ihrem Urenkel. Und dann, plötzlich, lag ein Briefumschlag vor meinem Vater auf dem Küchentisch, ein mit der Hand aufgerissener Luftpostumschlag aus bläulichem, durchscheinendem Papier, mit mehreren Briefmarken und farbigen Stempelabdrücken. Er war an Arnold adressiert, in einer akkuraten Handschrift mit leicht nach rechts gebeugten Buchstaben. Der Name des Absenders stand auf der Rückseite: Józef Koźlik.

Ich habe nie herausgefunden, wie der Brief auf den Küchentisch gekommen war. Mein Vater war sechsundzwanzig Jahre alt, er war verheiratet, und er hatte mittlerweile selbst ein Kind. Vielleicht hatte er an jenem Samstag seine Großmutter zum ersten Mal nach seinem Vater gefragt, vielleicht hatte sie von selbst angefangen, darüber zu sprechen.

Sicher ist nur, dass er im Mai 1973 den Namen seines Vaters erfuhr. Der Brief sei bereits im vergangenen Jahr bei ihnen angekommen, sagte Anna. »Deiner Mutter«, fügte sie hinzu, »haben wir nichts davon gesagt.«

Mein Vater steckte den Umschlag in die Tasche seines Hemds. Anna setzte Wasser für Kaffee auf und weckte Arnold, der mit der alten Grammatik in den Händen eingeschlafen war, und als sie zu dritt in der Küche saßen und den Zitronenkuchen aßen, den Anna schon früher immer gebacken hatte, drehte sich das Gespräch um Nachbarn und Bekannte.

Die alte Ordnung war wieder hergestellt. Über Józef wurde in Fürstenau nicht gesprochen. Dabei hatte er einmal selbst fast zur Familie gehört.

Mit dem alten Haus am Rand des Moors, in dem meine Eltern damals lebten, verbinden mich nur eine Handvoll Erinnerungen. Die Dielen knarrten, das Dach war undicht und musste immer wieder geflickt werden, und an den Fensterrahmen bröckelte der Kitt.

Wenn es zu frieren begann, waren die Scheiben am frühen Morgen mit matt glänzenden Eisblumen bedeckt. Kondenswasser lief in Pfützen auf den Fensterbänken zusammen, und im Winter breitete mein Vater im ganzen Haus Handtücher aus, die er tropfnass wieder einsammelte und im Badezimmer über der Wanne auswrang. Im Sommer gab es den Garten mit seinen knorrigen Apfelbäumen, deren ausladende Äste von Lattenkreuzen gestützt wurden. Mücken tanzten, und abends schossen Schwalben durch die Luft. Sie hatten ihre Nester in dem halbverfallenen Schafstall gebaut, der zwischen Bäumen und Büschen neben dem Haus stand.

Die Bilder, die mir im Gedächtnis geblieben sind, tragen die gleichen verwaschenen Farben wie die Fotografien in den Familienalben, die bei meinen Eltern heute dicht an dicht im Schrank stehen, säuberlich beschriftet und nach

Jahren geordnet. Fotos aus der Kindheit meines Vaters kannte ich nicht, nur seine Erinnerungen an diese Zeit, die mir bis heute vertrauter sind als die Erinnerungen an meine eigene Kindheit.

Den Brief aus Polen hatte mein Vater in Annas Küche nur überflogen. Erst zu Hause las er ihn gründlich, am Schreibtisch in seinem Arbeitszimmer, von dem aus er in den Garten hinaussehen konnte, auf eine Reihe hoch aufgeschossener Fichten und dunkler Rhododendronsträucher, die zu dieser Jahreszeit schwere, violette Blüten trugen. »Sehr geehrter Herr …«, so begann der Brief, den Józef am 25. Juli 1972 an Arnold geschrieben hatte. »Nach etlichen Jahren erlaube ich mir, ein paar Worte an Sie zu richten.«

Zwei Seiten steckten in dem Umschlag. Der Brief war mit der Hand geschrieben, mit Formulierungen, die aus einer anderen Zeit zu stammen schienen, und in der Orthografie eines Menschen, der eine Sprache besser sprach, als er sie zu Papier brachte: »Sie müssen meine Fehler entschuldigen, aber ich habe seit zwanzig Jahren kein Deutsch mehr geschrieben.«

Der Brief lag in der Zigarrenkiste, zusammen mit den anderen Briefen, die Józef in den nächsten zehn Jahren an meinen Vater schreiben sollte. Für mich war die größte Überraschung, dass Józef sich in der kleinen Welt rund um die Tischlerwerkstatt in Fürstenau so gut auskannte, einer Welt, die für mich bis dahin ganz allein meinem Vater und mir gehört hatte. Er erkundigte sich nach der Stadt, deren

Fassaden, als er sie das letzte Mal gesehen hatte, noch die Spuren des Krieges trugen. Er hoffe, schrieb er, dass die zerstörten Häuser und auch das Rathaus inzwischen wieder aufgebaut worden seien. »Und was gibt es Neues in der Familie?«

Es fielen Namen, die mein Vater gut kannte und die auch mir durch seine Erzählungen vertraut waren. Józef wollte wissen, wie es Eleonore ginge, die er in seinem Brief Lorchen nannte, er fragte nach Karl, der in der Beizstube gearbeitet hatte, nach Rudolf, dem Polsterer, der sich immer mit Anna gezankt habe, und nach der Urgroßmutter: »Lebt sie noch?« Und er fragte nach Marianne.

Nichts hatte darauf hingedeutet, dass meine Großmutter mit dem polnischen Soldaten mehr verbunden hatte als eine flüchtige Bekanntschaft, der ein Kind entsprungen war. Der Brief, den Józef an Arnold geschrieben hatte, erweckte einen anderen Eindruck. Plötzlich schien ein gemeinsames Leben auf, zu zweit und zu dritt, im Kreis einer großen Familie.

»Ich würde mich freuen, mehr über meinen Sohn zu erfahren«, fuhr Józef fort. »Hat er eine Frau gefunden, was hat er für einen Beruf? Vielleicht könnten Sie mir einige Fotos schicken?« Er habe in letzter Zeit mehrmals versucht, über das Rote Kreuz an die Adresse seines Sohnes zu gelangen, sei aber jedes Mal an ihn, den Großvater, verwiesen worden. »Sie müssen entschuldigen, dass ich so viele Jahre nicht geschrieben habe. Ich wollte meinem Sohn, als er klein war, mit meinen Briefen keine Schmerzen bereiten.

Aber jetzt möchte er doch bestimmt seinen Vater kennenlernen. Ich würde darum gern Verbindung mit ihm aufnehmen.«

Als Kind durfte ich manchmal im Arbeitszimmer meines Vaters mit der Schreibmaschine spielen. Es war eine große Maschine mit Dezimaltabulator und einer breiten, schweren Walze. Man musste Kraft aufwenden, um die Umschalttaste für die Großbuchstaben zu bedienen, und wenn man sie nicht ganz herunterdrückte, rutschten die Lettern nach oben.

Ich erkannte das Schriftbild wieder, als ich viele Jahre später eine Kopie des Briefes in der Hand hielt, den mein Vater im Sommer 1973 mit der Maschine an Józef geschrieben hatte, die über die Zeilen tanzenden Buchstaben, die ausgefransten Punzen beim kleinen M und beim kleinen E, die altmodischen, zart geschwungenen Serifen.

Mein Vater hatte sich Zeit gelassen. Józefs Brief an Arnold war auf seinem Schreibtisch unter Arbeitsblättern, Notizzetteln und Stapeln mit Klassenarbeiten verschwunden. Er hatte gerade erst zu unterrichten begonnen. Drei Monate waren vergangen, seit er seine Großeltern in Fürstenau besucht hatte, und erst als die Sommerferien begannen, die großen Ferien, auf die er als Kind immer so sehnsüchtig gewartet hatte, formulierte mein Vater eine Antwort.

»Lieber Józef Koźlik«, schrieb er, »ich habe mich gefreut, von Ihnen nach so langer Zeit ein Lebenszeichen erhalten zu haben. In dem Brief an meine Großeltern in Fürstenau (im letzten Jahr) haben Sie den Wunsch geäußert, über mich und meine Familie Näheres zu erfahren.«

Der Brief, den mein Vater aufsetzte, war in einem beinahe geschäftsmäßigen Tonfall gehalten, höflich und distanziert. Er schrieb ein paar Sätze über sich selbst, über meine Mutter und über mich, über seine Arbeit als Lehrer und über die Veränderungen in Fürstenau und schloss mit den unverbindlichen Sätzen: »Ich hoffe, mit diesen Zeilen Ihren ersten Informationsbedarf gestillt zu haben, und ich wäre froh, auch aus Ihrem Leben und aus Ihrem Beruf Näheres zu erfahren. Wenn Sie den Wunsch haben, mir zu antworten, tun Sie es bitte. Ich würde mich freuen.«

Es ist der einzige Brief meines Vaters an Józef, der erhalten ist. Er hatte einen Durchschlag angefertigt, mit einem Blatt Kohlepapier aus der flachen, grünen Pappschachtel, die neben seiner Schreibmaschine auf einem kleinen Beistelltisch lag.

JÓZEFS SCHWESTER ANNA hatte mir bei meinem ersten Besuch in Steblau ein Foto von ihrem Bruder geschenkt. Es ist vor einem neutralen Hintergrund aufgenommen und zeigt Józef als Soldaten. Er trägt auf dem Bild eine dunkle Lederjacke, Handschuhe und einen Helm mit dem polnischen Adler und posiert mit seinem Karabiner vor der Kamera.

Am nächsten Tag nahm ich das Foto mit zu Antyk-Militaria, einem kleinen Laden, den ich in Krakau am Rand der Altstadt entdeckt hatte. In gläsernen Vitrinen lagen Messer und Dolche, verrostete Pistolen und blechernes Essgeschirr; staubige Uniformen, Kampfanzüge und Munitionstaschen aus rissigem Leder hingen an wackligen Kleiderständern. Der Besitzer sprach Deutsch. Die besten Geschäfte, erklärte er mir, mache er mit älteren Männern aus meinem Heimatland, den letzten der ehemaligen Wehrmachtssoldaten, die in Polen auf der Suche nach Souvenirs aus der Zeit des Zweiten Weltkriegs seien.

Aus einem überladenen Regal hinter der Ladentheke holte er ein voluminöses Nachschlagewerk mit Uniformen hervor, blätterte eine Zeitlang darin, verglich Józefs Jacke, seinen Helm und die Abzeichen, die auf dem Foto zu erkennen waren, mit den Abbildungen im Buch. Mein Großvater, sagte er, habe zur 1 Samodzielna Brygada Spadochronowa gehört, zur 1. Selbstständigen Fallschirmjägerbrigade der polnischen Exilarmee.

Das war der erste Hinweis. Zwei, drei kurze Sätze aus den Briefen kamen dazu, und schließlich konnte ich Józefs Spuren, die sich bei Saint-Lô in der Dunkelheit der Nacht verloren hatten, wieder aufnehmen.

Die 1. Selbstständige Fallschirmjägerbrigade war im Jahre 1941 aus polnischen Soldaten zusammengestellt worden, die nach der Niederlage gegen Deutschland über Rumänien und Ungarn nach Frankreich gelangt waren und von dort weiter nach Großbritannien.

Die Einheit hatte zunächst nur eine einzige Aufgabe. Ihre Angehörigen sollten über Polen abgesetzt werden, um die Heimatarmee bei dem lange geplanten Aufstand in Warschau zu unterstützen. Drei Jahre hatten sich die Fallschirmjäger in Ringway bei Manchester darauf vorbereitet, doch als sich die Heimatarmee in Warschau im August 1944 gegen die deutschen Besatzer erhob, warteten die polnischen Soldaten vergeblich auf den Einsatzbefehl.

Es ging um Politik. Die britische Regierung, unter deren Oberbefehl die Soldaten der Exilarmee standen, wollte sich nicht auf ein Kräftemessen mit Stalin einlassen, der seine eigenen Pläne für die Zukunft Osteuropas hatte.

Die Fallschirmjäger wurden nicht in Polen, sondern in den Niederlanden eingesetzt. Während die Wehrmacht und die Waffen-SS in Warschau den Aufstand der Heimatarmee niederschlugen, sollten die polnischen Soldaten in der Nähe der Stadt Arnheim eine Brücke über den Rhein sichern und den Vormarsch der Alliierten Richtung Deutschland vorbereiten.

Es sah ganz so aus, als ob die kindlichen Hoffnungen meines Vaters sich erfüllt hätten. Die Schlacht bei Arnheim gehört genau wie der Angriff auf das Kloster Monte Cassino zum Mythos der polnischen Exilarmee, und die Angehörigen der 1. Selbstständigen Fallschirmjägerbrigade werden in Polen bis heute als Helden verehrt. Auch er sei dabei gewesen, schrieb Józef an meinen Vater: »Ich habe als Fallschirmjäger bei Arnheim gekämpft.«

Es ist eine der wenigen Stellen, in denen er in seinen Briefen überhaupt auf den Zweiten Weltkrieg einging. Zuletzt war er also doch noch auf der richtigen Seite gelandet.

Der Einsatz war von Anfang an zum Scheitern verurteilt. Im September 1944 landeten die ersten Lastensegler der polnischen Truppe am nördlichen Rheinufer. Die Fallschirmjäger sollten dort auf die britischen Einheiten treffen, die vor ihnen eingetroffen waren.

Stattdessen wurden sie unter Beschuss genommen. Eine Panzerdivision der Waffen-SS, die von der Feindaufklärung übersehen worden war, eröffnete das Feuer. Weitere Kompanien wurden eingeflogen und am Südufer des Rheins abgesetzt, und in einer halsbrecherischen Aktion gelangten die polnischen Soldaten bei Nacht über den Fluss, um den

Rückzug der Engländer zu sichern. »Meine Einheit erlitt schwere Verluste«, schrieb Józef an meinen Vater.

Von den knapp 1.700 polnischen Fallschirmjägern waren 93 gefallen, 173 galten als vermisst, und 346 Soldaten waren schwer verletzt nach Großbritannien zurückgekehrt. Józef konnte froh sein, dass er den Einsatz heil überstanden hatte.

Die Fallschirmjägerbrigade blieb nach der Katastrophe von Arnheim zunächst in Ringway. Erst am 12. Mai 1945, vier Tage nach der Kapitulation, wurden die Soldaten erneut in Marsch gesetzt. Im Nordwesten Deutschlands waren beim Vormarsch der alliierten Truppen zahlreiche Lager mit polnischen Kriegsgefangenen und Zwangsarbeitern befreit worden. Die Briten beschlossen, dass die polnischen Fallschirmjäger sich um ihre Landsleute kümmern sollten. Also wurde die Brigade nach Deutschland verlegt. Doch bis Józef Koźlik meine Großmutter Marianne kennenlernte, sollte noch einiges geschehen.

Józef kommt nach Emmerich. Die Stadt liegt am Rhein, gleich an der niederländischen Grenze. Die polnischen Fallschirmjäger haben den Auftrag, die Lager in der Umgebung zu betreuen. Was sie dort zu sehen bekommen, ist schlimmer als alles, was sie sich vorgestellt haben. Wenn sie mit ihren Jeeps durch das Lagertor fahren, wanken ihnen abgemagerte Gestalten entgegen, Männer in zerschlissenen Mänteln, Frauen in gestreifter Gefängniskleidung und Kinder, die mit löchrigen Schuhen über den aufgeweichten Lehmboden stapfen.

Die polnischen Soldaten, die von ihren zerlumpten und ausgehungerten Landsleuten wie Helden empfangen werden, verteilen Wolldecken, geben Suppe aus und ziehen Bretterwände hoch, hinter denen provisorische Desinfektionsstationen eingerichtet werden.

Józef versucht sich jedes Mal vor dem Rundgang durch die stickigen Baracken zu drücken, in denen die Kranken, die zu schwach sind, um sich hinaus auf den Hof zu schleppen, auf verschmutzten Strohsäcken liegen und die Fallschirmjäger mit fiebrigen Augen anstarren. Gleichgültig in welches Lager die polnischen Soldaten kommen, immer hängt der Geruch von Tod und Verwesung in der Luft.

Wann sie zurück nach Polen dürfen, das ist die Frage, die Józef und den anderen Soldaten am häufigsten gestellt wird. Offiziell gelten die ehemaligen Lagerinsassen als Displaced Persons, kurz DPs, als Heimatlose, die außer Lebensmittelpaketen, Kleiderspenden und jeder Menge Bürokratie nichts zu erwarten haben.

Die polnischen Fallschirmjäger stellen Identitätskarten aus und legen endlose Namenslisten an, die sie an die britische Militärverwaltung und die Hilfsorganisationen der UNO weiterleiten. In den Lagern breitet sich Enttäuschung und Wut aus. An den Kontrollposten, die sie zusammen mit britischen und kanadischen Militärpolizisten entlang von Flüssen und Kanälen einrichten, greifen die polnischen

Fallschirmjäger immer wieder Gruppen von polnischen Flüchtlingen auf, die sich auf eigene Faust den Weg nach Hause bahnen wollen, zurück zu ihren Familien nach Jarosław, Biała Rawska oder Brodnica.

Täglich werden neue Lager entdeckt. Allein in dem Gebiet um Emmerich werden Ende Mai über 24.000 polnische DPs gezählt, und weil es immer noch keinen konkreten Termin für ihre Rückführung gibt, beschließt ein überforderter kanadischer Offizier, im Nordwesten der britischen Besatzungszone eine Kolonie für heimatlose Polen einzurichten.

Nördlich von Münster verläuft die Ems parallel zur niederländischen Grenze. Hier liegt das Emsland, eine unwegsame, spärlich besiedelte Moorlandschaft. Nach dem Ende des Ersten Weltkriegs waren die sumpfigen Flusstäler systematisch trockengelegt worden. Der preußische Staat hatte im großen Stil Flächen aufgekauft. Arbeitslose Jugendliche, die sich für einen freiwilligen Arbeitsdienst verpflichtet hatten, hoben Gräben aus und legten Kanäle an.

1933 verwandelte sich das Emsland dann in eine Strafkolonie. Die Nationalsozialisten richteten Lager für politische Gefangene ein, darunter das KZ Esterwegen. Im Herbst 1939 kamen die ersten der zahllosen Kriegsgefangenen und Zwangsarbeiter aus Polen.

Esterwegen kannte ich. Jedes Jahr im Winter, meist lag Schnee auf den Feldern, fuhren meine Eltern mit dem Auto hinaus zu der kleinen Ortschaft. Auf dem Gelände des ehemaligen Konzentrationslagers war eine Gedenkstätte entstanden, mit einem Stein und einer Tafel, und jedes Jahr wurde hier mit einer Mahnwache an die Machtergreifung der Nationalsozialisten im Januar 1933 erinnert.

Ehemalige Gefangene des Lagers erzählten, wie sie von SA-Männern ins Moor getrieben worden waren, um Torf zu stechen. Spaten und Schubkarre waren die einzigen Werkzeuge, die man den Häftlingen zugestand. Die Wächter prügelten die Gefangenen mit Stöcken und Gewehrkolben, bis sie bluteten, und wer gegen die Lagerordnung verstieß, wurde gezwungen, mit einer steinschweren, nassen Torfsode auf dem Kopf stundenlang reglos im kalten Wind zu stehen.

Mein Vater und meine Mutter sahen zu Boden, während sie den Berichten lauschten, ihre Gesichter hinter den Kragen ihrer Wintermäntel verborgen. Politiker und Gewerkschaftsvertreter warnten vor einer Wiederkehr der düsteren Zeiten und rühmten den Mut, den einige Bewohner der Region gezeigt hatten, als sie entflohenen Häftlingen Unterschlupf gewährten.

Es war ein Erinnerungsritual, an dem meine Eltern pflichtbewusst teilnahmen. Sie zündeten Kerzen an, die in durchbohrten Pappscheiben steckten, um die Hände vor dem herunterlaufenden Wachs zu schützen. Zuletzt stimmte ein Chor das schwermütige Lied von den Moorsoldaten an, von dem es hieß, die Insassen des Konzentrationslagers hätten es bei der Arbeit gesungen.

Darüber, was nach dem Krieg passierte, wurde bei den Mahnwachen in Esterwegen nicht gesprochen. Die Rolle, die die polnischen Soldaten damals spielten, ist in Deutschland bis heute so gut wie unbekannt. Und es gibt kaum jemanden, der sich im Emsland und in den benachbarten Gebieten gerne an die Zeit erinnert, als ausgerechnet die Polen plötzlich das Sagen hatten.

Unter den Gefangenen in Esterwegen und den anderen Lagern sind Niederländer, Belgier und Franzosen, Ukrainer, Litauer und Russen. Die größte Gruppe stellen jedoch die Polen. Im Frühjahr 1945 machen sich ihre Landsleute aus dem ganzen Nordwesten Deutschlands auf den Weg in Richtung Emsland, auf der Suche nach Verwandten und Freunden.

In den Baracken der Lager werden Notunterkünfte hergerichtet, ganze Ortschaften werden geräumt, um Platz für die Flüchtlinge zu schaffen. Gleichzeitig werden polnische Soldaten in der Region zusammengezogen. Eine Panzerdivision, die gegen Ende des Krieges gemeinsam mit den englischen und kanadischen Truppen nach Deutschland vorgerückt ist, wird ins Emsland verlegt.

Es bleibt nicht bei einem Rückzugsgebiet für polnische DPs. Innerhalb weniger Wochen wird eine Besatzungszone innerhalb der Besatzungszone geschaffen, eine polnische Enklave, die weit über das eigentliche Gebiet des Emslands hinausreicht. Schnell stellt sich heraus, dass die Panzerdivision die anfallenden Aufgaben nicht allein bewältigen kann. Sie fordert Verstärkung an, und die 1. Selbstständige Fallschirmjägerbrigade wird aus Emmerich abkommandiert. Sie soll den Kreis Bersenbrück übernehmen, der östlich an das Emsland grenzt. Das 2. Bataillon, zu dem Józef Koźlik gehört, wird in Fürstenau stationiert.

Mehr als tausend polnische Soldaten werden in den letzten Maitagen in die Stadt verlegt, eine ganze Armee im Vergleich zu den paar englischen Soldaten, die hier seit den letzten Tagen des Krieges die Stellung halten.

Häuser werden requiriert. Der polnische Stadtkommandant lässt mehrere Straßenzüge vollständig räumen, und der Bataillonsstab richtet sich in der Villa eines Arztes in der Bahnhofstraße ein. Daneben liegt eine Landwirtschaftsschule, die zusammen mit der neuen Mittelschule, dem Kindergarten und dem Haus der NSDAP zu den Vorzeigebauten aus den Dreißigerjahren gehört.

Hier werden Unterkünfte für die Mannschaftsgrade eingerichtet. Józef schlägt sein Feldbett in einem der leeren Klassenzimmer auf, unter einer großen Bildtafel mit farbigen Abbildungen zu den Produktionsabläufen in der Milchwirtschaft.

Am Morgen nach seiner Ankunft sieht er sich in Fürstenau um. Er läuft an gedrungenen Fachwerkhäusern vorbei, an einem alten Stadttor mit einem spitzen Türmchen, an Geschäften mit leeren Auslagen hinter gesprungenen Scheiben. Soldaten bevölkern die Stadt. Die polnischen Fallschirmjäger sind nicht zu übersehen mit ihren schief aufgesetzten Baretten und den kurzen, eng gebundenen Krawatten.

An den Straßenecken stehen britische Militärpolizisten mit einem Schlagstock am Gürtel, die den Abzug ihrer Landsleute verfolgen. Zwischen den Soldaten holpern Handwagen und Fuhrwerke über das Kopfsteinpflaster, schwer beladen mit Koffern, Kisten und Kleidersäcken. Sie gehören den Fürstenauer Familien, die ihre Wohnungen räumen müssen, um sie den Polen zu überlassen.

Józef bahnt sich seinen Weg durch die Menge und läuft die Straße in der Mitte des Ortes entlang, an der Ruine des Rathauses vorbei. Dann kommt er zur Schlossanlage. Enten und Schwäne schwimmen auf dem Teich. Es ist ein Anblick wie auf einer Postkarte, bloß dass neben den alten Mauern lange Holzbaracken errichtet worden sind für die Flüchtlinge aus Ostpreußen, Pommern und Schlesien, von denen jeden Tag mehr in der Stadt eintreffen.

Józef macht am Schlossteich kurz halt und reißt im Schatten einer der großen Buchen ein Päckchen Zigaretten auf. Langsam geht er am Wasser entlang und raucht wie ein Urlauber, der sich die Zeit bis zum Mittagessen mit einem Spaziergang vertreibt. Am Friedhof biegt er ab und schlendert weiter Richtung Bahnhof, wo gerade der letzte Zug mit britischen Soldaten abgefertigt wird. Er überquert die Gleise und biegt in eine Schotterstraße ein, die entlang der Bahnlinie verläuft. Fliederduft schlägt ihm entgegen. Hinter einem schmalen Graben und einer dichten Hecke liegt ein herrschaftliches Haus. Eine geschwungene Holzbrücke führt zwischen Fliedersträuchern über einen Graben in den Garten. Am Geländer lehnt eine junge Frau, groß, mit dunkelblonden Locken.

Sie lächelt Józef an. »Coffee?«, fragt sie ihn. Sie macht eine Bewegung, als ob sie rauchen würde: »Cigarettes?«

Józef bleibt stehen und holt die angebrochene Schachtel aus der Tasche seines Hemdes hervor. »Bitte schön«, sagt er auf Deutsch.

Die junge Frau lacht, als sie seinen Akzent hört. In diesem Moment klopft im Haus jemand an die Fensterscheibe. »Ich heiße Marianne«, sagt sie, bevor sie die Zigaretten in der Tasche ihres Kleides verschwinden lässt. »Józef«, sagt Józef. An der Tür dreht Marianne sich noch einmal um und zwinkert ihm zu.

Er kommt wieder, am nächsten Tag und auch am übernächsten. Immer wenn er es einrichten kann, geht er die Schotterstraße an den Bahngleisen entlang. Manchmal hat er Glück, und Marianne kommt aus dem Haus und läuft vor zum Gartentor.

Er bringt ihr kleine Geschenke mit, Schokolade, eine Orange und einmal sogar ein Stück parfümierte Seife, das in knisterndes Seidenpapier eingeschlagen ist. Es stammt aus einem Hilfsgütertransport, den Józef und drei andere Soldaten auf der kurvigen Landstraße in Richtung Bramsche gestoppt haben, um ein paar Kartons von der Ladefläche des Lkw auf den Rücksitz ihres Jeeps zu verladen.

»Bitte sehr«, sagt Józef, wenn er seine Geschenke überreicht, und Marianne neckt ihn damit, dass er das I in »Bitte« so merkwürdig in die Länge zieht. Sie wechseln jedes Mal nur ein paar Worte, leicht und flüchtig, an die sich später keiner von beiden erinnern kann, und es dauert nie lange, bis sie das Klopfen an der Fensterscheibe hören, das Marianne zurück ins Haus ruft.

»Meine Mutter«, sagt sie und verdreht die Augen. Schließlich bittet sie Józef, nicht mehr zum Haus zu kommen, sondern am Bahnübergang auf sie zu warten.

So beginnt es. Manchmal haben sie nur ein paar Minuten, manchmal eine Stunde oder sogar einen halben Nachmittag, an dem Marianne sich von zu Hause fortstehlen kann. Sie laufen draußen vor der Stadt über schmale Wege, und während die warme Luft, die über den Feldern aufsteigt, über ihre bloßen Arme streicht, berühren sich wie zufällig ihre Hände.

Marianne erzählt Józef von der Tischlerei, von ihrem Vater Arnold, der in den letzten Tagen des Krieges in britische Gefangenschaft geraten ist und jetzt in einem Lager in Belgien auf seine Entlassung wartet, und von ihrer Mutter Anna, mit der sie ständig aneinandergerät. Marianne ist siebzehn. Sie hat keine Ausbildung, die Schule musste sie während des Krieges verlassen. Sie verbringt die Tage zu Hause und hilft im Haushalt. Sie putzt, wischt, bohnert und schält Kartoffeln, sie gräbt die Beete im Garten um und jätet Unkraut »wie ein Dienstmädchen«, beklagt sie sich bei Józef.

In den vergangenen Wochen ist die Situation in dem großen Haus unerträglich geworden. Allein im ersten Stock teilen sich ein Dutzend Menschen eine Handvoll Zimmer, Verwandte, die ausgebombt worden sind, außerdem eine vierköpfige Flüchtlingsfamilie aus Hannover, die ihre Wohnung verloren hat und nach einer Irrfahrt quer durch Norddeutschland in Fürstenau gelandet ist. Und im Wohnzimmer schläft seit Wochen die Frau von Lehrer Tatchen.

Ihr Mann hatte während des Krieges das Amt des Kassenwarts in der Ortsgruppe der NSDAP inne und war nach der Einnahme der Stadt von den Briten interniert worden. Seine Wohnung war erst von englischen und dann von polnischen Soldaten in Beschlag genommen worden, und weil seine Tochter Karla mit Marianne befreundet ist, hat Anna die Frau des Lehrers, Karla und ihre jüngere Schwester bei sich aufgenommen.

Als der polnische Soldat Józef Koźlik immer öfter am Gartentor auftaucht, hilft Karla Marianne dabei, Ausreden zu erfinden, damit sie das Haus verlassen kann. Die beiden jungen Frauen brechen gemeinsam auf, um eine Nachbarin zu besuchen, der Karla bei einer Näharbeit zur Hand gehen will, und trennen sich dann mit einem Augenzwinkern am Bahnübergang, an dem Józef mit einer Zigarette in der Hand an einem Baum lehnt.

Er selbst erzählt nicht viel von sich. Einmal, als Marianne

ihn fragt, warum er, ein Pole, Deutsch spricht, zeichnet er eine Landkarte in den Sand, um ihr zu zeigen, wo er herkommt. Doch während er mit einem dünnen Zweig die Umrisse Oberschlesiens nachzieht, merkt er, dass das Haus in Steblau, der Bahnhof von Lublinitz und die Halden und Hochöfen von Siemianowitz in weite Ferne gerückt sind, genau wie Groß Stanisch und Colonnowska, die Orte, an denen er die ersten Jahre seiner Kindheit verbracht hat.

Józef wirft den Zweig zur Seite und wischt die Zeichnung mit dem Fuß aus. Er erzählt Marianne nicht, dass er auf der deutschen Seite der Grenze geboren wurde und dass er genau wie ihr Vater als Wehrmachtssoldat in den Krieg gezogen ist, und er ist froh, als sie keine weiteren Fragen stellt. An diesem Nachmittag küssen sie sich zum ersten Mal.

ICH HATTE einen langen Umweg machen müssen bei meiner Suche. Am Ende war ich auf Józefs Spuren tatsächlich wieder in Fürstenau angekommen.

Es war die Stadt, die ich aus den Erzählungen meines Vaters kannte, mit dem Schlossteich und den schmalen Gassen, dem Bahnhof und dem Haus mit der Tischlerei. In seinen Geschichten war Fürstenau zu einem verzauberten Ort geworden, mit verwunschenen Plätzen und geheimen Verstecken, unterirdischen Gängen und verborgenen Wegen, die zwischen den Häusern und Gärten immer tiefer in das Land seiner Kindheit führten.

Doch als ich mich in die Briefe vertiefte und mit Verwandten sprach, die sich noch an die Besatzungszeit erinnern konnten, erstand vor meinem inneren Auge zunächst eine andere, fremde Stadt.

Die polnischen Soldaten haben Wachposten aufgestellt, am Postamt, an der Ziegelei, am Sägewerk. Der Bahnhof wird zum Sperrgebiet erklärt, hier werden Waffen und Munition gelagert, die die Wehrmacht bei ihrem Rückzug zurückgelassen hat, und nachts feiern die Fallschirmjäger.

Józefs Kompanie trifft sich in dem Haus hinter der evangelischen Volksschule, in dem vor Kurzem noch Lehrer

Tatchen mit seiner Familie gewohnt hat. Marianne drängt Józef, sie und Karla mitzunehmen. Nach Beginn der Sperrstunde wartet er vor ihrem Haus, die glühende Zigarette in der Hand verborgen, wie bei den langen Nachtwachen in Frankreich. Er hört, wie ein Fenster vorsichtig geöffnet wird, dann die Schritte von zwei Paar bloßen Füßen im Gras.

An der Holzbrücke ziehen Marianne und Karla ihre Schuhe an und haken sich bei Józef unter. Zu dritt gehen sie die Schotterstraße entlang, über den Bahnübergang und weiter, bis sie die Volksschule erreichen. Auf dem Hof ist es dunkel. Sie tasten sich an der Mauer entlang, die den evangelischen Teil der Schule vom katholischen trennt. Dann sind sie da. Eine Tür öffnet sich, laute Musik schlägt ihnen entgegen.

Karla erkennt ihr Elternhaus nicht wieder. Im Flur liegen schwere Stiefel kreuz und quer über den Fußboden verteilt, dazwischen leere Flaschen und zerdrückte Zigarettenschachteln, und über dem großen Spiegel neben der Garderobe hängt eine polnische Fahne. Marianne versetzt ihrer Freundin einen Stoß: »Stell dich nicht so an.«

Im Wohnzimmer spielt ein Grammofon, über die Stehlampen sind Tischdecken und Geschirrtücher gebreitet. Als Marianne und Karla sich an das schummrige Licht gewöhnt haben, sehen sie, dass sich gut zwanzig Soldaten auf mehrere Sessel und Sofas verteilen. Die Fallschirmjäger, die die letzten Jahre in Kasernen und Feldlagern verbracht hatten, haben Möbel aus requirierten Wohnungen und Häusern in der ganzen Stadt zusammengetragen, zusammen mit dem Grammofon und einem Stapel Schellackplatten. Einer der Soldaten pfeift durch die Zähne, als die beiden jungen Frauen den Raum betreten, ein anderer ruft ihnen ein paar Worte auf Polnisch zu, alle lachen.

Erst jetzt sehen Marianne und Karla die Mädchen, die zwischen den Soldaten auf den Polstern sitzen und ihnen zuzwinkern. Sie kennen sich, aus der Schule, aus dem Konfirmandenunterricht, von den BDM-Treffen, von der Badestelle an der Wegemühle. Józef bringt Getränke, Sherry, in den kleinen, geschliffenen Likörgläsern, die Karlas Eltern zur Hochzeit bekommen haben und in einer Vitrine im Wohnzimmer aufbewahren.

Von diesem Abend an stehlen Marianne und Karla sich so oft wie möglich nachts aus dem Haus, um im Schutz der Sperrstunde mit den polnischen Soldaten zu feiern. Es ist wie im Paradies. Whiskey, Brandy, Cognac stehen auf dem Tisch, es gibt Kaugummi, Schokolade und stangenweise englische Zigaretten, und manchmal reißt einer der Fallschirmjäger einen Karton mit Nylonstrümpfen auf.

Die Soldaten legen den Mädchen die Arme um die Schultern, die, die ein bisschen Deutsch können, sprechen über den Krieg, und wenn sie betrunken sind, singen sie das traurige Lied von den blutroten Mohnfeldern am Fuße des Monte Cassino, die inoffizielle Hymne der polnischen Exilarmee: »Czerwone maki na Monte Cassino …«

Das ist der Ursprung der Legende vom heldenhaften polnischen Soldaten Józef Koźlik, die mein Vater mir eines Tages erzählen sollte.

Jahre später wird Marianne der Name des italienischen Klosters wieder einfallen, als sie in der Kaserne der Bundeswehr vor den Regalen der Truppenbibliothek steht und nach einem Buch für ihren Sohn sucht. Doch jetzt interessiert sie sich nicht für die Geschichten der Soldaten. Sie will feiern, also zieht sie das Grammofon wieder auf und tanzt mit Józef zwischen den Sesseln und Sofas zu Schlagern aus den Zwanzigerjahren, bis sie sich gemeinsam auf den Heimweg machen. Auch Karla hat einen polnischen Soldaten gefunden, der sie nach Hause begleiten darf, und Józef und Marianne lassen die beiden vorausgehen, um die Dunkelheit ein paar Minuten lang für sich allein zu haben.

Dann ist der Sommer vorbei. Ende September, als es kühl wird in den Nächten, wird Józef mit seiner Kompanie von einem Tag auf den anderen aus Fürstenau in den Harz abkommandiert. Großbritannien befürchtet einen Vormarsch der Roten Armee nach Westen und zieht hastig Truppen an der Grenze zur sowjetischen Besatzungszone zusammen, darunter auch Teile der polnischen Exilarmee. Zum Abschied überreicht Marianne Józef ein Porträtfoto mit einer Widmung.

Im Spätherbst kehrt er zurück nach Fürstenau. Noch am Abend seiner Ankunft wartet er im Schatten der Hecke auf Marianne. Im Haus hinter der Volksschule wird weiter gefeiert. Marianne und er tanzen, und irgendwann gehen sie die Treppe hinauf, in Karlas altes Zimmer.

Die Soldaten haben angefangen, die Möbel zu verfeuern. Der Kleiderschrank, die Kommode, sogar die Bettgestelle sind aus dem Zimmer verschwunden. Auf dem Boden liegt nur noch eine fleckige Matratze, über die Józef hastig eine Wolldecke ausbreitet. Es ist der 21. November 1945. »An diesem Abend wurdest Du gezeugt«, schrieb Józef später an meinen Vater.

Karla, die Freundin meiner Großmutter, hatte Fürstenau Ende der Vierzigerjahre verlassen, um in Großbritannien als Krankenschwester zu arbeiten. Als ich sie in einem kleinen Ort in Somerset in Mittelengland aufspürte, musste ich erfahren, dass sie an Alzheimer erkrankt war. Sie konnte sich an nichts mehr erinnern, genau wie Józefs Kamerad, der nach dem Ende der Besatzungszeit in Deutschland geblieben war, in einem Ort nicht weit von Fürstenau, und der nach einem Schlaganfall im hohen Alter sein Gedächtnis verloren hatte.

Dann wieder erfuhr ich Details, mit denen ich nicht gerechnet hatte. Meine Großmutter war schon einige Jahre tot, als eine Cousine von ihr mir erzählte, dass sie bei der Verlobung zwischen Marianne und Józef dabei gewesen sei.

Es gibt Russische Eier, ein Gericht, das in den Jahren vor dem Krieg in Mode gekommen ist. Hart gekochte Eier werden halbiert, auf einem Teller auf einer dünnen Schicht Mayonnaise angerichtet und anschließend mit Kaviar garniert. Die dunklen Regale und Schränke im Kolonialwarenladen Knocke haben sich nach dem Ende des Krieges wieder gefüllt, echter russischer Kaviar aber war in Fürstenau nicht zu bekommen, zumindest nicht für die normalen Bewohner des Ortes. Józef hat die kleine, mit kyrillischen Buchstaben beschriftete Dose besorgt.

Als die Teller geleert sind, legt er das Besteck vorsichtig zur Seite und sieht sich um. Es ist nur eine kleine Runde, die sich am 29. April 1946 im Herrenzimmer versammelt hat, Marianne in einem weit geschnittenen Kleid, das ihren Bauch verbergen soll.

Am Kopfende des Tisches sitzt ihr Vater Arnold, der kurz nach Weihnachten aus Belgien heimgekehrt ist. Er hat ein knappes Jahr in einem Kriegsgefangenenlager in Ostende verbracht, und der dunkle Anzug, den er an diesem Abend zum ersten Mal seit langer Zeit wieder trägt, ist ihm zu groß geworden. Die Jacke rutscht ihm über die Schultern, als er das Glas erhebt und über den Tisch hinweg einem Mann zuprostet, der einen schweren Siegelring am Finger trägt.

Marianne hatte Józef von ihm erzählt. Er ist Stammkunde, ein Stellmacher, der bereits in den Dreißigerjahren einige Möbel in Arnolds Werkstatt hatte schreinern lassen.

Während des Krieges hatte er viel Geld verdient, mit einem kleinen Unternehmen, das Anhänger für Lastwagen herstellte und die Wehrmacht belieferte. Mariannes Vater hatte gerade einen Sekretär für ihn angefertigt.

Vor zwei Tagen hat der Stellmacher das Möbelstück abgeholt und weitere Aufträge in Aussicht gestellt. Arnold hat ihn eingeladen, an diesem Abend auf den Geburtstag seiner Tochter anzustoßen. Zusammen mit Mariannes Cousine sind sie die einzigen Gäste, und Józef ist sich nicht sicher, ob sie überhaupt wissen, dass es noch einen zweiten Anlass für die Feier gibt.

Bisher hat noch niemand ein Wort darüber verloren, dass Marianne und er sich verlobt haben. Auch darüber, dass sie ein Kind bekommen, wird nicht gesprochen. Scham liegt in der Luft, ein Hauch von Bitterkeit und das gleiche Schweigen, das sechs Jahre später im Raum stehen wird, als mein Vater hier im Herrenzimmer hinter zugezogenen Vorhängen getauft wird.

Marianne hatte die Schwangerschaft lange vor ihren Eltern verheimlicht. Als Arnold aus der Gefangenschaft zurückgekehrt war, abgemagert, aber gesund, schien ein Hauch von Normalität in den Alltag einzuziehen. Während des Krieges war die Arbeit in der Werkstatt zum Erliegen gekommen, doch jetzt liefen die Maschinen wieder. Die Bauern brachten das Material für ihre Tische und Schränke selbst mit, gut abgelagertes Eichenholz, das jahrelang in ihren Scheunen gelegen hatte, und sie zahlten in Naturalien, sodass sich die Speisekammer im Keller mit Würsten, Speck und geräuchertem Schinken füllte.

Auch die Situation im Haus hatte sich entspannt. Die Flüchtlingsfamilie, die im ersten Stock einquartiert war, hatte Fürstenau verlassen, um im Ruhrgebiet nach Arbeit zu suchen, und Karla, ihre Schwester und ihre Mutter waren zu Verwandten gezogen, sodass Marianne, Lorchen und ihre Eltern das Erdgeschoss wieder ganz für sich allein hatten.

Doch lange hielt das Gefühl der Erleichterung nicht an. Anfang April konnte Marianne nicht länger verbergen, dass sie schwanger war. Ihr Bauch begann, runder zu werden, und schließlich gestand sie ihrer Mutter, dass sie ein Kind erwartete, von einem der polnischen Soldaten, von dem sie nicht mehr wusste, als dass er einundzwanzig Jahre alt war und Deutsch mit einem wunderlichen Akzent sprach. Es war der heftigste Streit seit Langem.

Józef war an jenem Tag wieder einmal mit dem Jeep unterwegs. Es ging das Gerücht, dass eine Gruppe von ehemaligen polnischen Zwangsarbeitern über die Dörfer rund um Fürstenau zog und die Höfe plünderte, auf denen sie während des Krieges hatten arbeiten müssen. Die Bauern fürchteten weitere Racheakte, doch die polnischen Soldaten zuckten nur mit den Schultern.

Als Józef am späten Nachmittag zurück nach Fürstenau kam, wartete Marianne in der Bahnhofstraße auf ihn. Sie saß auf einer kleinen Mauer gegenüber der Landwirtschaftsschule. Bisher hatte sie darauf bestanden, dass man sie tagsüber nicht gemeinsam in der Stadt sah, und als sie aufsprang und ihm mit verweintem Gesicht entgegenlief, war klar, dass etwas passiert sein musste. Sie sagte es ihm, mitten auf der Straße.

Dann ging alles sehr schnell. Józef begleitete Marianne zurück zu ihren Eltern. Es war das erste Mal, dass er über die schmale Holzbrücke ging und das große Haus betrat. Das Gespräch fand in der Küche statt und dauerte nicht einmal eine halbe Stunde. Józef sagte nichts. Es war Marianne, die ihren Eltern erklärte, dass eine Heirat ausgeschlossen sei, weil Józef als Besatzungssoldat keine Ehe mit einer deutschen Frau eingehen durfte. Trotzdem wollten sie sich verloben, die Formalitäten sollten nachgeholt werden, wenn er aus der Armee entlassen würde.

Mariannes Mutter, die Józef nicht einmal die Hand gegeben hatte, hörte ihrer Tochter mit unbewegter Miene zu, ihr Vater sah an Józef vorbei aus dem Fenster, hinüber zur Werkstatt. Erst als Marianne aufzählte, wen sie zur Verlobungsfeier einladen würde, unterbrach ihre Mutter sie. Die Cousine dürfe sie einladen, ansonsten würde es keine Gäste geben, das war ihre Bedingung, und vielleicht wollte Mariannes Vater seiner Tochter einen Gefallen tun, als er zuletzt doch noch seinen besten Kunden für den Abend ins Haus bat.

Mariannes Mutter schenkt wortlos Schnaps ein, auch Józef schiebt sie ein Glas zu. Sie stoßen auf Mariannes Geburtstag an, und eine Zeit lang sagt niemand etwas. Nur das Rascheln von Józefs frisch gestärkter Uniform ist zu hören.

Das ist die Verlobung. Heiraten wird Marianne erst fünfzehn Jahre danach, allerdings nicht Józef Koźlik, sondern den Stellmacher, der an diesem Abend mit seiner damaligen Frau in der kleinen Runde auf ihr Wohl anstößt. Er ist der Mann, den ich später für meinen Großvater halten sollte.

DAS GYMNASIUM in Quakenbrück, das mein Vater in den Sechzigerjahren besuchte, war 1945 von der Armee requiriert worden. Polnische Schulklassen wurden eingerichtet. Die Lehrer waren ehemalige Zwangsarbeiter und Kriegsgefangene, die vor dem Krieg an Schulen in Polen unterrichtet hatten. Jetzt sitzen vor ihnen in den Bänken junge Soldaten.

Als Józef erfährt, dass er Vater wird, lässt auch er sich für den Besuch der Schule freistellen. Dreimal in der Woche fährt er morgens mit dem Zug von Fürstenau nach Quakenbrück. Er beschäftigt sich mit dem Goldenen Zeitalter Polens unter der Herrschaft der Jagiellonen, er schreibt Aufsätze über den Nationaldichter Adam Mickiewicz und berechnet im Mathematikunterricht Zylinderschnitte und Kugeloberflächen.

An den Tagen, an denen er keine Schule hat, verlässt er sein Quartier in der Bahnhofstraße erst am späten Vormittag und geht zur Tischlerei. Er sitzt in seiner Uniform in der Küche, vor sich auf dem Tisch Streichhölzer und ein Päckchen Zigaretten, und sieht Marianne dabei zu, wie sie Erbsen schält, Bohnen abzieht und Zwiebeln hackt.

Er lernt die kleinen Rituale kennen, die den Alltag im Haus bestimmen, die Kittelschürze, die Anna den ganzen Tag über trägt, den missbilligenden Blick, den sie Arnold zuwirft, wenn er Marianne abends mit einem Teller Essen die Treppe hinauf in die kleine Kammer schickt, in der sein Bruder Karl wohnt. Er verfolgt die Auseinandersetzungen mit Arnolds zweitem Bruder Rudolf, dem Polsterer. Der hat eine Werkstatt in der Stadt und bleibt angeblich nur deshalb mit seiner Frau und seinen beiden Kindern in den zwei Zimmern im ersten Stock wohnen, weil er hofft, nach dem Tod ihrer gemeinsamen Mutter das Haus zu erben.

Nach ein paar Wochen, in denen Mariannes Bauch immer dicker wird, gehört Józef dazu. Nach dem Abendessen bleibt er an seinem Platz sitzen, sieht Arnold dabei zu, wie er aus einem braunen Fläschchen ein paar Tropfen Jod in ein Glas mit Wasser gibt, und wartet darauf, dass Anna das abgegriffene Kartenspiel aus der Schublade des Küchentischs hervorholt. Mariannes Eltern, die mit dem Verlobten ihrer Tochter den ganzen Tag über kaum ein Wort reden, haben nichts dagegen, dass er als vierter Mann beim Doppelkopf dabei ist.

Für Józef ist das Spiel neu. Er verliert einen Stich nach dem anderen, weil er sich nicht merken kann, welche Karten bereits über den Tisch gegangen sind. Doch er hält tapfer durch, wie es sich für einen angehenden Schwiegersohn gehört.

Am Wochenende spielt Józef Fußball. Überall in der britischen Besatzungszone finden Turniere unter den Soldaten statt. Auch die Fallschirmjäger in Fürstenau haben eine Mannschaft aufgestellt. Józef steht im Tor. Nach den Spielen wird gefeiert, und wenn er am nächsten Tag in Mariannes Elternhaus verkatert in der Küche sitzt, schimpft sie mit ihm wie eine Ehefrau mit einem Ehemann.

Es sind die ersten kleinen Meinungsverschiedenheiten zwischen den beiden, und wenn Józef wieder einmal für mehrere Tage verschwindet, weil seine Kompanie einen Transport mit Hilfsgütern von Brüssel begleiten muss, macht Marianne ihm Vorwürfe, dass er sie ständig allein lasse.

Nach seiner Rückkehr ist der Ärger schnell vergessen. Die polnische Exilregierung hat ein Generalkonsulat in Brüssel eingerichtet und koordiniert von hier aus Hilfsmaßnahmen für die Flüchtlinge. Auch eine Gesandtschaft des polnischen Roten Kreuzes befindet sich hier. Die Lager sind gut gefüllt, mit Lebensmitteln, Kleidung und Medikamenten, und Brüssel hat sich zu einem Umschlagplatz für Waren aller Art entwickelt.

Józef organisiert nicht nur Babykleidung, Strampler, Jäckchen und Höschen, die aus einem Container mit Kleiderspenden aus den USA stammen. Er bringt Schokolade für Eleonore mit, einen Ballen Stoff für Rudolf, Pfeifentabak für Karl, Herztabletten für die Großmutter und Rasierklingen für Arnold. Er schafft es sogar, ein Ersatzteil für die Bandsäge im Maschinensaal der Werkstatt zu besorgen. Marianne ist stolz auf ihn, und sogar Anna bedankt sich mit einem schmalen Lächeln, wenn er ein halbes Pfund Kaffee auf den Küchentisch stellt.

Józef hat Talent für den Schwarzmarkt. Die kleinen Geschäfte, die er bei seinen Ausflügen nach Brüssel abwickelt, erinnern ihn an seine Kindheit in Siemianowitz, als er zusammen mit den anderen Jungen für ein paar Groszy Alteisen und Kohlen sammelte. Jetzt streicht er Dollarscheine und Pfundnoten ein. Das Geld versteckt er in Mariannes Elternhaus, ganz hinten in der Frisierkommode in ihrem Schlafzimmer. »Das ist unsere Zukunft«, erklärt er ihr.

Józef ist nicht der einzige polnische Soldat, der schnell noch Geschäfte macht. Im Sommer 1946 hat der Abzug der Truppen bereits begonnen. Großbritannien passt seine Außenpolitik an die neuen Machtverhältnisse im Osten Europas an und nimmt Beziehungen zu den neuen kommunistischen Machthabern in Polen auf. Gleichzeitig wird die Unterstützung für die bürgerliche Exilregierung in London eingestellt. Und auch die polnischen Einheiten sollen aus der englischen Besatzungszone abgezogen werden.

Die ersten Soldaten sind bereits im Mai aus der Armee entlassen worden und haben sich auf den Weg zurück nach Polen gemacht. Filme, die in den Kasernen und Truppenunterkünften in Deutschland vorgeführt werden, zeigen, wie Warschau aus den Trümmern neu aufgebaut wird. Polen, so heißt es, sei ein Land, in dem es Arbeit gebe und eine Zukunft.

Auch der Tag des Soldaten, der in der polnischen Exilarmee weiterhin traditionell am 15. August zu Mariä Himmelfahrt begangen wird, steht bereits ganz im Zeichen der

Demobilisierung. Am Rande einer großen Militärparade in Meppen mit anschließendem Gottesdienst werden die Panzer, mit denen die polnischen Soldaten in den Norden Deutschlands vorgedrungen sind, der britischen Armee übergeben.

Józef ist dabei. Als er am nächsten Morgen zu Marianne geht, müde und verkatert, weil er bis in die Nacht gefeiert hat, hängen frisch gewaschene Bettlaken im Garten auf der Leine. Im Haus schreit ein Kind. Am Tag zuvor ist sein Sohn geboren worden.

FÜRSTENAU IST eine kleine Stadt. Von Anfang an wird über die Tochter des Tischlers geredet, die sich auf einsamen Feldwegen mit einem polnischen Soldaten trifft und dabei ist, wenn in den besetzten Häusern wilde Feste gefeiert werden.

Spätestens als Józef anfängt, bei Mariannes Eltern ein- und auszugehen, spricht sich herum, dass sie schwanger ist. Niemand ist überrascht, als man die beiden im Herbst 1946 mit einem Kinderwagen sieht, Józef in Uniform, Marianne stolz in einem neuen, dunkelblauen Kostüm, für das Józef eine Kiste Brandy gegen Kleiderpunkte getauscht hat.

Aus dem frechen Mädchen, das Kaffee und Zigaretten bei den Besatzungssoldaten schnorrt, ist eine junge Frau geworden, die weiß, dass auf sie und ihren Verlobten ein anderes, besseres Leben wartet, weit weg von Fürstenau und von ihren Eltern. Sie schieben den Wagen, in dem Anna vor dem Krieg die kleine Eleonore ausgefahren hat, über die Schotterstraße vor Mariannes Elternhaus und machen Pläne für die Zeit nach Józefs Entlassung aus der Armee.

Ein paar Wochen zuvor hat General Anders, der Mann, der sich mit seiner Armee von Nordafrika über Monte Cassino bis Italien vorgekämpft hatte, in London eine Rede gehalten, in der er den polnischen Soldaten wegen der unsicheren politischen Lage in ihrer Heimat von der Rückkehr abriet. Seine Worte waren bis in das polnische Besatzungsgebiet in Deutschland vorgedrungen, zusammen mit verheerenden Nachrichten aus Polen: Heimkehrer würden vom Sicherheitsdienst verhört und gefoltert, viele landeten im Gefängnis oder auf einem sowjetischen Gefangenentransport in Richtung Sibirien. In den Augen der kommunistischen Regierung in Polen sind die Soldaten der Exilarmee keine Helden, die gegen Hitler und die Wehrmacht gekämpft haben, sondern Verräter, die gemeinsame Sache mit den Westmächten machen.

Józef und Marianne drehen eine große Runde, vom Haus über die Schotterstraße den Bahndamm entlang bis in den Pottebruch, wo noch die mit Wellblech gedeckten Baracken des Reichsarbeitsdienstes stehen. Ihre Hoffnung ist Großbritannien. Die britische Regierung hat ein Einbürgerungsprogramm für diejenigen polnischen Soldaten aufgelegt, die nach ihrer Entlassung aus der Armee nicht in ihr Heimatland zurückkehren wollen.

Das ist ihre Chance. Józef wird nach England gehen, allerdings nicht, um in Manchester oder Leeds als Bergarbeiter zu schuften. Er wird Marianne nachholen, und sie werden sich auf einem Überseedampfer einschiffen. Józef hat in Brüssel gehört, dass Chile und Brasilien Einwanderer aufnehmen wollen, und in der Tasche seiner Fliegerbluse steckt ein Ausschnitt aus einer Soldatenzeitung, mit einem Foto der Highland Monarch, einem Truppentransporter der britischen Marine, der im April mit 192 Polen an Bord von

Liverpool aus in Richtung Argentinien und Uruguay in See gestochen ist.

Sie laufen zurück in die Stadt. Als sie am Schloss angekommen sind, fotografieren sie sich gegenseitig, Józef mit dem Kinderwagen, Marianne, wie sie auf einer Bank sitzt mit ihrem Sohn auf dem Arm. Die ersten Bäume haben bereits ihr Laub verloren, die Sonne steht tief und wirft lange Schatten. Alle lächeln, sogar das Kind.

Am Abend gehen Józef und Marianne ins Hotel Landwehr. Hier finden im Herbst 1947 die ersten öffentlichen Tanzveranstaltungen statt.

Die Sperrstunde ist aufgehoben worden, die Besatzungszeit ist zu Ende. Ein Großteil der polnischen Soldaten hat Fürstenau bereits im Sommer verlassen. Die beschlagnahmten Wohnungen sind geräumt worden, und auch das Mannschaftsquartier in der Landwirtschaftsschule wurde aufgelöst. Józef wohnt bei Marianne und teilt sich das Schlafzimmer mit ihr und dem Kind. Er ist jetzt der Schwiegersohn, auch wenn Marianne und er noch immer nicht verheiratet sind. Er hilft in der Tischlerei aus, die polnischen Schulklassen in Quakenbrück gibt es seit dem Abzug der Truppen nicht mehr. Er sägt Holz zu, erledigt einfache Schleifarbeiten, und wenn Mariannes Vater nicht in der Werkstatt ist, organisiert er kleine Tauschgeschäfte mit den Gesellen.

Zum ersten Mal seit drei Jahren trägt Józef wieder Zivil. Die Krawatte, die er jedes Mal anlegt, wenn er gemeinsam mit Marianne das Haus verlässt, bindet er nicht mehr mit dem schmalen Knoten der Fallschirmjäger, sondern flach und breit, wie es jetzt Mode ist, und am Revers seiner Jacke blinkt die goldene Kette der Taschenuhr, die er von einer seiner Reisen nach Brüssel mitgebracht hat.

Alles scheint möglich. Marianne und er träumen von dem Leben, das sie führen werden, wenn er endlich die Papiere für die Auswanderung zusammen hat. Józef muss zuerst eine Aufenthaltserlaubnis beantragen, dann eine Arbeitserlaubnis, und die britischen Behörden lassen sich Zeit mit der Bearbeitung.

Er ist nicht der einzige Pole, der in Fürstenau geblieben ist. Ein halbes Dutzend Soldaten, die genau wie er eine Frau kennengelernt haben, sind noch in der Stadt. Sie meiden die Öffentlichkeit. Im Hotel Landwehr hat Józef an diesem Abend keinen von ihnen entdeckt, und auch ihm selbst wäre es lieber gewesen, er wäre mit Marianne zu Hause geblieben. Er weiß, dass die polnischen Soldaten sich in Fürstenau keine Freunde gemacht haben.

Die Verletzungen sitzen tief. Die nationalsozialistische Propaganda hatte die Polen zur »minderwertigen Rasse« erklärt, und während des Krieges hatten polnische Zwangsarbeiter überall im Emsland und in den angrenzenden Gebieten auf Bauernhöfen und in mittelständischen Betrieben gearbeitet.

Dann kamen ihre Landsleute, die von den Engländern kurzerhand zu Besatzungssoldaten gemacht worden waren, und kosteten die Niederlage Deutschlands voll aus. Sie zwangen die Deutschen, die Straßenseite zu wechseln, wenn sie ihnen auf dem Bürgersteig entgegenkamen, genau wie es die Soldaten der Wehrmacht in Polen während des Krieges gemacht hatten, sie ließen angesehene Bürger zum Straßenkehren abstellen, führten ohne jeden Anlass Razzien durch, bei denen sie Silberbestecke und Kristallgläser beschlagnahmten, und als sie endlich abzogen, ließen sie die Wohnungen und Häuser, die sie requiriert hatten, verwüstet zurück.

In einigen Dörfern und Städten wurden nach dem Abzug der Truppen die Namen der Mädchen und Frauen, die ein Verhältnis mit einem Besatzungssoldaten hatten, öffentlich gemacht, mit Listen, die über Nacht an die Türen von Kirchen und Rathäusern genagelt wurden, und auf den Dörfern auf dem Land schoren junge Männer ihren eigenen Schwestern die Köpfe, weil sie sich mit einem Polen eingelassen oder, noch schlimmer, weil sie ein Kind von ihm bekommen hatten.

Auch in Fürstenau droht die Stimmung umzuschlagen. In den letzten Monaten sind viele der Männer aus der Gefangenschaft zurückgekehrt und haben sich die Geschichten aus der Besatzungszeit erzählen lassen. Józef spürt die feindseligen Blicke an diesem Abend im Hotel Landwehr von Anfang an. Laut geflüsterte Bemerkungen werden gemacht, es gibt Rempler auf der Tanzfläche.

Marianne lässt sich an der Garderobe ihren Mantel geben, und sie machen sich auf den Weg nach Hause. Kaum haben sie das alte Stadttor passiert, bemerken sie die kleine Gruppe junger Männer, die ihnen folgt. Józef hakt Marianne unter, sie beschleunigen ihre Schritte, doch die Männer bleiben hinter ihnen. Sie hören Schimpfworte, »Polenliebchen« und »Polenhure«, und als sie am Bahnübergang ankommen und in die Schotterstraße einbiegen, wirft einer ihrer Verfolger eine Handvoll Steine nach ihnen.

Sie beginnen zu rennen, Marianne in hochhackigen Schuhen. Józef bleibt an der Holzbrücke stehen, während sie zum Hauseingang läuft. Kaum hat sie die Treppe an der Tür erreicht, bekommt er den ersten Schlag ab. Es sind vier Männer, im Dunkeln kann er sie kaum erkennen. Er teilt selbst ein paar Fausthiebe aus, aber zuletzt bleibt ihm nichts anderes übrig, als die Hände schützend vor das Gesicht zu nehmen. Als er zu Boden geht, treten sie zu.

Seine Jacke ist zerrissen, als er ins Haus kommt, das Hemd blutüberströmt. Marianne wäscht ihm das Gesicht, tupft Jod auf die Wunden und gibt Józef ein nasses Handtuch, das er sich an die rechte Augenbraue presst. Marianne drängt ihren Vater, die Polizei zu rufen, doch ihre Mutter ist dagegen. »Es ist bereits genug Schaden angerichtet worden«, sagt sie.

Im Schlafzimmer weint das Kind. Józef zündet sich eine Zigarette an und verzieht das Gesicht vor Schmerz, als er den ersten, tiefen Zug nimmt. Vorsichtig tastet er seine Rippen ab.

Die polnischen Fallschirmjäger waren die Herren der Stadt, und niemand in Fürstenau hätte es gewagt, sich ihnen in den Weg zu stellen. Das ist jetzt vorbei. Nachdem Józef seine Uniform abgelegt hat, ist er einfach nur einer der zahllosen Menschen, die der Krieg wie Treibholz an die Strände Europas gespült hat. Auch Mariannes Eltern machen keinen Hehl mehr aus ihrer Abneigung.

Józef kommt als Schwiegersohn nicht infrage, und das nicht nur, weil er abends beim Doppelkopf immer noch die falschen Karten ausspielt. Ihm fehlt das Geschick für die Arbeit als Tischler, und Mariannes Vater schüttelt nur den Kopf, wenn er ihm in der Werkstatt bei der Arbeit über die Schulter sieht.

Marianne und Józef brennen darauf, das alles hinter sich zu lassen. Doch Marianne ist erst neunzehn, noch lange nicht volljährig, und sie weiß, dass ihre Eltern sie nicht gehen lassen werden, nicht nach England und schon gar nicht nach Südamerika. Sie einigen sich darauf, dass Józef versuchen soll, sich eine eigene Existenz in Deutschland aufzubauen, nicht in Fürstenau, wo die Leute in ihnen immer das Liebespaar aus der Besatzungszeit sehen werden, sondern an einem Ort, an dem niemand sie kennt.

Józef hat Geld zurückgelegt, seinen Sold, den er in britischen Pfund erhalten hat, außerdem die Erlöse aus seinen Schwarzmarktgeschäften. Im November 1947 fährt er nach Osterode im Harz, um einen britischen Unteroffizier zu treffen, den er zwei Jahre zuvor kennengelernt hat, als er hierher an die Grenze zur sowjetischen Besatzungszone abkommandiert worden war.

Józef erfährt, dass sein Bekannter seit längerer Zeit in Braunschweig stationiert ist, und als er ihn dort aufstöbert, öffnen sie als Erstes eine Flasche Whiskey, um auf die alten Zeiten anzustoßen. Es bleibt nicht bei ein paar Gläsern. Der Unteroffizier hat Grund zu feiern. Gerade hat er Bescheid bekommen, dass er in drei Monaten zurück nach Hause darf.

Braunschweig ist im Krieg schwer zerstört worden. Die Stadt hat sich von den Bombenangriffen noch lange nicht erholt, aber in den Kneipen und Bars, die in den Kellern von halbeingestürzten Häusern untergebracht sind, herrscht ausgelassenes Treiben. Hochdekorierte britische Soldaten trinken bis in die frühen Morgenstunden mit Schwarzmarkthändlern, die ihr gesamtes Kapital in Form von goldenen Ketten und Diamantringen am Körper tragen, prall gefüllte Umschläge mit Bestechungsgeldern werden weitergereicht, und im Gegenzug wechseln im Halbdunkel Lebensmittelkarten, Passierscheine und Konzessionen ihre Besitzer.

Józef bleibt eine ganze Woche in der Stadt. Er trinkt, macht neue Bekanntschaften, hört zu, wenn andere reden. Als er zurück nach Fürstenau kommt, ein paar Tage vor dem ersten Advent, ist er übernächtigt und riecht nach Alkohol. Aber er hat eine Geschäftsidee mitgebracht.

In Deutschland existieren im Jahr 1947 kaum noch Kinos.

Viele Säle sind Bombenangriffen zum Opfer gefallen, und die Militärregierungen üben in den Besatzungszonen eine strenge Kontrolle über die Branche aus. Offiziere überwachen den Verleih, jede einzelne Vorführung, auch wenn sie nur im Hinterzimmer einer Gaststätte stattfindet, muss genehmigt werden.

Józef hat Kontakte geknüpft. Ein Buchhalter aus Leeds, der mit der Armee nach Deutschland gekommen ist, hat ihm in Aussicht gestellt, bei entsprechender Gegenleistung die Bearbeitung eines Lizenzantrags zu beschleunigen.

Außerdem hat er die Bekanntschaft eines Elektrikers namens Heinrich Schulenberg gemacht, der in Bückeburg lebt, einer Stadt am Rand des Wesergebirges. Er ist ein paar Jahre älter als Józef, und er besitzt einen Filmvorführschein, der noch aus den Dreißigerjahren stammt. Damals schon hatte er ein Kino eröffnen wollen, doch dann begann der Krieg. Jetzt fehlt ihm das nötige Startkapital. Anfang Januar fährt Józef mit dem Zug nach Bückeburg, um zusammen mit Heinrich Schulenberg eine Firma zu gründen.

Bückeburg war lange Zeit die Residenzstadt der Fürsten von Schaumburg-Lippe. Es gibt ein Schloss, größer und schöner als die Anlage in Fürstenau, und einen alten Stadtkern mit herrschaftlichen Häusern, die wie durch ein Wunder von den Luftangriffen verschont geblieben sind.

Heinrich Schulenberg wohnt nur ein paar Schritte vom Bahnhof entfernt in der Scharnhorststraße. Als Józef in

Bückeburg ankommt, ist es bitterkalt, aber sie gehen trotzdem sofort in die Stadt, zum Residenz-Theater. Es ist Freitagnachmittag, kurz nach halb drei, und vor dem Eingang des Kinos hat sich eine kleine Menschenmenge versammelt, Männer, Frauen, Paare. Heinrich und Józef bleiben auf der anderen Straßenseite stehen und sehen zu, wie immer neue Menschen dazukommen und versuchen, sich durch die Wartenden nach vorn zur Kasse zu schieben.

Plötzlich kommt es zu einem Tumult. Zwei Männer in zerschlissenen Wintermänteln, die noch aus den Beständen der Wehrmacht stammen, fangen an, sich zu prügeln. Ein schriller Pfiff aus einer Trillerpfeife, Polizisten bahnen sich ihren Weg durch die Menge, und kurz darauf rattert die Holzjalousie an der Kasse herunter. Unter den Wartenden macht sich Enttäuschung breit, ärgerliche Rufe werden laut. Erst als die Polizisten demonstrativ ihre Gummiknüppel vom Gürtel lösen, beginnt die Menge sich langsam aufzulösen. »Es ist immer ausverkauft«, sagt Heinrich Schulenberg zu Józef: »Jeden Nachmittag.«

Schuld daran ist die Royal Air Force. Die britische Luftwaffe betreibt bei Bückeburg einen Flugplatz, darum gibt es in der Stadt im Jahr 1948 Massen von fest stationierten englischen Soldaten. Sie sind in den alten Kasernen untergebracht, die noch aus preußischer Zeit stammen. Das Residenz-Theater ist das einzige Kino der Stadt, und auf Anordnung der Besatzungsarmee sind die Abendvorstellungen den englischen Soldaten vorbehalten. Die deutsche Bevölkerung muss sich auf die Nachmittagsvorstellung beschränken, und auch die findet nur an vier Tagen in der Woche statt.

Das Kino ist hoffnungslos überlaufen, und die Polizei muss regelmäßig Schlägereien am Einlass verhindern. Nichts deutet darauf hin, dass die Besatzungsarmee das Residenz-Theater freigeben wird, und der Magistrat bemüht sich bereits seit Längerem um ein zweites Kino in Bückeburg. Die Stadt muss sich die Einrichtung einer neuen Spielstätte von der Militärregierung genehmigen lassen, der Bürgermeister und der Stadtdirektor verhandeln mit einem Standortoffizier.

Józef lässt sich schnell davon überzeugen, dass Heinrich Schulenberg und er eine Chance haben. Als er drei Tage später zurück nach Fürstenau kommt, ist er Gesellschafter der Globus Lichtspiele GmbH. Sogar das Briefpapier ist bereits gedruckt, auf gelbem Papier, mit der Anschrift der Firma im Kopf, Scharnhorststraße 24, Bückeburg, und den Namen der beiden Inhaber, »J. Kozlik« und »H. Schulenberg«.

Józef macht sich sofort an die Arbeit. Er reist wochenlang durch die britische Besatzungszone, verteilt Schmiergelder und organisiert einen Teil der technischen Ausrüstung, darunter einen Tonfilmprojektor, der aus einem Kino in Leipzig stammt und über die Zonengrenze geschmuggelt worden war, bevor die Russen ihn beschlagnahmen konnten. Er treibt sogar eine Rolle mit Platzkarten auf und ein beleuchtetes Schild für den Notausgang.

Als es Frühling wird, nimmt er Marianne zum ersten Mal mit nach Bückeburg. Józef hat ein Zimmer gemietet, in derselben Straße, in der auch Heinrich Schulenberg wohnt, und bevor er Marianne das Schloss und die Altstadt zeigt, führt er sie zu dem Gebäude, in dem sie im Herbst ihr Kino eröffnen werden. Es ist der Saal der Gaststätte Brandhoff, die am Stadtwall liegt, nicht weit von Heinrich Schulenbergs Wohnung.

Wieder zu Hause legt Marianne bei Arnold ein gutes Wort für ihn ein. Sie bittet ihren Vater, die Bestuhlung für das Kino anzufertigen. Anna ist dagegen, aber Arnold lässt sich überreden. Im Mai schickt er einen Gesellen nach Bückeburg, um den Saal der Gaststätte zu vermessen. Kurz darauf fertigt Arnold erste Entwürfe an.

Im Juni 1948 wird in den drei westlichen Besatzungszonen eine neue Währung eingeführt. Die D-Mark löst die Reichsmark ab. Gleichzeitig fallen die Beschränkungen, die die Militärregierungen dem Einzelhandel auferlegt haben.

Die Auslagen der Geschäfte füllen sich mit Waren, die bis dahin zurückgehalten worden sind, weil sie gar nicht oder nur gegen Marken und Bezugsscheine abgegeben werden durften. Die technischen Geräte, die man benötigt, um ein Kino zu betreiben, sind jetzt im freien Handel zu haben. Die Globus Lichtspiele GmbH hat über Nacht ihren Wettbewerbsvorteil eingebüßt. Zumindest ist das die Version der Geschichte, die Józef Marianne erzählt und die sich später in einem seiner Briefe an meinen Vater finden wird, zusammen mit einem Bogen des Briefpapiers, das Józef mit in den Umschlag gelegt hat.

Er hatte fest damit gerechnet, den Zuschlag für das Kino zu bekommen. Doch als Heinrich Schulenberg und er vom Verband der Filmtheaterbesitzer wochenlang keine Antwort mehr auf ihre Briefe bekommen, ahnen sie, dass es vorbei ist. Józef hört sich um und erfährt, dass die britische Militärverwaltung sich aus der Kontrolle der Lizenzvergabe zurückziehen will. Seine Kontakte sind nichts mehr wert, auch das Geld ist ihm ausgegangen.

Józef hat ein kleines Vermögen in das Unternehmen gesteckt, um britische Offiziere zu schmieren und die Ausrüstung für das Kino auf dem Schwarzmarkt zusammenzukaufen. Jetzt bleiben ihm nur noch ein paar Reichsmark, die er im Kurs zehn zu eins in D-Mark umtauschen muss. »Nach der Währungsreform war ich pleite«, schrieb er später an meinen Vater.

Der Traum von einer eigenen Existenz ist zerplatzt, und als Józef im August das nächste Mal nach Fürstenau fährt, teilen Mariannes Eltern ihm mit, dass er in ihrem Haus nicht mehr erwünscht sei. Arnold ist wütend, weil er mit den Stühlen, die er für das Kino in seiner Werkstatt anfertigen sollte, fast selbst mit in den Konkurs hineingezogen worden wäre, und bei Anna ist die Abneigung mittlerweile in offene Feindschaft umgeschlagen.

»Deine Großmutter hat mir erklärt, dass sie einer Heirat niemals zustimmen werde. Es sei eine Schande für die ganze

Familie, wenn ihre Tochter einen Ausländer zum Mann nehmen würde, noch dazu einen Polen«, schrieb Józef an meinen Vater. An jenem Tag im Sommer 1948 sah er seinen Sohn zum letzten Mal. »Du warst damals zu klein«, erklärte er ihm in einem der Briefe: »Du wirst Dich nicht daran erinnern können.«

Es ist wie das Schlusskapitel eines Romans. Gern hätte ich mich daran gehalten und die Geschichte meines Großvaters so zu Ende erzählt, wie mein Vater sie begonnen und Józef sie in seinen Briefen weitergeführt hatte: Ein junger Pole gerät in das Räderwerk des Zweiten Weltkriegs, er gelangt auf verschlungenen Wegen in eine deutsche Kleinstadt und verliebt sich dort in eine junge Frau. Er will alles richtig machen, doch er ist machtlos gegenüber dem wirtschaftlichen Chaos in der Nachkriegszeit und dem tief verwurzelten Hass der Deutschen auf die Polen. Zuletzt bleibt ihm nichts anderes übrig, als zurück in seine Heimat zu gehen und seine Verlobte und seinen Sohn auf der anderen Seite des Eisernen Vorhangs zurückzulassen.

»Darum bin ich nach Polen gefahren«, schrieb Józef dreißig Jahre später an meinen Vater: »Du siehst also, es war nicht meine Schuld, dass ich Deine Mutter nicht geheiratet habe. Es waren die verworrenen Zeiten.«

ICH HATTE FAST zehn Jahre damit verbracht, Józefs Leben zu rekonstruieren, mit vielen Unterbrechungen, weil mir immer wieder das Geld ausgegangen war. Ich hatte Wochen und Monate in Bibliotheken und Archiven verbracht, ich war auf Reisen gegangen, um mir einen Eindruck von den Orten zu verschaffen, an denen Józef gewesen war, und ich hatte mich immer wieder für längere Zeit zum Schreiben zurückgezogen und vergeblich versucht, die Fragmente seiner Biografie zu einer zusammenhängenden Geschichte zusammenzusetzen.

Es war der Wunsch, vom Zuhörer zum Erzähler zu werden. Geradezu zwanghaft hatte ich versucht, der flüchtigen Gestalt, die den Kindheitsfantasien meines Vaters entsprungen war, Konturen zu geben und mir Józef als Protagonisten anzueignen.

In meinen Entwürfen hatte ich Bogen gespannt, von dem geschäftstüchtigen Jungen, der in Siemianowitz auf den Halden Brechkoks und rostiges Eisen sammelt, bis zu dem Besatzungssoldaten, der nach dem Krieg ein kleines Vermögen auf dem Schwarzmarkt macht, von dem verträumten Schüler, der im September 1939 mit weit zurückgelegtem Kopf den Bombern der Luftwaffe hinterhersieht und vier Jahre später als Fallschirmjäger zu einer Eliteeinheit der polnischen Exilarmee kommt.

Doch am Ende war mein polnischer Großvater mir nicht nähergerückt als meinem Vater in jenen Briefen, die dieser über zehn Jahre hinweg von ihm erhalten hatte. Józef Koźlik war nicht mehr als der Name auf der Rückseite eines vergilbten Umschlags, der eines Tages in Fürstenau vor meinem Vater auf dem Küchentisch gelegen hatte. Er existierte nur auf dem Papier.

Zuletzt stand ich vor einem Berg von Problemen. Die Recherchen hatten mich in finanzielle Schwierigkeiten gebracht, weil ich meinen eigentlichen Beruf als freier Journalist vernachlässigt hatte. Ich hatte eine Menge Aufträge abgelehnt, nur um ein bisschen Zeit für weitere Nachforschungen herauszuschinden. Schließlich, ich war gerade wieder einmal auf dem Weg nach Polen, hatte ich sogar eine Festanstellung in einer Redaktion ausgeschlagen. Es war ein Angebot, das ich auf jeden Fall hätte annehmen müssen, doch damals dachte ich schon längst nicht mehr an meine Zukunft. Die Suche nach der Wahrheit über Józef war zu einer Belastung geworden, nicht nur beruflich, sondern auch privat.

Ohne es zu merken, war ich in eine Krise geraten. An einem kalten, verregneten Aprilwochenende in Warschau war ich am Tiefpunkt angekommen. Ich hatte Berlin wieder einmal für Wochen den Rücken gekehrt, diesmal für einen Polnischkurs. Es war ein hoffnungsloses Unterfangen. Die unaussprechlichen Wörter wollten mir nicht im Gedächtnis bleiben, und ich verzweifelte an den grammatischen

Eigenarten der polnischen Sprache mit ihren komplizierten Zeitformen und ihren zahllosen Ausnahmeregeln.

Meine Freundin war acht Stunden lang Bahn gefahren, um mich in Warschau zu besuchen, und wir stritten drei Tage lang darüber, wie es mit uns weitergehen sollte. Als ich nach ihrer Abreise durch die nassen Straßen vom Bahnhof zurück zur U-Bahn-Station ging, an den Auslagen von Modegeschäften, Parfümerien und Drogerien vorbei, die hier nicht anders aussahen als in Berlin, verspürte ich zum ersten Mal selbst die Gefühle, die mir aus den Erzählungen meines Vaters so vertraut waren, die Ohnmacht gegenüber einem Schweigen, das von einer Generation zur nächsten weitergegeben worden war, und die Bitterkeit, die daraus erwachsen konnte. In einer Zeit, in der ich selbst hätte eine Familie gründen können, war ich einem Gespenst aus der Nachkriegszeit nachgejagt.

Ich hatte den Vater gesucht, den mein Vater selbst nicht gehabt hatte, und ich war daran gescheitert. Und auch von den Geschichten, die er mir früher erzählt hatte und in denen ich Józef zum ersten Mal begegnet war, war nichts mehr übrig. Noch während ich ein Kind war, hatten sie Kratzer und Schrammen bekommen, Risse und Sprünge, die sich immer mehr ausweiteten, und als ich erwachsen war und begann, mehr über Józef herauszufinden, waren sie so spröde und porös, dass sie bei der kleinsten Berührung zersprangen.

Ich stand mit leeren Händen da.

MEINE GROSSMUTTER trug auffälligen Schmuck, schwere Ringe und breite Armreifen, sie färbte ihre Haare und brachte im Winter eine tiefe Bräune aus dem Skiurlaub in den Schweizer Alpen mit, die sie das ganze Jahr über pflegte. Wenn wir sie sonntags besuchten, begrüßte sie uns vor ihrem Haus mit einem strahlenden Lächeln, in einer makellos weißen, frisch gestärkten Bluse und mit einer Perlenkette um den Hals.

Alt kam sie mir nie vor, nicht einmal in den letzten Jahren vor ihrem Tod. Sie war eine Frau, die den Luxus, in dem sie lebte, gern zur Schau trug und die Kreuzfahrten, die sie mit ihrem Mann unternahm, genauso genoss wie die Jagdgesellschaften, zu denen sie eingeladen wurden.

Über ihre Lebensgeschichte weiß ich jedoch bis heute kaum etwas. Sie selbst hat nie viel über sich erzählt, und die Kindheit und Jugend meiner Großmutter bestehen für mich nur aus ein paar Daten und einigen Anekdoten.

Marianne wird am 29. April 1928 in Fürstenau geboren, ein »Sonntagsmädel«, wie es in der Geburtsanzeige heißt. Ihr Vater Arnold ist ein angesehener Bürger der Stadt. Er ist Mitglied im Aufsichtsrat der Volksbank, und in den Zwanzigerjahren gehört er genau wie der Zahnarzt, der Amtsrichter und der Apotheker zum Stahlhelm, einer national ausgerichteten Vereinigung ehemaliger Frontsoldaten, die nach dem Ersten Weltkrieg gegründet worden ist.

Seine Tochter schickt er in die Kindergruppe des Luisenbundes, der Frauenvereinigung an der Seite des Stahlhelms. Sie hört Geschichten über die junge Königin, deren Herz über der Niederlage gegen die Franzosen zerbrach, und es gibt ein Foto, auf dem meine Großmutter im Alter von fünf Jahren als »Kornblümchen« zu sehen ist, im preußischblauen Leinenkleid und mit geflochtenen Zöpfen.

Im Frühjahr 1935 wird Marianne eingeschult. Ihr Vater Arnold tritt in die NSDAP ein, Marianne besucht die Treffen des BDM, des Bundes Deutscher Mädel. Kurz vor Beginn des Krieges wechselt sie von der Volksschule auf die Höhere Mädchenschule in Rheine. Sie lernt Englisch und Französisch, und im Schuljahr 1940/1941 legt sie im Geschichtsunterricht eine Kladde an, in der sie anhand von Tagebucheinträgen und eingeklebten Zeitungsausschnitten die Feldzüge der Wehrmacht verfolgt.

Marianne ist in der neunten Klasse, als die Luftangriffe auf Rheine beginnen. Die Schule wird evakuiert. Die Mädchen verbringen das Frühjahr und einen Teil des Sommers 1944 in einem BDM-Lager in Rottach-Egern am Tegernsee, bis die Bombardements der Briten und Amerikaner auch den Süden Deutschlands erreichen.

Marianne kehrt zurück nach Fürstenau. Die Bahnfahrt quer durch das vom Krieg überzogene Deutschland gehört zu den wenigen Ereignissen aus ihrer Kindheit und Jugend, über die sie selbst häufig sprach, wohl wegen des Zusammentreffens mit einem historischen Ereignis. Marianne steigt am 18. Juli in Rottach-Egern in den Zug, und da überall in Deutschland Bahnhöfe bombardiert werden, dauert es drei Tage, bis sie zu Hause ankommt. Es ist der 20. Juli 1944. In der ganzen Stadt wird über das Attentat auf Adolf Hitler geredet.

Die Schule in Rheine bleibt weiterhin geschlossen. Marianne muss ihrer Mutter Anna zur Hand gehen.

Auch darüber sollte sie später gelegentlich sprechen, über die Schufterei im Haushalt und im Garten, und einmal erzählte sie vom Kriegsende, als englische und kanadische Truppen die Stadt angriffen. Anna hatte sich mit ihr und Eleonore und den anderen aus dem Haus zu Verwandten in Lonnerbecke geflüchtet, auf den Bauernhof, zu dem mein Vater später manchmal mit dem Rad fahren sollte, um Eier, Butter oder Milch zu holen. Als sie zurückkamen, versperrten umgestürzte Telegrafenmasten den Weg, am Straßenrand lagen tote Soldaten, Kühe, Schweine und Ziegen. Das Rathaus war in Brand geschossen worden und komplett ausgebrannt. Eine Granate war in den Turm der evangelischen Kirche eingeschlagen, eine Bäckerei, ein Schuhgeschäft und die Herrenmaßschneiderei hatten Treffer abbekommen.

Die polnischen Soldaten, die kurz darauf die Stadt von den Engländern übernahmen, erwähnte meine Großmutter nie – und auch nicht, was sonst in jenen Jahren nach dem Zweiten Weltkrieg passiert war.

Es gibt einige wenige Fotos von Marianne aus den späten Dreißigerjahren. Sie zeigen ein lachendes junges Mädchen mit schweren, dunkelblonden Locken, die mit einem frechen Blick in die Kamera schaut. Es ist leicht, in ihr die viel zu junge Mutter zu erkennen, die ich aus den Geschichten meines Vaters kannte. Man konnte sich gut vorstellen, dass sie, Eleonore und mein Vater wie drei Kinder gemeinsam durch Arnolds und Annas Haus in Fürstenau tobten und sämtliche Schubladen aufrissen, um nach einer Schachtel Pralinen zu suchen. Das Bild meiner Großmutter, das schließlich hinter den Erzählungen meines Vaters hervortrat, war allerdings ein ganz anderes.

Im August 1956 wäre der Holzschuppen der Tischlerei beinahe in Flammen aufgegangen. Die Geschichte hatte ich oft gehört. Mein Vater war damals zehn Jahre alt. Es war einer jener langen, heißen Sommer, in denen er in den großen Ferien tagelang mit der Steinschleuder in der Hand durch den Pottebruch strich, den Bahndamm entlanglief und aus einem sicheren Versteck in einem Kornfeld die Gleisarbeiter und Streckenläufer beobachtete. Manchmal blieb mein Vater auch zu Hause, setzte sich zu Karl in die Beizstube oder schlich mit seiner Wasserpistole um die Werkstatt, um Fliegen zu jagen.

An einem dieser Nachmittage stieg plötzlich Rauch aus dem alten Schuppen auf, in dem sein Großvater das Holz lagerte. Während die Gesellen Wassereimer herbeitrugen, rief Arnold vom Telefonapparat im Haus die Feuerwehr. Der Schaden war zum Glück gering. Der Brand hatte sich an der hinteren Wand des Schuppens entzündet. Glasscherben, vermuteten die Feuerwehrleute, hatten die Sonnenstrahlen wie in einem Brennglas gebündelt und im trockenen Gras ein Feuer entfacht. Die Bretterwand war angesengt worden, aber die Flammen konnten gelöscht werden, bevor sie auf die Bretter im Schuppen übersprangen.

Mein Vater schüttelte den Kopf, als erst Arnold, dann Anna und zuletzt Marianne ihn fragten, ob er etwas mit dem Feuer zu tun habe. Die Erwachsenen gaben sich damit zufrieden, und die ganzen Ferien über kämpfte mein Vater mit seinem schlechten Gewissen.

In dieser Version hatte die Geschichte eine einfache Moral, wie in einem Kinderbuch. Denn schließlich tat mein Vater das Richtige. Er nahm allen Mut zusammen und ging auf das Polizeirevier der Stadt. Reumütig gestand er dem diensthabenden Beamten seine Tat. Er hatte hinter dem Schuppen mit Streichhölzern gespielt und Zeitungspapier und Holzreste angezündet, dann waren die Flammen außer Kontrolle geraten.

In Wirklichkeit allerdings hatte nicht das schlechte Gewissen meinen Vater auf die Polizeiwache getrieben. Es war die Furcht vor seiner Mutter.

Ich kann mich nicht erinnern, wann mein Vater mir zum ersten Mal schilderte, wie der Alltag im Haus seiner Großeltern wirklich aussah. Als er begonnen hatte, mir von Fürstenau zu erzählen, war ich süchtig nach seinen Geschichten gewesen und nach dem Gefühl der Nähe, das sie mir vermittelten, sodass mir zunächst nicht auffiel, dass die Welt, in der wir beide damals zu Hause waren, allmählich immer dunklere Züge annahm.

Als ich älter wurde, verloren seine Geschichten einen Teil ihrer Faszination für mich. Als Teenager las ich Romane, sah Filme und besuchte Theaterstücke; später arbeitete ich als Journalist und bekam Gelegenheit, einen Blick in das Leben anderer Menschen zu werfen.

Doch selbst als ich erwachsen wurde, erzählte mein Vater mir immer wieder von Fürstenau. Aus der Idylle war damals längst ein Albtraum geworden, und auch ihn teilte ich mit meinem Vater. Die Komplizenschaft zwischen ihm und mir war vor langer Zeit besiegelt worden und hielt noch immer, selbst wenn ich versuchte, Distanz zu schaffen. Wenn ich meinen Vater zwischen meinen Fahrten nach Polen besuchte, brachte ich Mikrofon und Aufnahmegerät mit wie ein Reporter, der ein Interview mit einer fremden Person führt. Und so schilderte er mir schließlich auch die andere, die grausame Seite seiner Kindheit in allen Einzelheiten.

Es hatte, wie ich im Nachhinein feststellte, in all den Geschichten über Fürstenau bereits verborgene Hinweise gegeben. Wenn mein Vater nach einem Streit beim Baden in der Waschküche in den Garten lief und sich im Gras versteckte, dann war das kein Spiel, ebenso wenig wie seine Flucht vor Marianne auf das Dach des Holzschuppens. Es waren, wie ich nun erfuhr, die verzweifelten Versuche eines verängstigten Kindes, sich den erbarmungslosen Schlägen seiner Mutter zu entziehen.

Marianne war nicht einfach nur eine viel zu junge Mutter, sie war eine unbeherrschte, gewalttätige Frau. Sie geriet beim kleinsten Anlass in Wut, schimpfte und tobte, bis sie zuschlug. Manchmal blieb es bei Ohrfeigen, aber oft steigerte sie sich so sehr in ihren Zorn hinein, dass sie mit geballten Fäusten auf ihn einprügelte, nach einem Holzscheit griff oder den eisernen Schürhaken zur Hand nahm.

Auch die Geschichte vom Feuer, das mein Vater als Kind gelegt hatte, hatte sich über die Jahre hinweg verändert, bis sie schließlich ihre endgültige Fassung bekommen hatte. Mein Vater war damals tatsächlich zur Polizei gegangen, allerdings nicht, weil er in seiner kindlichen Vorstellungswelt geglaubt hatte, dass die Wache der richtige Ort für das Geständnis eines jugendlichen Brandstifters war. Mein Vater hatte einfach nur Angst. Er befürchtete, dass seine Tat im Nachhinein doch noch entdeckt werden würde, und weil er wusste, dass seine Mutter ihn halbtot schlagen würde, offenbarte er sich einem Polizisten.

Mein Vater erzählte auf der Wache nicht nur vom Holzschuppen, den er in Brand gesetzt hatte, sondern schilderte unter Tränen auch die drakonischen Strafen, denen er ausgesetzt war. Der Beamte nahm meinen Vater bei der Hand und begleitete ihn nach Hause, ein übergewichtiger Polizist, der auf dem Weg in seiner Uniform ins Schwitzen geriet, mit einem verweinten Kind an seiner Seite, das sein Sohn hätte sein können. Er lieferte meinen Vater bei Arnold in der Werkstatt ab und ging dann hinüber ins Wohnhaus, um ein längeres Gespräch mit Marianne zu führen.

Mein Vater hat nie erfahren, was damals genau besprochen wurde, doch anschließend blieb er für einige Wochen von Schlägen verschont.

DIE WIRKUNG, die der Besuch des Polizisten gehabt hatte, hielt jedoch nicht lange vor. Abgekaute Fingernägel, ein fehlender Hemdknopf, verschmutzte Wäsche, es waren Kleinigkeiten, die Marianne zur Raserei brachten. Mein Vater bezog bald wieder regelmäßig Prügel, und wenn Marianne von ihm abließ, dann nur, um ihn für Stunden im Keller einzusperren, in einen finsteren Verschlag, der gleich neben Annas Speisekammer lag, von deren reich bestückten Regalen er mir immer vorgeschwärmt hatte.

Als er auf das Gymnasium kam, wurde es noch einmal schlimmer. Nach der Volksschule hatte er zunächst in Fürstenau die Mittelschule besucht. Er brachte gute Noten mit nach Hause, und nach eineinhalb Jahren sollte er auf das neusprachliche Gymnasium in Quakenbrück wechseln, auf dieselbe Schule, in der Józef nach dem Krieg versucht hatte, sein Abitur nachzuholen. Nach dem Ende der Sommerferien lief mein Vater von nun an jeden Morgen um kurz vor sieben vom Haus seiner Großeltern zum Bahnhof, um in den Schülerzug zu steigen.

Bald gab es Probleme. Er fand sich auf dem Gymnasium nicht zurecht. Seine Leistungen fielen ab, und die schlechten Noten boten Marianne neuen Anlass für Schläge. Wenn er sich mittags mit einer Fünf in Mathematik oder Französisch im Ranzen in das überfüllte Dritte-Klasse-Abteil des

Zuges zwängte, wusste er bereits, was ihn zu Hause erwartete. Die Angst vor dem Zorn seiner Mutter wuchs von Mal zu Mal, und an einem Dienstag im Oktober, als er wieder ein mit roter Tinte übersätes Heft in seiner Tasche hatte, das er zu Hause zur Unterschrift vorlegen musste, traf er eine Entscheidung. Während die anderen Schüler sich im Zug um die Plätze auf den schmalen Holzbänken balgten, beschloss mein Vater, von zu Hause wegzulaufen.

Mein Vater hatte mir oft erzählt, wie er damals ausgerissen war, aber dass nicht allein die Suche nach seinem Vater, sondern auch die Angst vor Mariannes Schlägen der Anlass dafür war, hatte er mir zunächst verschwiegen. Stattdessen hatte er mit dem Teil der Geschichte begonnen, der mich am meisten gefesselt hatte, mit den Vorbereitungen für seine Flucht: dem Proviant, den er aus der Speisekammer stahl, dem Seesack, den er heimlich auf dem Dachboden füllte und abends zwischen den Ligustersträuchern am Bahndamm versteckte. Diesen Schilderungen war ich ebenso gebannt gefolgt wie den Geschichten aus den Büchern, die er als Kind gelesen hatte und deren Handlung er mir genauso detailliert schilderte wie die Ereignisse seiner Kindheit.

Mein Vater war als Kind gemeinsam mit seinem Großonkel Karl in Fürstenau Woche für Woche zur katholischen Leihbibliothek in der Sankt-Georg-Straße gegangen. Die Abenteuerromane, die sie stapelweise ausliehen und im Handwagen nach Hause transportierten, handelten von jugendlichen Ausreißern, die sich am frühen Morgen aus dem

dem Wetzstein geschärft, aus der Ferne hörte man das rasselnde Räderwerk einer Dreschmaschine.

Jan Aarnink betrieb Landwirtschaft und unterhielt nebenher eine kleine Pferdezucht. Er hatte schon vor dem Krieg gelegentlich ein Reitpferd verkauft, und in dem Sommer, den Marianne und mein Vater bei ihm auf dem Hof verbrachten, grasten einige Tiere auf der Koppel neben der Scheune. Jan mochte meinen Vater. Wenn er in die nächste größere Stadt zum Landhandel fuhr oder zu einer Auktion, brachte er ihm abends Schokolade mit und einmal sogar einen leuchtend roten Ball. Das war der Auslöser für das Unglück.

Niemand wusste, wie es genau passiert war. Eines Nachmittags war der Ball auf die Pferdekoppel gerollt, und mein Vater war offenbar unter dem Zaun hindurchgekrochen und über die von Maulwurfshügeln und zertrampelten Grasbüscheln übersäte Wiese gelaufen. Es geschah, als er gerade nach dem Ball greifen wollte. Ein Pferd trat aus, und der Huf traf ihn mitten ins Gesicht.

Auch davon hatte mein Vater mir erzählt, von den einsamen Nächten im Krankenhaus, von den Schmerzen, von der Schnabeltasse, mit der eine strenge Krankenschwester ihm klare Brühe einflößte, und von dem Kieferorthopäden, bei dem er noch über Jahre hinweg in Behandlung sein sollte. Mein Vater musste eine unförmige hölzerne Zahnspange tragen, mit Lederriemen, die hinter seinem Kopf festgezurrt wurden. In seiner Erinnerung war daraus eine

Foltermaschine geworden, und ich litt mit ihm, wenn er mir davon erzählte. Spucke sammelte sich in seinem Mund, ohne dass er schlucken konnte, oft hatte er das Gefühl, an dem klobigen Gestell ersticken zu müssen.

Erst als ich mehr über Józef Koźlik und seine Zeit in Deutschland in Erfahrung gebracht hatte, verstand ich, was sich hinter dieser Geschichte verbarg. Marianne hatte mit meinem Vater keinen Urlaub bei den Verwandten auf dem Land gemacht.

Es war eine Flucht gewesen, vor Józef, der nach der Trennung im Herbst 1948 immer wieder an sie geschrieben hatte und manchmal von Bückeburg aus nach Fürstenau gekommen war, um wie früher an der kleinen Holzbrücke vor dem Haus oder am Bahnübergang auf sie zu warten, unrasiert und mit einer Schnapsflasche in der Tasche seines alten Wintermantels. Deshalb war Marianne im Januar 1949 mit ihrem Sohn zu ihrem Onkel und ihrer Tante an die niederländische Grenze gefahren. Als sich der Unfall auf Jan Aarninks Koppel ereignete, war sie bereits ein halbes Jahr von zu Hause fort.

Im Gegensatz zu den anderen Ereignissen aus den Jahren unmittelbar nach dem Krieg ließ sich dieser Tag nicht so einfach aus dem Gedächtnis der Familie streichen. Mein Vater hatte an den Folgen seiner Verletzung lange zu leiden, und die Narbe, die er an seinem Kinn zurückbehalten hatte, war so auffällig, dass sie später sogar als »unverwechselbares Kennzeichen« in seinen Personalausweis eingetragen wurde.

In seiner Erinnerung war das halbe Jahr, das er nach der Trennung seiner Eltern auf dem Land verbracht hatte, auf einige Sommermonate zusammengeschrumpft, und wie all die anderen Geschichten, die er mir erzählte, war sie voller Details und Einzelheiten, sodass man die große Leerstelle, die es in seiner Kindheit gab, fast nicht bemerkte.

Marianne wusste, dass es mit Józef für immer vorbei war. Als sie mit meinem Vater vorübergehend bei Jan Aarnink und seiner Frau Else lebte, lernte sie in der Nachbarschaft einen Mann kennen, einen älteren Landwirt, der nach dem Tod seines Vaters den elterlichen Hof übernommen hatte. Für Marianne wäre es ein neuer Anfang gewesen, weit weg von Fürstenau, wo die jungen Männer ihr immer noch »Polenliebchen« hinterherriefen, wenn sie den Kinderwagen durch die Stadt schob. Doch sie sah ihre Zukunft nicht auf einem Bauernhof, und die Verlobung, die damals hastig arrangiert worden war, wurde schnell wieder gelöst.

Über Jahre hinweg studierte Marianne in Zeitungen und Illustrierten mit einem gespitzten Bleistift in der Hand die Spalten mit den Heiratsannoncen und schickte mit Kennnummern versehene Antworten an die Anzeigenabteilungen der Verlage. Briefwechsel entspannen sich, Porträtfotos wurden getauscht, und manch einer der Männer, mit denen sie in Kontakt getreten war, kam für einen Nachmittag nach Fürstenau.

Sie hießen Fred, Viktor oder Hugo, trugen Anzüge und

rochen nach Rasierwasser. Ein Versicherungskaufmann aus Hannover war dabei, ein kahlköpfiger Vertreter für Badezimmereinrichtungen und ein Berliner Architekt, der ein Jahr zuvor aus der russischen Gefangenschaft zurückgekehrt war und feststellen musste, dass seine Frau mittlerweile mit dem Nachbarn zusammenlebte. Sie brachten Blumen mit, und mein Vater musste ihnen artig die Hand geben, frisch gekämmt und in seinen besten Sachen.

Irgendwann war Marianne es leid, dass Anna bei diesen Treffen im Herrenzimmer neben ihr in der Kittelschürze auf dem Sofa saß. Von nun an traf sie sich mit ihren Verehrern, die mit der Bahn anreisten, in Osnabrück, immer im selben Café am Rand der Altstadt.

Meinen Vater nahm sie mit, er bekam eine Tasse heiße Schokolade und wurde dann vor die Tür geschickt. Das Café lag an einem Platz mit einem Brunnen, und mein Vater ließ darin ein Boot schwimmen, das er in Arnolds Werkstatt aus einem Stück Holz geschnitzt hatte, mit einem langen Nagel als Mast und einem Stoffrest als Segel. Als Ehemann kam keiner der Männer, die Marianne traf, infrage. Mein Vater sah nicht einen von ihnen ein zweites Mal.

Zeit verging. Marianne hatte während ihrer Zeit auf der höheren Mädchenschule in Rheine Stenografie gelernt und in einem unbeheizten Raum im Erdgeschoss des Amtsgerichts in Fürstenau einen Abendkurs in Maschineschreiben absolviert. Sie nahm Arbeit als Sekretärin an, erst in der Eisenwarenhandlung in Rheine, dann in der Kaserne der

Bundeswehr in ihrer Heimatstadt und schließlich im Unternehmen des Stellmachers, der bei ihrer Verlobung mit Józef als Gast mit am Tisch gesessen hatte. Er hatte die kleine Fahrzeugfabrik, die er während des Krieges gegründet hatte, in den Fünfzigerjahren weiter ausgebaut und Kontakt zu Mariannes Eltern gehalten.

Als seine Frau starb, hielt er schon nach wenigen Wochen um Mariannes Hand an. Sie heirateten im November des Jahres 1961. Marianne zog zu ihm, in das Haus mit der Hollywoodschaukel und dem beheizten Swimmingpool, in dem wir sie später an den Sonntagen besuchten.

Meinen Vater, er war damals fünfzehn, ließ sie bei seinen Großeltern in Fürstenau zurück, wie den letzten Rest eines Lebens, mit dem sie nichts mehr zu tun haben wollte. Er sollte die Wochenenden bei ihr und ihrem neuen Mann verbringen, doch es funktionierte nicht. Marianne schlug ihn nicht mehr, aber ihre Wutanfälle waren immer noch maßlos, und er geriet jetzt auch mit seinem Stiefvater aneinander. Mein Vater war froh, wenn er am Sonntagabend wieder zurück nach Fürstenau durfte und Anna ihm einen Teller mit Bratkartoffeln auf den Tisch stellte, ein Ritual, das sich über all die Jahre hinweg erhalten hatte.

Fürstenau war das Zuhause meines Vaters. Doch als er seinen Großeltern im Frühjahr 1973 einen Besuch abstattete und dabei auf den Brief aus Polen stieß, war diese Welt bereits in Auflösung begriffen. Die Obstbäume, die früher zwischen dem Haus und der Werkstatt gestanden hatten, waren gefällt worden, und auch die Johannisbeerbüsche gab es nicht mehr, weil der neue Pächter auf einer breiteren Zufahrt bestanden hatte. Das Dach der Hundehütte war morsch geworden, die Garage stand leer, der Borgward war verkauft worden. Der baufällige Holzschuppen, den mein Vater als Kind beinahe in Brand gesetzt hatte, war zum Abriss freigegeben.

Bei Arnold hatten sich die ersten Zeichen der Demenz bemerkbar gemacht, und Anna musste ihn jeden Morgen davon abhalten, sich den grauen Kittel überzuziehen und sich wie früher an die Werkbank zu stellen. Anna selbst, die ihr Leben lang über schwere Beine geklagt hatte, ohne jemals zu einem Arzt zu gehen, verbrachte jetzt ganze Nachmittage im Bett. Sie litt unter Asthma, das Atmen fiel ihr immer schwerer. 1976 starb sie im Krankenhaus von Fürstenau, Arnold, den Marianne zuletzt als Pflegefall zu sich nach Hause geholt hatte, im Jahr darauf.

Ich war bei keiner der Beerdigungen dabei. Ich war damals erst fünf, dann sechs Jahre alt, und mein Vater hatte bereits damit begonnen, mir von seiner Kindheit in Fürstenau zu erzählen und jenes Bild zu entwerfen, das von der Wirklichkeit so weit entfernt war.

Fürstenau war nie eine heile Welt gewesen. Nach dem Tod von Anna und Arnold begann eine lange Reihe von Gerichtsprozessen zwischen Marianne und ihrem Ehemann auf der einen und ihrer Schwester Eleonore auf der anderen Seite. Es ging in dem Streit nicht nur um das Grundstück, das Haus und die Werkstatt, sondern um alles, was zum Haushalt gehörte, um Möbelstücke, Teppiche, Läufer und Silberbestecke, um die gerahmten Stiche, die im Herrenzimmer an der Wand hingen, um Arnolds Chaiselongue und Annas Porzellan, um Bettwäsche, Tischdecken und Serviettenhalter.

Das war der Grund, warum ich Eleonore nur aus den Erzählungen meines Vaters kannte und auch die anderen Verwandten, die in seinen Geschichten auftauchten, nie getroffen hatte. Ein tiefer Graben lief durch die Familie, der sich nie wieder schließen sollte.

In dieser Zeit besuchten wir regelmäßig meine Großmutter und den Mann, den ich für meinen Großvater hielt. Wir spielten Familie, Großeltern, Eltern und Enkel, obwohl es im Grunde genommen keine Familie gab. Beim Kaffee drehten sich die Gespräche um Rechtsanwälte, Notare und Grundstückspreise, um Gerichtsvollzieher und Prozesskosten, Teilungsversteigerungen und Vergleiche.

Ich war zu klein, um zu verstehen, worüber die Erwachsenen sprachen. Wenn ich mich heute an diese Zeit erinnere, dann vor allem deshalb, weil mein Vater mir nach einem dieser Besuche zum ersten Mal von jenem polnischen Soldaten erzählte, der nach dem Ende des Krieges nach Fürstenau gekommen war.

Es war eine Geschichte, die mit aller Macht all das zusammenhalten sollte, was nicht zusammenpasste, verträumte

Kindheitserinnerungen und eine gewalttätige Mutter, einen Vater, über den nicht gesprochen wurde und der zugleich wie ein Geist durch das Leben seines Sohns spukte, alte Fotos, ein Buch über die Schlacht von Monte Cassino und einen Stapel handgeschriebener Briefe aus Polen.

Es war auch meine Geschichte. Ich hatte sie mir immer wieder angehört, und sie hatte mich an meinen Vater und an die dunklen und düsteren Ereignisse seiner Kindheit gefesselt wie einen Gefangenen an die meterdicken Wände eines mittelalterlichen Verlieses.

Zugleich war sie von den Geschichten, die er mir erzählt hatte, diejenige, die ich am meisten geliebt hatte. Es kam mir wie ein Verrat vor, als ich im Laufe meiner Recherchen merkte, dass nichts von ihr übrig bleiben würde.

AM 7. FEBRUAR 1951 kehrt Józef Koźlik nach Hause zurück. Die Stadt hat ein weiteres Mal ihren Namen gewechselt, statt Lublinitz oder Loben steht nun wieder Lubliniec auf dem Schild am Bahnhof. Der Bäcker ist wieder ein »piekarz«, der Fleischer verkauft »wędliny« statt Wurst und Schinken. Nur ein paar Reklamen, die in der Stadt auf die grau verputzten Brandmauern gemalt worden waren, sind noch geblieben, »Möbel«, »Kohle«, »Umzüge aller Art«.

Auch die Straße, in der das Haus seiner Eltern steht, hat einen neuen Namen bekommen, das weiß Józef aus den Briefen, die er in den letzten Monaten von seiner Mutter bekommen hat. Aus dem Körnerweg ist die ulica Jagusia geworden, zur Erinnerung an die Familie Jaguś aus Steblau, die während des Krieges von den Deutschen verschleppt und ermordet worden ist. Die Toten, das sind die Helden, nicht die, die überlebt haben, und schon gar nicht jemand wie Józef, der das letzte Mal, als er diese Straße entlanglief, die Uniform der deutschen Luftwaffe trug und jetzt einen alten Wintermantel anhat, an dem der Geruch des Gefängnisses haftet.

Józef war nach der Trennung von Marianne nicht mehr lange in Bückeburg geblieben. Sein Kompagnon Heinrich Schulenberg war in seinen alten Beruf als Elektriker zurückgekehrt, und Józef hatte ein paar Wochen als Handlanger in einer Margarinefabrik gearbeitet. Der Winter kam. Er schrieb Briefe an Marianne, doch er bekam nie eine Antwort, und schließlich fuhr er nach Fürstenau. Die Adresse von Jan Aarnink bekam er nicht.

Józef gab sein Zimmer in Bückeburg auf und ließ sich durch die britische Besatzungszone treiben. Er übernachtete in Notunterkünften und schäbigen Pensionen, und eine Zeit lang kam er in der Kaserne in Braunschweig unter, von der er meinem Vater später in einem seiner Briefe schreiben sollte. Er verbrachte die Nächte in Kasinos und Soldatenkneipen, um nach alten Bekannten Ausschau zu halten, die ihm irgendeine Arbeit hätten besorgen können.

Meist lief es darauf hinaus, dass sie sich gemeinsam betranken, und wenn Józef Pech hatte, musste er seine Rechnung auch noch selbst bezahlen. Er hielt sich mit kleinen Geschäften und Gelegenheitsarbeiten über Wasser, Wochen und Monate, ein verlorenes Jahr. Dann ging ihm endgültig das Geld aus. Im Herbst 1949 fuhr er nach Lübeck, wo ein polnisches Konsulat eröffnet worden war. Er füllte Formulare aus, beantwortete endlos Fragen, und nachdem er zehn Tage in einer zugigen Baracke in einem Durchgangslager verbracht hatte, bekam er Anfang Dezember endlich seine Papiere. Er kehrte zurück nach Polen.

Seine Reise endete nur ein paar Kilometer hinter der neuen Grenze. Der Zug war kaum in Stettin angekommen, als Józef nach einem flüchtigen Blick auf seine Papiere von

Mitarbeitern des Sicherheitsdienstes aus dem Abteil geführt wurde. Sie nahmen ihn mit auf die Kommandantur, steckten ihn in eine Zelle und verhörten ihn vier Tage lang ununterbrochen. Sie gingen sein ganzes Leben mit ihm durch, vierundzwanzig Jahre, die unter ihren Fragen zu einer langen Reihe von Verdachtsmomenten wurden. Er war auf der falschen Seite der Grenze zur Welt gekommen, er war in die Volksliste aufgenommen und in die Wehrmacht eingezogen worden, später hatte er in den Reihen der Exilarmee gekämpft, die unter der Führung der bürgerlichen Exilregierung Polens in London stand.

Die Geheimpolizisten wollten alles wissen, die Orte, an denen er stationiert gewesen war, die Lager, die er besucht hatte, die Namen der Offiziere, mit denen er in England und Deutschland Kontakt gehabt hatte. Sie zwangen ihn, sich an jede einzelne Bemerkung zu erinnern, die in den Unterkünften der Soldaten über die kommunistische Regierung in Warschau gefallen war, und wenn er nicht mehr konnte und vor Müdigkeit von seinem Stuhl rutschte, gossen sie einen Eimer Wasser über ihm aus.

Sie wollten wissen, mit wem er in Deutschland Geschäfte gemacht hatte, sie notierten sich jeden Namen, an den Józef sich erinnerte, und als er kaum noch die Augen offen halten konnte, fragten sie ihn nach Marianne und ihren Eltern. Sie kannten sogar den Rang, den Arnold während des Krieges innegehabt hatte, Rittmeister, ausgezeichnet mit dem Kriegsverdienstkreuz Erster Klasse. Sie nannten Józef einen

Faschisten und Konterrevolutionär, der sich mit der Tochter eines »wermachtowiec« eingelassen hatte, und zuletzt traten sie ihn mit ihren schweren Stiefeln, bis er ohnmächtig wurde.

Sie ließen ihn auf dem Boden liegen, und am nächsten Morgen wurde Józef vor einen Richter geführt. In den Einreisepapieren, die ihm das Konsulat in Lübeck ausgestellt hatte, fehlte eine Unterschrift. Im Jahr 1949 reichte das in Polen für eine Haftstrafe von vierzehn Monaten wegen des Versuchs der illegalen Einreise. Zusammen mit drei anderen Verurteilten wurde Józef in einen Lastwagen gesteckt und von Stettin nach Stargard gebracht. Das Gefängnis war in einem der wenigen intakten Gebäude in der Innenstadt untergebracht. Er teilte sich eine Zelle mit fünf anderen Häftlingen, einen feuchten Raum, in dem es auch tagsüber nicht hell wurde, weil Blechplatten vor den vergitterten Fenstern die neugierigen Blicke der Passanten draußen auf dem Josef-Stalin-Platz abhalten sollten.

Das Gefängnis steht noch heute, ein wuchtiger Bau, umgeben von einer hohen, schmucklosen Mauer. Nur die Blechplatten hat man abgenommen, und von der Straße aus kann man in den Fenstern die Umrisse der Gefangenen erkennen. Angeblich gab es in den Jahren nach dem Krieg in den Zellen auch ein paar echte Kriminelle, Kohlendiebe, Schwarzhändler, Geldfälscher.

Doch beim Hofgang, jeden Tag eine halbe Stunde, lernte Józef nur Häftlinge kennen, die als politisch verdächtig galten. Es waren Soldaten der Exilarmee, die genau wie er wegen ihres Engagements auf der Seite der Westmächte zu Verrätern abgestempelt worden waren, Angehörige der Armia Krajowa, der Polnischen Heimatarmee, die während des Krieges in Polen ihr Leben für den Kampf im Untergrund riskiert hatten und jetzt wie Banditen aus ihren Verstecken getrieben wurden, sowie zahllose einfache Leute, die durch Zufall ins Visier des Sicherheitsdienstes geraten waren. Sie wurden kurzerhand als Kollaborateure und Spione angeklagt und gelegentlich sogar mit deutschen SS-Angehörigen und KZ-Aufsehern in eine Zelle gesperrt.

Die Kommunisten, die Stalin in Warschau an die Macht gebracht hatte, säuberten mit sowjetischer Hilfe das Land, und wenn in Stargard die Schüsseln mit dem Schnaps herumgereicht wurden, den sie aus vergorenen Brotresten gebrannt hatten, erzählten sich die Häftlinge gegenseitig von den Verwüstungen, die die Russen seit Generationen in den Stammbäumen ihrer Familien hinterlassen hatten. Großväter waren 1863 nach dem gescheiterten Aufstand gegen die russische Herrschaft nach Sibirien verschleppt, Väter 1917 von den Bolschewiki an der Grenze zur Sowjetunion lebendig begraben, Söhne 1939 nach dem Einmarsch der Roten Armee deportiert und ermordet worden.

Józef verbrachte vierzehn Monate in Stargard. Er hatte sich an den Gestank des Kübels gewöhnt, über dem die Gefangenen ihre Notdurft verrichteten, an die Fußtritte und Stockschläge der Wärter, an das Stöhnen und die Schreie in der Nacht, an die stechenden Kopfschmerzen, die der selbst gebrannte Alkohol hinterließ. Dann entließen sie ihn, am 7. Februar 1951, zehn Tage vor seinem 26. Geburtstag. Im Gefängnis wurden ihm seine Habseligkeiten ausgehändigt. Den Koffer bekam er zurück, sogar die Taschenuhr, damit hatte er am wenigsten gerechnet.

Draußen holte er als Erstes den braunen Umschlag hervor und warf im grellen Licht des Wintertages einen Blick auf die Fotografien von Marianne, ihm und seinem Sohn. Die gemeinsamen Spaziergänge, ihre Hoffnungen und ihre Träume, ein Kind, das sich an ihren Händen festhält, als es im Garten seine ersten Schritte unter den Obstbäumen macht, das war jetzt Vergangenheit.

Der Krieg hat aus Polen ein anderes Land gemacht. Steblau liegt nicht mehr am Rand von Polen, sondern in der Mitte, und im Kreis Lublinitz hat sich die Zahl der Einwohner durch die Flüchtlinge aus Lemberg, Tarnopol, Stanislau und Wolhynien verdoppelt.

Für die angestammte Bevölkerung sind die ersten Jahre hart. Wohnraum ist knapp, und die Oberschlesier werden von den Zugezogenen offen angefeindet. In Lublinitz wird auf dem Gelände der Spinnerei an der Straße nach Tschenstochau ein Lager errichtet, in dem Hunderte von Menschen eingepfercht werden, die im Verdacht stehen, keine Polen, sondern Deutsche zu sein. Ein Teil von ihnen wird kurzerhand ausgewiesen und in einen der überfüllten Züge in Richtung Westen gesetzt.

Józefs Mutter und seine Schwestern gehören nicht dazu. Die polnischsprachigen Oberschlesier dürfen bleiben, doch von den kommunistischen Verwaltungsbeamten werden sie in den ersten Monaten nach dem Krieg als Bürger zweiter Klasse behandelt. Sie bekommen weniger Lebensmittelmarken zugesprochen als ihre neuen Nachbarn, und Maria fährt auch in den ersten Jahren nach dem Krieg über die Bauernhöfe, um Gemüse, das sie im Garten anbaut, gegen eine Handvoll Mehl einzutauschen oder den letzten Ring aus ihrer Schmuckschatulle für ein Stück Speck zu opfern.

Denunziationen sind an der Tagesordnung, alte Rechnungen werden beglichen, und schließlich setzt die Regierung in Warschau unter dem Stichwort »weryfikacja« ein Verfahren in Gang, um den Oberschlesiern, die während des Krieges durch die Volksliste zu Deutschen gemacht worden waren, erneut die polnische Staatsbürgerschaft zu verleihen.

Kommissionen werden eingesetzt, noch einmal werden Fragebogen und Antragsformulare ausgeteilt und Sprachkenntnisse überprüft, so wie die Nationalsozialisten es während des Krieges gemacht haben, nur mit umgekehrtem Vorzeichen. Ende der Vierzigerjahre bekommen 850.000 Oberschlesier kurzerhand die polnische Staatsbürgerschaft zuerkannt. Die Familie Koźlik, die zwanzig Jahre zuvor von Groß Stanisch nach Siemianowitz gezogen ist, kommt zum zweiten Mal in Polen an.

In dem Haus in Steblau geht das Leben weiter. Józefs älteste Schwester Anna hat einen Eisenbahner geheiratet und ein Kind bekommen. Sie haben sich im Obergeschoss des Hauses eine kleine Wohnung eingerichtet, ein Zimmer, eine Küche, ein Bad. Den Raum neben der Treppe, der noch übrig ist, teilen sich Lena und Hilda. Maria wohnt unten.

Als Józef aus dem Gefängnis in Stargard entlassen wird und nach Hause kommt, wird es eng. Für ihn bleibt zum Schlafen nur die schmale Holzbank in der Küche seiner Mutter. Er winkt ab: »Es ist ja nicht für immer.«

Er erzählt, wie es ihm in den letzten sieben Jahren ergangen ist. Einiges wissen sie in Steblau bereits aus den Briefen, die er an seine Mutter geschrieben hat, aus Fürstenau, aus Bückeburg und einmal sogar aus dem Gefängnis in Stargard, als es ihm gelungen war, an ein Blatt Papier und einen Bleistift zu kommen. Doch erst jetzt, als er seine Erinnerungen immer wieder aufs Neue durchgeht und dabei den Wodka seines Schwagers trinkt, wird eine Geschichte daraus.

Sie beginnt im Mai 1944, als Józef Koźlik aus Steblau am Grab seines Vaters die Entscheidung trifft, bei der erstbesten Gelegenheit aus der Wehrmacht zu desertieren. Er ist dabei, als die polnischen Fallschirmjäger in Arnheim ihr blutiges Opfer für den Kampf gegen Hitler bringen, er zieht als Sieger in Deutschland ein, und in den befreiten Lagern bricht Jubel aus, wenn die Jeeps mit wehenden Flaggen durch das Tor fahren, als hätte Polen doch noch den Krieg gewonnen. Während die Politiker über das Schicksal Europas entscheiden, laufen ein polnischer Besatzungssoldat und ein deutsches Mädchen Hand in Hand über die

Felder. Am Ende des Krieges, in dem eine ganze Welt in Trümmer zerfallen ist, findet Józef das Glück seines Lebens.

An dieser Stelle greift er in Steblau jedes Mal in die Tasche, und bevor er weiterspricht, holt er das Foto hervor, auf dem Marianne, er und sein Sohn in die Herbstsonne lächeln.

Er erzählt das alles immer wieder, tagelang, wochenlang, bis ihm zuletzt keiner mehr zuhört und sein Schwager ihm schon nach den ersten Sätzen großzügig nachschenkt und das Thema wechselt. Doch niemand wird die Geschichte vergessen.

Als ich zwanzig Jahre nach Józefs Tod zum ersten Mal nach Lublinitz und Steblau fuhr, um seine Schwester Anna zu besuchen, schilderte sie mir das tragische Schicksal ihres Bruders genau so.

Zum besseren Verständnis zeichnete sie mit einem Bleistift sogar eine Landkarte in mein Notizbuch. Sie zeigt die Niederlande und Deutschland und einen stilisierten Fallschirmspringer, der bei Arnheim hinter den feindlichen Linien abspringt.

»Das ist Józef«, erklärte Anna mir und deutete auf das Strichmännchen.

AM ANFANG hatte ich es für ein reizvolles Puzzlespiel gehalten, eine Biografie aus einzelnen Bruchstücken zusammenzusetzen. Dann hatte ich feststellen müssen, dass die Hinweise, die mich zurück in die Vergangenheit führten, oft falsche Fährten waren, die Józef selbst ausgelegt hatte, um sein Leben in einem besseren Licht erscheinen zu lassen. Das Blatt mit dem Briefkopf der Globus Lichtspiele GmbH zum Beispiel, das er 1949 aus Deutschland mit nach Polen genommen und später meinem Vater geschickt hatte, hatte ich selbst in der Hand gehabt. Doch das Kino hatte es nie gegeben.

Ich war nach Bückeburg gefahren. Ich war die Wege abgelaufen, die Józef gegangen sein musste, vom Bahnhof zu dem Kino namens Residenz-Theater, das es noch immer gab, und zu dem Haus in der Scharnhorststraße, in dem Heinrich Schulenberg gewohnt hatte.

Außerdem besuchte ich das Staatsarchiv, das in einem Flügel des Schlosses untergebracht war. Ich verbrachte drei Tage vor einem Mikrofiche-Lesegerät, nur um zuletzt herauszufinden, dass Józef nie eine Chance gehabt hatte, in dieser Stadt ein Kino zu betreiben. Es hatte von Anfang an mehrere Bewerber um die Lizenz gegeben, darunter den Pächter des Residenz-Theaters, den Besitzer einer Eisdiele und den Sohn des Besitzers der Gaststätte Brandhoff, in der das neue Kino eröffnet werden sollte. Alle drei Bewerber kamen aus Bückeburg und hatten gute Kontakte zur Stadtverwaltung, und in dem Briefwechsel zwischen dem Magistrat der Stadt, den Militärbehörden und dem Wirtschaftsverband der Filmtheater fand ich keinen Hinweis darauf, dass die Globus Lichtspiele jemals in die engere Wahl gekommen wären.

Mit der Währungsreform hatte das Scheitern dieses Vorhabens nichts zu tun gehabt. Die Firma war nie über einen Stapel Briefpapier mit Geschäftsadresse hinausgekommen.

Die Sache mit dem Kino war nur eine Kleinigkeit. Meine Großmutter Marianne war bereits verstorben, doch wenn ich Verwandte besuchte, die nach dem Krieg in Fürstenau gelebt hatten, und sie nach Józef fragte, erinnerten sich alle zwar an den polnischen Soldaten, von dem Marianne 1946 ein Kind bekommen hatte, gut sprach allerdings niemand von ihm. Von der tragischen Liebesgeschichte, die Józef in den Briefen an meinen Vater geschildert hatte und der ich bereitwillig gefolgt war, blieb schon bald nicht mehr viel übrig.

Hässliche Details tauchten auf. Józef hatte zu viel getrunken, was von Anfang an zu Streit zwischen ihm und Marianne geführt hatte. Seine Ausflüge nach Brüssel scheinen tagelange Trinkgelage gewesen zu sein, die jedes Mal in einem Militärbordell endeten.

Marianne wusste davon, spätestens nachdem Józef sich wegen einer Geschlechtskrankheit hatte behandeln lassen müssen. Im Übrigen hatte er wohl nie vor, sie zu heiraten, zumindest habe ich nie einen Hinweis darauf gefunden, dass er sich um die entsprechenden Papiere bemüht hätte. Alles deutete darauf hin, dass es nicht Anna und Arnold waren, sondern Marianne selbst, die ihrem Verlobten im Sommer 1948 das Haus verbot, einem Trinker, Hochstapler und Bankrotteur, der hinter den Geschichten, die er über sich erzählte, selbst kaum noch zu erkennen war.

Immer häufiger musste ich feststellen, dass sich die Legenden, die Józef über sein Leben in Umlauf gesetzt hatte, mit den Erzählungen und Erinnerungen meines Vaters zu einem trügerischen, aber erstaunlich tragfähigen Gebilde verbanden. Ich selbst hatte es immer wieder erweitert und unter anderem die Geschichte von Józefs Flucht aus dem besetzten Polen auf das Buch über die Schlacht bei Monte Cassino zurückgeführt, das meine Großmutter meinem Vater eines Tages aus der Truppenbibliothek der Kaserne in Fürstenau mit nach Hause gebracht hatte.

Ich war froh darüber gewesen, dass sich ein letzter Rest dieser Erzählung, die mich in meiner Kindheit begleitet hatte, in Józefs eigenem Bericht von seinem Einsatz in Arnheim wiederfand. Doch zuletzt fiel auch dieser Teil der Geschichte in sich zusammen.

Józef Koźlik war ein Lügner. Er war nie desertiert, und er war auch nicht in Arnheim gewesen.

JÓZEF GERÄT am Abend des 11. Juli 1944 bei Saint-Lô in amerikanische Gefangenschaft. Dann wird er den Briten übergeben. Nach der Überfahrt über den Kanal geht er zusammen mit den anderen Soldaten in einem gesichtslosen englischen Militärhafen von Bord des Schiffes und wird in ein überfülltes Durchgangslager hinter der Küste gebracht. Die hastig errichteten Holzhütten und Zelte quellen über vor deutschen Soldaten, und Józef verbringt zwei Nächte auf dem Fußboden, bis es ihm gelingt, seine letzten zwei Zigaretten gegen einen halben Schlafplatz einzutauschen.

Am nächsten Morgen müssen die Gefangenen zum Appell antreten. Ein englischer Offizier geht mit einem Klemmbrett in der Hand und einem Dolmetscher an seiner Seite die Reihen ab. »Ich bin Pole«, sagte Józef, aber der Offizier sieht ihn nicht einmal an.

Sein Soldbuch wird einbehalten, und Józef bekommt eine Blechmarke mit der Gefangenennummer 556497. Er wird in einen Zug gesteckt. Die Fenster des Waggons lassen sich nicht öffnen, es ist heiß und stickig. Die Fahrt dauert den ganzen Tag. Den letzten Teil der Strecke legt Józef auf der offenen Ladefläche eines Lkw zurück, zusammengepfercht mit zwei Dutzend anderer Soldaten, die Uniformen der Wehrmacht tragen, die aber, wie sich auf dem Weg herausstellt, alle besser Polnisch sprechen als Deutsch.

Das Ziel ist ein kleiner Ort in Schottland. In Woodhouselee, am Rand der Pentland Hills, hat die britische Armee zu Beginn des Krieges ein Ausbildungslager eingerichtet. Nach der Landung der Alliierten in der Normandie ist das Militärgelände kurzerhand in ein Kriegsgefangenenlager umgewandelt worden, mit Holzbaracken, in denen Platz für knapp dreihundert Soldaten ist. Wachen patrouillieren mit dem Gewehr im Anschlag entlang eines doppelten Zauns aus Stacheldraht, und die Essensrationen sind gerade so groß, dass keiner der Gefangenen auf dumme Gedanken kommt. Woodhouselee Camp ist ein ganz normales englisches Kriegsgefangenenlager. Zumindest auf den ersten Blick.

In Wahrheit ist das Lager einer der Sammelpunkte für polnische Wehrmachtssoldaten. Sie alle sind in den letzten vier Wochen in der Normandie in Gefangenschaft geraten. Jeden Morgen treten sie zum Appell an, der Staff Sergeant, der einen Gummiknüppel in der Hand trägt, lässt durchzählen, und anschließend kehren sie zurück in die Baracken. Es gibt nichts zu tun, und so verbringen sie die Tage damit, über ihre Lage zu beratschlagen.

Alle wissen, dass polnische Soldaten in den Reihen der Alliierten kämpfen. Jeder von ihnen hat von der Armia Andersa gehört, sie wissen von der Fallschirmjägerbrigade, die seit Beginn des Krieges in England darauf wartet, Warschau von den deutschen Besatzern zu befreien. Sie kennen genau wie Józef die Geschichten von den Überläufern, die in

Nordafrika und Italien die Seiten gewechselt haben und von alliierten Soldaten mit Beifall begrüßt worden sind.

Aber niemand von ihnen weiß, welches Schicksal die polnischen Soldaten erwartet, die in Kriegsgefangenschaft geraten sind. Wenn es stimmt, dass die Engländer nach vier Jahren Krieg und schweren Verlusten auf jeden Soldaten angewiesen sind, den sie für den Kampf gegen Hitlers Armee gewinnen können, warum hat man sie dann in die schottische Einöde gebracht, um sie hinter Stacheldraht in einem Lager einzusperren und mit Haferflockenbrei zu füttern?

Es gibt eine mögliche Antwort auf diese Frage: Die jungen Polen, die in den Baracken auf ihren harten Pritschen sitzen, waren vierzehn oder fünfzehn Jahre alt, als die Deutschen ihr Land überfielen. Manche von ihnen haben mit eigenen Augen gesehen, wie ihre Väter und älteren Brüder zusammen mit den anderen Männern des Dorfes auf den Marktplatz getrieben und kurzerhand erschossen wurden. Jeder von ihnen hätte Namen von Nachbarn, Bekannten und Freunden nennen können, die wie Alois Gambuschs Vater als Zwangsarbeiter in irgendeiner Munitionsfabrik in Deutschland gelandet oder aus den Kellern der Gestapo in Konzentrationslager geschafft worden waren. Manchmal kam noch ein mit einem stumpfen Bleistift geschriebener Brief aus Groß-Rosen, Neuengamme oder Dachau, dann hörte man nie wieder etwas von ihnen. Sie wissen, dass in den Konzentrationslagern der Tod wartete.

Als Józef im Frühjahr 1944 nach dem Tod seines Vaters nach Lublinitz gefahren war, hatte Maria ihm in der Küche von ihrem Bruder erzählt. Er lebte mit seiner Frau in Berun, einer Stadt ganz im Osten des oberschlesischen Industriegebietes, die nicht weit von Auschwitz und Birkenau entfernt lag. Wenn der Wind aus Südost komme, hatte er nach Augustyns Beerdigung erzählt, müssten sie die Fenster schließen, weil der Geruch der verbrannten Leichen aus den Lagern über das Tal der Weichsel hinweg bis in ihre Wohnung getragen würde.

Die polnischen Soldaten in Woodhouselee Camp haben Angst. Sie alle sind in den letzten Tagen und Wochen in der Normandie nach einer verlorenen Schlacht in einer verdreckten Wehrmachtsuniform aus einer Hecke oder einem Erdloch hervorgekrochen. Sie sind nicht in Monte Cassino todesmutig durch den Kugelhagel gestürmt, sie haben nicht unter dem Einsatz ihres eigenen Lebens die Seiten gewechselt, sondern bis zur letzten Minute für die Deutschen gekämpft, für die gleichen Deutschen, die vor vier Jahren ihr Vaterland besetzt haben und seitdem nicht aufhören, ihre Landsleute zu ermorden.

Niemand spricht es aus, aber jeder der jungen Männer, die jetzt in den Baracken von Woodhouselee Camp in Wehrmachtsuniformen auf den harten Pritschen hocken, fürchtet, dass man ihn dafür hart bestrafen wird.

Józef will es offenbar nicht darauf ankommen lassen. Zumindest ist das die einzige Erklärung für die haarsträubende

Geschichte, die er Ende August einem Hauptmann der polnischen Exilarmee auftischt.

Ende August beginnen die Verhöre. Józef wird nach Whitburn gebracht. Die kleine Stadt liegt auf der anderen Seite der Pentland Hills. Hier steht Polkemmet House, ein stattliches Herrenhaus, das einer englischen Adelsfamilie dreihundert Jahre lang als Landsitz gedient hatte, bis es zu Beginn des Krieges requiriert wurde.

Die britische Regierung hat das Anwesen der polnischen Exilarmee zur Verfügung gestellt, die hier zunächst ein Lazarett für verwundete Soldaten eingerichtet hat. Mittlerweile ist ein Teil des Verwaltungsapparates der Exilarmee von London nach Schottland ausgelagert worden. In Polkemmet House wird über das Schicksal der polnischen Wehrmachtssoldaten entschieden.

Als Józef von der Ladefläche des Lastwagens springt, sieht er weite, leicht geschwungene Rasenflächen, die von schmalen Wegen und Bächen durchzogen sind. Ein Teich glitzert in der Sonne, hinter einer Hecke verbirgt sich ein mit roter Asche bestreuter Tennisplatz, und ein paar Fähnchen lassen zwischen den Hügeln am Rand des Parks einen Golfplatz erahnen.

Die eigentliche Attraktion ist das Gebäude selbst. Polkemmet House gleicht einem verwunschenen Schloss. Dichter Efeu rankt an den Mauern empor, an schmalen, hohen Fenstern entlang bis hinauf zum Dach, über helle Ziegel, gedrungene Gauben und spitze Giebel hinweg bis hin zu einem mit Zinnen besetzten Turm. Im Inneren des Landhauses, in dem es vor Soldaten in polnischen Uniformen nur so wimmelt, stützen schlanke Säulen die mit Stuck verzierten Decken, und in den langen Fluren hängen an den Wänden dunkle, kaum noch zu erkennende Porträts bärtiger Männer.

Es ist der richtige Ort, um ein Märchen zu erzählen. Selbstbewusst betritt Józef die Bibliothek, in der ein Hauptmann der polnischen Armee an einem wuchtigen Schreibtisch sitzt, vor sich einen Stapel Papier, ein Glas und eine Kristallkaraffe mit einer bernsteinfarbenen Flüssigkeit. Józef nimmt Haltung an. Dann beginnt er mit der Geschichte, die er sich in den letzten Tagen und Wochen im Lager sorgfältig zurechtgelegt hat.

Die Unterlagen der Exilarmee werden bis heute im Archiv des britischen Verteidigungsministeriums aufbewahrt. Auch das Protokoll, das am 30. August 1944 im Kaminzimmer von Polkemmet House angelegt wurde, ist überliefert. Nachdem die Wehrmacht Józef Koźlik in ihren Akten als Josef Kozlik oder Josef Koslik geführt hatte, wird sein Name jetzt zum ersten Mal seit langer Zeit wieder richtig geschrieben, mit dem als U gesprochenen polnischen Ó und dem weichen, runden Ź seiner Muttersprache. Es ist der erste Schritt, um aus dem deutschen Soldaten erneut einen Polen zu machen.

Der Hauptmann notiert Geburtsort und Geburtsdatum, Familienstand »ledig« und Konfession »katholisch« und erkundigt sich nach dem letzten Wohnort vor Beginn des Krieges. Die Adresse in Siemianowitz weiß Józef noch auswendig: ulica Piastowska 7. Als er nach seiner Schulbildung gefragt wird, erlaubt er sich eine erste Abweichung von seinem tatsächlichen Lebenslauf. Er verschweigt, dass er durch den Überfall der Deutschen auf Polen im September 1939 am Besuch einer weiterführenden Schule gehindert worden ist. Stattdessen behauptet er, zwei Jahre lang das Gymnasium besucht zu haben.

Die entscheidende Korrektur nimmt Józef jedoch vor, als er in Polkemmet House nach seiner Zeit in der Wehrmacht gefragt wird. Eigentlich sind es nur ein paar Daten: 1942 Musterung und Reichsarbeitsdienst, eingezogen im Frühjahr 1943, Grundausbildung bei der Luftwaffe, abkommandiert zu den Fallschirmjägern, dann die Kriegsgefangenschaft. Józef hätte nicht viel erklären müssen. Es war bekannt, dass die Angehörigen der Volksliste keine Wahl hatten, ob sie für die Deutschen in den Krieg ziehen wollten oder nicht. Doch Józef will es nicht darauf ankommen lassen. Er ergreift die Flucht nach vorn und erklärt dem Hauptmann der polnischen Armee kurzerhand, er habe sich mit sechzehn Jahren freiwillig für den Dienst in der deutschen Luftwaffe gemeldet und sei bereits im Herbst 1941 eingezogen worden. Damit beginnt er ein riskantes Spiel. Ein Pole in der Uniform eines deutschen Soldaten ist im Jahre

1944 keine Seltenheit. Ein Pole, der aus eigenem Antrieb für die verhasste Besatzungsmacht in den Krieg gezogen ist, gilt jedoch als Verräter.

Aber Józef ist noch nicht fertig. Er hatte in den vergangenen sechs Wochen viel Zeit, sich aus den Geschichten, die unter den Gefangenen in Woodhouselee Camp die Runde machten, seine eigene Heldenlegende zu stricken.

So hat er das Jahr für seinen vermeintlich freiwilligen Eintritt in die Wehrmacht mit Bedacht ausgesucht. Im Mai 1941 war die Luftschlacht um Großbritannien zu Ende gegangen. Nach schweren Verlusten hatte die deutsche Luftwaffe ihre Bombenangriffe auf London und die englischen Industriezentren einstellen müssen. Auf britischer Seite hatten vier Verbände der polnischen Luftstreitkräfte an den Kämpfen teilgenommen, darunter die berüchtigte Schwadron 303, deren Angehörige sich 1939 nach dem deutschen Sieg über Polen mit ihren Maschinen in Richtung England abgesetzt hatten. Die Nachrichten von den Erfolgen der Piloten drangen im Sommer 1941 bis ins besetzte Polen. Unter der Hand kursierten Berichte über sagenhafte Abschussquoten und heldenhafte Zweikämpfe über dem Ärmelkanal.

Er habe sich im selben Jahr freiwillig für die deutsche Luftwaffe gemeldet, erklärt Józef jetzt dem Hauptmann, um sich zum Piloten ausbilden zu lassen und bei der ersten Gelegenheit ein Flugzeug nach England zu entführen. Sein Vorhaben sei allerdings gescheitert, behauptet er mit zerknirschter Miene. Er sei zwar in die Luftwaffe aufgenommen worden und habe auch die Prüfung zum Flugzeugführerschein bestanden, es habe sich dann aber herausgestellt, dass er aufgrund seiner polnischen Abstammung keine Kampfeinsätze fliegen durfte. Statt an der Front eingesetzt zu werden, sagt Józef, habe er nach seiner Ausbildung nur Maschinen von einem Flugfeld zum nächsten überführen dürfen, als »ferry pilot«, wie er mit einer gewissen Weltläufigkeit auf Englisch hinzusetzt.

Dann sei es zu einem Unfall gekommen. Er sei mit einem Flugzeug abgestürzt. Ihm selbst sei nichts passiert, aber seine Vorgesetzten hätten ihn für den Verlust der Maschine verantwortlich gemacht. Man habe ihn daraufhin degradiert und zu einer Fallschirmjägerdivision abkommandiert, in deren Reihen er bei Saint-Lô in Gefangenschaft geraten sei. Er setzt hinzu, dass seine Bürgerpflicht von ihm verlange, in die polnische Exilarmee einzutreten. Sein Wunsch sei es, als Pilot oder Fallschirmjäger eingesetzt zu werden.

Als Józef gefragt wird, ob er Informationen über die Konzentrationslager auf polnischem Boden besitze, denkt er an das Gespräch mit seiner Mutter nach dem Tod seines Vaters und gibt seinem Lebenslauf eine weitere tragische Wendung. Er erklärt kurzerhand, dass sein Vater Augustyn Koźlik im Mai 1944 von den Deutschen in einem KZ ermordet worden sei. Auch diese Antwort wird zu den Akten genommen. Der Hauptmann schließt das Protokoll mit der Bemerkung, dass er keine Einwände gegen die Aufnahme des Befragten in die polnischen Streitkräfte habe. Józef Koźlik sei ehrlich, intelligent und bereit, für sein Vaterland zu kämpfen.

Er wird in Whitburn gemustert. Die Musterungskommission besteht aus einem Vertreter des polnischen Generalkonsulats in London, einem polnischen Militärarzt und einem weiteren englischen Arzt, der die Rekrutierung der Soldaten im Auftrag der britischen Armee überwachen soll. Körpergröße und Gewicht werden auf dem Musterungsbogen in englischen Maßeinheiten angegeben. Józef wiegt elf »stones«, das sind knapp siebzig Kilo, und er ist 5,65 »feet« groß, also hundertsiebzig Zentimeter. Er hat blonde Haare, blaugraue Augen und ein oval geformtes Gesicht mit flachem Kinn, auch das wird bei der Musterung festgehalten. Der polnische Arzt hört Lunge und Herz ab, sein englischer Kollege hat keine Einwände. Józef wird für tauglich befunden.

Eine Sache steht noch aus. Die polnische Armee stattet ihre Soldaten mit neuen Identitäten aus. Józef bekommt einen falschen Nachnamen samt Heimatadresse. In den offiziellen Dokumenten wird er ab sofort als Józef Chmielewski geführt, ein Deckname, der Jahre später noch einmal im Absender einiger seiner Briefe an meinen Vater auftauchen wird.

Zwei Tage darauf, am 22. September, wird Józef zusammen mit den anderen frisch gemusterten Soldaten vereidigt und eine Woche später nach Ringway geschickt, dem Militärflughafen bei Manchester, auf dem die polnischen Fallschirmjäger stationiert sind. Er hat es geschafft. Er ist auf der richtigen Seite angekommen. Aus dem Beutekameraden Józef Koźlik ist der Kapral Józef Chmielewski geworden.

Die Gemeinde Ringway liegt gut zehn Kilometer südlich von Manchester. Im Jahre 1938 war hier ein Flughafen eröffnet worden, mit einer Direktverbindung nach Amsterdam. Im Jahre 1940 richtete die britische Luftwaffe in Ringway ein Ausbildungszentrum für Fallschirmjäger und Luftlandetruppen ein. Die No. 1 Parachute Training School macht sich schnell einen Namen. Hier werden nicht nur britische Soldaten ausgebildet, sondern sämtliche Fallschirmjäger der Alliierten, Amerikaner und Kanadier, aber auch Belgier, Holländer, Franzosen und Norweger, die aus ihren besetzten Ländern entkommen sind und sich dem Kampf gegen Deutschland angeschlossen haben.

In Ringway werden Legenden geschaffen. Als Józef auf dem Kasernengelände neben dem Flughafen eintrifft und einen ersten Blick auf den Tower und die beiden großen Hangars wirft, sieht er sich bereits als Elitesoldat, der von seinen Erfahrungen als ehemaliger Pilot der deutschen Luftwaffe profitieren kann und bei Nacht und Nebel hinter den feindlichen Linien abgesetzt wird. Er beobachtet eine der zweimotorigen Mosquitos der Royal Air Force, die gerade zum Landeanflug ansetzt, und in diesem Augenblick glaubt er selbst an das Märchen, das er dem Major in Polkemmet House aufgetischt hat.

Am nächsten Morgen stellt sich Ernüchterung ein. Die Stimmung in den Mannschaftsunterkünften ist gedrückt. Wenige Tage zuvor waren polnische Fallschirmjäger, die den Vorstoß der Alliierten über den Rhein begleiten sollten, in der Nähe der niederländischen Stadt Arnheim in einen Hinterhalt geraten. Die 1. Selbstständige Fallschirmjägerbrigade hat starke Verluste erlitten. Józef und die anderen Soldaten, die gerade erst in Ringway eingetroffen sind, werden die Plätze der Toten und Verletzten einnehmen.

Die Tage beginnen mit endlosen Dauerläufen am Rand des Flugfeldes, das sich während der ersten, schweren Regenfälle Anfang Oktober in eine einzige Schlammlandschaft verwandelt. In der Trockenhalle üben sie tagelang das Abrollen auf englische Art und Weise, mit angezogenen Oberarmen, die sie fest an den Oberkörper pressen, während über ihnen an den Dachbalken der Halle bedrohlich die Fallschirme hängen.

Nach einer Woche ist es so weit. Józef besteigt eine der bauchigen Dakotas aus amerikanischer Produktion, die die englischen Whitleys ersetzt haben. Der Lärm im Innern des Flugzeugs ist kaum auszuhalten. Das Dröhnen der Motoren bohrt sich in seine Ohren, und als sich die Ladeluke im Boden des Flugzeugs öffnet, kommt das unbarmherzige Heulen des Windes dazu. Józef beißt die Zähne zusammen. Dann gibt der Dispatcher das Go. Alles ist genauso, wie er es damals seinen Schwestern in der Küche in Steblau erzählt hat, nur dass es viel schneller geht.

Der Sprung dauert nur ein paar Sekunden, der Aufschlag kommt unerwartet, aber Józef übersteht es. Er landet weich. Benommen bleibt er im nassen Gras liegen, dann rappelt er sich auf und beginnt, seinen Fallschirm zusammenzulegen. Es sind zehn Kilometer bis zum Flughafen. Die Soldaten müssen den Weg zu Fuß zurücklegen.

Nach dem ersten Sprung gehört man dazu. Józef lässt in Ringway das Foto anfertigen, das Anna mir sechzig Jahre später bei meinem ersten Besuch in Steblau schenken sollte. Auf dem Ärmel seiner Lederjacke prangt der Schriftzug »Poland«, und unter dem Revers blitzt das polnische Fallschirmjägerabzeichen hervor. Es wird nicht von einem Adler geziert wie das deutsche Abzeichen, sondern von einem Habicht mit angelegten Flügeln, der einen Lorbeerkranz im Schnabel trägt. Józef ist kein Held, aber er sieht aus wie einer.

Abends, wenn er mit den anderen durch die Kneipen rund um den Flughafen zieht, saugt er Geschichten auf. In Ringway wimmelt es nur so von Polen: Flieger, Mechaniker und Stabsoffiziere, Fallschirmjäger und Funker. Selbst die jungen Frauen, die in einer länglichen Baracke neben der Trockenhalle die Fallschirme zusammenlegen, sind Polinnen. Sie sind mit ihren Familien schon lange vor dem Krieg nach England gekommen, und ihre Väter, die in den Gruben und Fabriken rund um Manchester arbeiten, kommen am Samstag auf ein paar Pints nach Ringway, um sich unter die jungen Männer zu mischen, die für das ferne Vaterland in den Krieg ziehen.

Die Luftkämpfe über England, die Anders-Armee, die Schlacht um Monte Cassino, an diesen Geschichten halten sich die polnischen Soldaten im Herbst 1944 fest. Die Legenden von den Heldentaten der Polskie Siły Zbrojne na Zachodzie, den polnischen Streitkräften im Westen, sind das Gegenmittel zu den schlechten Nachrichten, die aus Polen nach England dringen.

Der Aufstand der Heimatarmee ist nach zwei Monaten erbitterter Kämpfe gescheitert. Die Altstadt von Warschau liegt in Trümmern, es hat zahllose Tote gegeben. Wehrmacht und Waffen-SS sind erbarmungslos gegen die Bevölkerung der Stadt vorgegangen, es ist zu Massenerschießungen gekommen, und wer überlebt hat, ist ins KZ verschleppt worden. Und noch etwas hat sich im polnischen Quartier in Ringway herumgesprochen. Während die Deutschen den Aufstand in Warschau niedergeschlagen haben, hat die Rote Armee, die mittlerweile weit nach Westen vorgerückt war, vom anderen Ufer der Weichsel aus tatenlos zugesehen.

Stalin hat für die Heimatarmee, die unter dem Befehl der Londoner Exilregierung steht, keine Verwendung. Er verfolgt seine eigenen Pläne für die Zukunft Polens.

Im Dezember hat Józef den Fallschirmkurs beendet, aber es gibt keine Anzeichen dafür, dass er und die polnischen Soldaten an die Front verlegt würden. Nach der Niederlage bei Arnheim ist die Brigade für weitere Einsätze gesperrt.

Józef verbringt Weihnachten in Ringway, während auf dem Kontinent noch einmal schwere Gefechte ausgetragen werden.

Im März 1945 überqueren amerikanische Einheiten bei Remagen den Rhein, Bremen und Hamburg werden eingenommen. Die Rote Armee rückt in das oberschlesische Industriegebiet vor und setzt kurz darauf zum Angriff auf Berlin an. Auf dem Hof der Kaserne sammelt sich der Regen in Pfützen. Der Krieg geht ohne Józef Koźlik zu Ende.

JÓZEFS SCHWESTER HILDA hat ihm eine Stelle besorgt. Ein paar Tage nach seiner Entlassung aus dem Stargarder Gefängnis fängt er im Februar 1951 als Hilfsarbeiter in Lublinitz in der Molkerei an. Zwei Wochen lang steht er am frühen Morgen auf, nimmt Marias Fahrrad, mit dem er früher seinem Vater das Mittagessen an die Gleise gebracht hat, und fährt von Steblau aus in die Stadt, um Laster zu entladen und Milchkannen über den Hof zu wuchten.

Seinem Vorarbeiter ist es egal, dass Józef in der Pause ein paar Schlucke aus der Flasche nimmt, die er in einem Haufen Putzlumpen versteckt hat, doch als er jeden Morgen später in der Molkerei eintrifft und schließlich zwei Tage lang gar nicht mehr kommt, verliert er die Arbeit wieder.

Józef ist das nur recht. Er will die Gewinne aus einem Kreditgeschäft einstreichen, das er während der Besatzungszeit betrieben hat. Er hatte damals mit seinen Schwarzmarktgeschäften gut verdient, sodass er gelegentlich anderen polnischen Soldaten Geld geliehen hatte. Da er nicht wusste, ob er einen der Soldaten, die mit ihm in Fürstenau stationiert waren, nach dem Ende der Besatzungszeit wiedersehen würde, hatte er darauf bestanden, dass die Familien der Kameraden einen Schuldschein in Steblau hinterlegten. Erst wenn seine Mutter ihm geschrieben hatte, zahlte Józef die entsprechende Summe aus.

Das Verfahren war zeitraubend, doch zuletzt waren die Kredite zu einem stattlichen Betrag angewachsen. Marianne hatte er damals nichts von diesen Geldgeschäften gesagt. Es war eine Rücklage für den Fall, dass er eines Tages doch wieder nach Polen gehen würde, mit ihr, vielleicht auch ohne sie.

Seine Mutter hat die Schuldscheine unter einem Stapel Wäsche im Kleiderschrank aufbewahrt. In Fürstenau hatte Józef amerikanische Dollar und britische Pfund verliehen, die er jetzt nach dem inoffiziellen Wechselkurs in Złoty umrechnet, und als er die Beträge auf einem Blatt aufaddiert, stellt er fest, dass er ein reicher Mann ist.

Er setzt sich in den Zug und reist tagelang kreuz und quer durch Oberschlesien, auf den Strecken, auf denen sein Vater einst als Schaffner gearbeitet hat. Józef fährt über Guttentag, heute Dobrodzień, nach Rosenberg, das jetzt Olesno heißt, und weiter nach Norden bis nach Gorzów Śląski, früher Landsberg, über Krzepice, auf Deutsch Kschepitz, nach Tschenstochau und dann wieder zurück nach Lublinitz, um sich am nächsten Tag in das oberschlesische Industriegebiet aufzumachen. Er besucht Tarnowskie Góry, früher Tarnowitz, Gleiwitz, heute Gliwice, Bytom, früher Beuthen, und Siemianowitz, die Stadt, in der er seine Kindheit verbracht hat.

Die Rechnung geht nicht auf. Józef verbringt ganze Tage damit, in den Städten, in denen sämtliche Straßen nach 1945 ihre Namen gewechselt haben, die Adressen aufzuspüren, die auf den Schuldscheinen angegeben sind. Er klappert Mietshäuser ab, läuft durch Bergarbeitersiedlungen und legt lange Wege zu entlegenen Bauernhöfen zurück, nur um immer wieder festzustellen, dass kaum einer der Soldaten, denen er in Fürstenau mit Geld ausgeholfen hat, zurück nach Polen gekommen ist.

Meist trifft er nicht einmal mehr Verwandte an, nur Nachbarn, die ihm erklären, dass die gesamte Familie nach dem Krieg in einen der Züge in Richtung Westen gesetzt worden ist. In Cielmice, einem Dorf bei Tichau, sind die Eltern eines Soldaten noch da, sie bitten ihn sogar auf ein Glas herein, aber nur, um ihm mit einem traurigen Lächeln zu erklären, dass ihr Sohn nach der Entlassung aus der Armee nach Australien gegangen sei und sie keine Ahnung hätten, wie sie die geliehenen Beträge zurückzahlen sollten. Ein anderes Mal droht ihm der Bruder eines Fallschirmjägers eine Tracht Prügel an, und in einem der kleinen Dörfer in der Nähe von Gleiwitz, die früher direkt an der Grenze lagen, geht ein Bauer mit einer Mistgabel auf ihn los.

Vor Gericht sind seine Schuldscheine nichts wert, das weiß Józef. Ein alter Schneider hat Mitleid mit ihm und näht ihm einen Anzug, als Ausgleich für die fünf Dollar, mit denen Józef seinem Sohn in Deutschland ausgeholfen hat, und wenn er von seinen Fahrten nach Hause kommt, hat er meist gerade genug Geld dabei, um in Steblau ein paar Runden zu bezahlen.

Er geht am liebsten in die »gospoda spółdzielcza«. Die

Kneipe gehört zur Genossenschaft, einem Zusammenschluss der Bauern, der noch aus der Zeit vor dem Krieg stammt und von der sozialistischen Regierung zu neuem Leben erweckt worden ist. Sie liegt nicht weit vom ehemaligen Gutshof entfernt, auf halbem Weg zwischen Steblau und Lublinitz, und ist im gleichen Gebäude untergebracht wie der Landhandel.

Bauern trinken hier ein Glas, wenn sie mit dem Pferdefuhrwerk kommen, um Futter oder Saatgut zu holen, und die Arbeiter, die aus Steblau, Lubecko und Gelnica kommen, legen nach dem Ende ihrer Schicht in der Textilfabrik eine Pause ein und tauschen Neuigkeiten aus. Józef gehört zu den Stammgästen, und er findet immer wieder jemanden, der sich einen Wodka spendieren lässt, um sich dann geduldig seine Geschichten anzuhören.

In Polen wird in der Öffentlichkeit nicht über die Exilarmee gesprochen. Trotzdem ranken sich jede Menge Legenden um die Soldaten, die an der Seite der Amerikaner und Engländer gegen die »hitlerowcy« gekämpft haben. Jeder in Polen hat vom Schicksal der Fallschirmjäger gehört, die von den Briten bei Arnheim als Kanonenfutter benutzt wurden, und Józef steuert die Geschichten bei, die er in den Pubs in Ringway aufgeschnappt hat. Er erzählt vom Trommelfeuer in Arnheim und den hastig zusammengezimmerten Booten, in denen die Fallschirmjäger bei Nacht den Rhein überquert haben, so als wäre er tatsächlich dabei gewesen, und prahlt mit angeblich streng geheimen Details über seine Ausbildung, Nahkampf, Sabotage, gefälschte Dokumente, transportable Funkstationen.

Das meiste davon hat er in Ringway von einem Feldwebel gehört, der tatsächlich in Arnheim gekämpft hatte und den Kummer über seine gefallenen Kameraden im Bier ertränkte. Von ihm stammt auch die Anekdote von dem Spieß, der ein Bataillon Fallschirmjäger während der Ausbildung gezwungen hatte, die Fassade der Kaserne hinaufzuklettern und die Unterkunft grundsätzlich nur über die Fenster im ersten Stock zu betreten. Diese Geschichte macht Józef jetzt ebenfalls zu seiner eigenen Erinnerung: »Wer die Tür nahm und erwischt wurde, zahlte sechs Pence Strafe.«

Die Lügen über seine Heldentaten kommen Józef immer leichter über die Lippen. Wenn er genug getrunken hat, holt er die Fotos aus Fürstenau hervor, senkt die Stimme und erklärt seinem Gegenüber, dass es nur eine Frage der Zeit sei, bis er Polen wieder verlasse, um zurück zu seiner Familie nach Deutschland zu gehen.

Doch in der Kneipe der Genossenschaft trinken nicht nur Bauern und Arbeiter, sondern auch Parteifunktionäre und Gewerkschaftler, die sich in einem der Zimmer im oberen Stock zum Kartenspielen treffen. Es dauert nicht lange, bis sie auf Józef aufmerksam werden. Ein Arbeitsloser, der in einem neuen Anzug in einer Kneipe sitzt und mit Geld um sich wirft, ein ehemaliger Angehöriger der Exilarmee, der ständig mit dem Zug unterwegs ist, um alte Bekannte aus dem Krieg aufzuspüren, das ist im Polen des Jahres 1951 verdächtig.

Zwei Jahre nach seiner Verhaftung in Stettin gerät Józef ein zweites Mal ins Visier des Sicherheitsdienstes.

DER POLNISCHE SICHERHEITSDIENST war bereits 1944 gegründet worden. Nachdem Stalin im Sommer jenes Jahres eine erste provisorische Regierung unter kommunistischer Führung in Polen etabliert hatte, wurde eine Geheimpolizei nach dem Vorbild des sowjetischen NKWD aufgestellt, die mit brutaler Härte die neuen Machtverhältnisse durchsetzte. Mehr als eine Million Menschen wurden vom Urząd Bezpieczeństwa zwischen 1944 und 1956 beobachtet, inhaftiert, verhört und gefoltert. 5.000 Todesurteile wurden vollstreckt und darüber hinaus vermutlich fast 20.000 weitere Menschen umgebracht.

Die Akten sind in Teilen erhalten geblieben. Das Instytut Pamięci Narodowej, kurz IPN, das Institut für nationales Gedenken, wertet seit den späten Neunzigerjahren den Bestand aus.

Ich fuhr nach Stettin, um in einer der Zweigstellen des IPN einen Antrag auf Akteneinsicht zu stellen. Die Fahrt dauerte gerade einmal zwei Stunden, sodass ich bereits am späten Vormittag vor der ehemaligen Kaserne stand, in der das Institut untergebracht war. Die Mitarbeiterin, die mich in Empfang nahm, war eine junge Frau, die perfekt Deutsch sprach. Ihre Großeltern waren vor dem Krieg in Stettin aufgewachsen, als die Stadt noch zu Deutschland gehörte.

Auf einem Blatt Papier hatte ich zusammengetragen, was

ich bisher über Józef in Erfahrung gebracht hatte, sein Geburtsdatum, seine Kindheit in Groß Stanisch und Siemianowitz, der Umzug der Familie nach Steblau, das Jahr in der Wehrmacht, die angebliche Desertion und der Wechsel in die Exilarmee, die Zeit als Besatzungssoldat in Fürstenau, die Rückkehr nach Polen und schließlich sein früher Tod im Herbst des Jahres 1984. Die biografischen Angaben, die ich mühsam ins Polnische übersetzt hatte, füllten nicht einmal eine Seite, und ich hoffte, dass die Akte, die irgendwo in den Magazinen des IPN verborgen sein musste, die zahllosen Lücken im Lebenslauf meines Großvaters schließen würde.

Ich hatte mir bei meinem letzten Besuch in Lublinitz im Standesamt eine Kopie der Sterbeurkunde von Józef aushändigen lassen, doch das war nicht genug. Um Einsicht in die Akte eines Opfers des polnischen Sicherheitsdienstes zu bekommen, musste man nicht nur nachweisen, dass die betreffende Person verstorben war. Man musste auch belegen, dass man ein Verwandter ersten Grades war, in meinem Fall also, dass ich der Enkel von Józef war.

Die Mitarbeiterin des Instituts erklärte mir, dass sie meinen Antrag erst bearbeiten könne, wenn ich meine eigene Geburtsurkunde und die meines Vaters nachgereicht hätte. Das war ein Problem. Natürlich besaß ich eine Geburtsurkunde, in der die Namen meiner Eltern vermerkt waren, aus der Geburtsurkunde meines Vaters ergab sich jedoch nur, dass er der Sohn seiner Mutter war. Das Feld, in dem üblicherweise der Name des Vaters eingetragen wird, war leer geblieben, genau wie im Kirchenbuch der evangelischen Gemeinde in Fürstenau, in dem ich nur die Notiz des Pastors fand, dass die Verzögerung der Taufe meines Vaters durch »häusliche Verhältnisse« bedingt gewesen sei. Auch sonst gab es kein einziges amtliches Dokument, das meinen Vater in Beziehung zu Józef setzte.

Marianne hatte gründliche Arbeit geleistet. Das einzige Schriftstück, das ich vorlegen konnte, war Józefs Brief vom 6. Juni 1973, in dem er meinen Vater als »mein lieber Sohn« anspricht und ihn zum Schluss bittet, seinen Enkel zu küssen. Er erwähnt auch meinen Namen und unterschreibt mit »Euer Vater und Opa«, so als hätte er gewusst, dass ich eines Tages würde beweisen müssen, dass wir miteinander verwandt sind.

Das Verfahren zog sich hin. Ich musste zunächst von sämtlichen Dokumenten und Schriftstücken beglaubigte Kopien anfertigen, um sie anschließend ins Polnische übertragen zu lassen. Das aufwändige Prozedere war in Deutschland und Polen gleichermaßen durch Bestimmungen und Gesetze geregelt. Ein Dienstsiegel und der Stempel eines vereidigten Übersetzers sollten gewährleisten, dass meinem Antrag auf Akteneinsicht Originaldokumente zugrunde lagen, und zugleich über drei Generationen hinweg eine zerbrechliche Indizienkette beglaubigen. Ein paar Wörter und Sätze in einem dreißig Jahre alten Brief, das waren die einzigen konkreten Hinweise darauf, dass dieser Mann mein Großvater war.

Ein ganzes Jahr verging, dann kam der Brief vom IPN, in dem mir mitgeteilt wurde, dass ich Józef Koźliks Akte einsehen könnte. Es waren knapp hundertfünfzig Seiten, kurze Dienstanweisungen, Meldungen, Protokolle und ausführliche handschriftliche Berichte von inoffiziellen Mitarbeitern, alles mit dem Vermerk »ściśle tajne«, streng geheim. Der größte Teil des Materials stammte aus den frühen Fünfzigerjahren.

Ich sah die Akte durch, zunächst mühsam mit einem Wörterbuch, doch meine Polnischkenntnisse waren nach dem Sprachkurs in Warschau kaum besser geworden. Schließlich zog ich einen Übersetzer hinzu, und Józef, der während meiner Recherchen immer wieder seine Gestalt verändert hatte, nahm noch einmal neue Züge an. Die »sprawa operacyjnej obserwacji nr 7272« hätte als Vorlage für einen Spionagethriller aus der Zeit des Kalten Krieges dienen können.

Die Klarnamen der Quellen waren in der Akte nicht vermerkt, nur die Decknamen der Spitzel, Ass, Komin und Sułtan, Katiusza und Granica. In erster Linie scheinen es Trinkgefährten gewesen zu sein, die dem Büro des Sicherheitsdienstes in Lublinitz für eine Gefälligkeit oder ein paar Złoty Informationen über Józef zukommen ließen, denn die meisten Begegnungen, von denen sie berichteten, spielten sich in der Kneipe der Genossenschaft ab.

Die Berichte waren bemerkenswert. Józef gab eine Menge

Details preis, die ihn in den Augen des Sicherheitsdienstes verdächtig machen mussten. Es war nicht bei den Geschichten über Arnheim und Ringway geblieben. Mal hatte er ein Schreibheft dabei, in das er die Namen des Wachpersonals im Gefängnis von Stargard notiert hatte, zusammen mit Angaben über die erbärmlichen Haftbedingungen, ein anderes Mal präsentierte er eine Liste mit Einzelheiten über militärische Einheiten, die in Lublinitz stationiert waren, und erklärte, dass er sich bei einem Mitarbeiter des britischen Geheimdienstes ein Mikrofon und ein winziges Tonbandgerät besorgen wollte.

Józef, darin waren sich die Zuträger des Sicherheitsdienstes einig, schien systematisch vertrauliche Informationen zu sammeln und ließ auch keinen Zweifel daran, was er mit seinen Erkenntnissen anzufangen gedachte. Einmal schlug er beim Würfeln in der Kneipe vor, Verbindung zum französischen Konsulat in Kattowitz aufzunehmen, um dort gegen ein entsprechendes Entgelt Informationen zu verkaufen. Dann wiederum erwähnte er einen in Polen stationierten Offizier der Roten Armee, der angeblich für einen westlichen Geheimdienst arbeitete und mit dem er ins Geschäft kommen wolle. Er ließ allerdings offen, ob er jemals wirklich in Kontakt zu ihm getreten ist, und auch die Abhöreinrichtung scheint er nie von den Briten erhalten zu haben.

In der Akte Nr. 7272, die der Sicherheitsdienst in Lublinitz angelegt hatte, war viel Verdächtiges dokumentiert. Konkrete Hinweise auf strafbare Handlungen fehlten. Józef tat das, was er schon früher gemacht hatte. Er machte sich ein bisschen größer und bedeutender, als er wirklich war.

Nachdem er vierzehn Monate im Gefängnis von Stargard verbracht hatte, weil er als ehemaliger Angehöriger der Exilarmee im neuen Polen als Verräter galt, bemühte er sich nach seiner Entlassung, die Rolle, die die kommunistischen Machthaber für ihn vorgesehen hatten, auch auszufüllen. In einer verrauchten Kneipe erfand er Spionagegeschichten und machte sich selbst zum feindlichen Agenten und Konterrevolutionär.

Darüber hinaus behauptete er die kuriosesten Dinge über seine Vergangenheit. Unter anderem setzte er eine weitere Version der Geschichte in Umlauf, die er dem Major in Polkemmet House erzählt hatte, nur dass er diesmal behauptete, bereits vor dem Beginn des Zweiten Weltkriegs aus Polen nach Deutschland gegangen zu sein, um 1939 im Gefolge der Wehrmacht in sein Heimatland zurückzukehren.

Erstaunlich war eigentlich nur, dass beim Sicherheitsdienst zunächst keine Zweifel aufkamen, genauso wenig wie bei dem Hauptmann der polnischen Exilarmee damals in Whitburn, der die Geschichte über die geplante Entführung eines deutschen Flugzeuges nicht infrage gestellt hatte. Józef war ein Lügner, aber einer, dem man gern glaubte.

DAS BISSCHEN GELD, das Józef mit Hilfe der Schuldscheine eingetrieben hat, reicht nicht lange. 1952 beginnt er wieder zu arbeiten. Er fängt für 800 Złoty im Monat in Oppeln als Handlanger beim Okręgowe Przedsiębiorstwo Budowlane an, dem staatlichen Bauunternehmen.

In den »wiedergewonnenen Gebieten«, das ist die offizielle Bezeichnung für die westlichen Teile des Landes, die vor dem Krieg zu Deutschland gehört hatten, hat der Aufbau begonnen. Józef verbringt Monate auf einer Baustelle in Colonnowska. Die Stahlhütte, in der Augustyns und Marias Väter vor dem Ersten Weltkrieg gearbeitet hatten, wird erweitert. Dann kommt er nach Oppeln. Dort werden Mietshäuser renoviert, um in der gegen Kriegsende zerstörten Stadt neuen Wohnraum für die Umsiedler aus dem Osten zu schaffen, und am Rand der Stadt entstehen die ersten Neubausiedlungen.

Józef teilt sich in Oppeln ein Zimmer mit Arbeitskollegen. Am Freitag fährt er mit dem Bus nach Steblau, drückt seiner Mutter einen Sack mit schmutziger Wäsche in die Hand und verbringt die nächsten zwei Tage in der Kneipe. Er trinkt, redet und erfindet Geschichten. An einem Abend spricht er sogar davon, eine Bank zu überfallen und sich einer Gruppe von Partisanen anzuschließen, die sich in den

Wäldern bei Tschenstochau verbirgt und Attentate auf Parteifunktionäre verübt.

Immer ist ein Spitzel unter den Zuhörern, und jeder Satz von Józef landet in seiner Akte. Protokolle und Dienstanweisungen werden geschrieben, und die Kreisstelle des Sicherheitsdienstes in Lublinitz leitet ihre Erkenntnisse regelmäßig an die nächsthöhere Dienstelle in Kattowitz weiter. Am 8. September 1952, nach den Hinweisen auf die Partisanen in Tschenstochau, setzt Kapitan Jan Gajek um 18 Uhr ein kurzes Fernschreiben an die Kollegen in Oppeln auf. Es enthält nur vier Zeilen. Er bittet darum, Józef Koźlik, den Sohn von Augustyn Koźlik, geboren am 17. Februar 1925, bei der nächstmöglichen Gelegenheit zu verhaften und nach Kattowitz zu bringen.

Erst einmal passiert ein halbes Jahr lang gar nichts. Aktenkundig wird Józef erst wieder im Februar 1953, als es an einem Samstagabend in der Kneipe der Genossenschaft zu einer Schlägerei kommt. Verletzt wird niemand, aber Tische und Stühle gehen zu Bruch. Einer der Spitzel weist darauf hin, dass Józef immer mehr trinke. Nüchtern, heißt es, sei er ein sympathischer Zeitgenosse, unter dem Einfluss von Alkohol allerdings werde er ausfallend und aggressiv.

Der nächste Eintrag ist von Donnerstag, dem 6. März 1953, einen Tag nachdem Stalin in Moskau an den Folgen eines Schlaganfalls gestorben ist. Es ist nicht belegt, was im Einzelnen passiert ist, aber aus den Anmerkungen in der Akte geht hervor, dass Józef in einer Kneipe in Oppeln lauthals seine Freude über den Tod des sowjetischen Machthabers kundgetan hat. Als Gäste versuchen, ihn zu beruhigen, beginnt er, wild um sich zu schlagen und das Mobiliar zu demolieren. Die Polizei schreitet ein, Józef wird verhaftet und vor Gericht gestellt. Die Anklage lautet auf »Sachbeschädigung« und »volksfeindliche Hetze«. Er wird zu drei Monaten Haft verurteilt, die er im Gefängnis von Oppeln absitzt.

Jetzt hat der Sicherheitsdienst Zugriff auf ihn. Im April 1953, vier Wochen nach seiner Verhaftung, erstellt die Dienststelle in Lublinitz eine lange Liste mit Fragen, die bei einem Verhör abgearbeitet werden sollen. Beschuldigungen haben sich in den letzten zwei Jahren genug angesammelt, die gefälschten englischen Papiere, die er sich angeblich besorgen wollte, zusammen mit einer Abhörausrüstung, sein Vorhaben, Informationen an das französische Konsulat in Kattowitz zu verkaufen, der geplante Bankraub, die Partisanen in Tschenstochau. Darüber hinaus sollen die unstimmigen Angaben in seinem Lebenslauf geklärt werden, wann und unter welchen Umständen er in die Wehrmacht eingetreten ist, ob er 1939 tatsächlich auf deutscher Seite am Feldzug gegen Polen beteiligt war, wann er zu den Briten übergelaufen ist und welche Art von Ausbildung er in England bekommen hat.

Das Verhör findet nie statt. Irgendjemand beim Sicherheitsdienst muss begriffen haben, dass Józef kein Spion und Staatsfeind ist, sondern ein Querulant, der zu viel trinkt.

Als er im Juni 1953 aus dem Gefängnis entlassen wird, hat er einfach nur seine Arbeit in Oppeln verloren.

Er kehrt heim, um wieder bei seiner Mutter zu wohnen, und wenn er in die Kneipe der Genossenschaft geht, spricht er nicht mehr über konspirative Treffen mit ausländischen Agenten, sondern nur noch über die goldene Taschenuhr, mit der er sich eines Tages seine Rückfahrt nach Deutschland erkaufen wollte, zu seiner Frau und seinem Sohn. Die Uhr ist ihm im Februar bei der Schlägerei in der Kneipe abhandengekommen. An schlechten Tagen beschuldigt er seine Trinkkumpane der Reihe nach, sie ihm gestohlen zu haben, bis der Wirt ihn vor die Tür setzt.

In den Briefen an meinen Vater hatte Józef geschrieben, dass er »Baumeister« sei. Das altertümliche deutsche Wort hat sich im oberschlesischen Dialekt bis heute erhalten und kann offenbar alles heißen, Maurer, Bauingenieur oder sogar Architekt. Tatsächlich hat Józef nie einen Beruf gelernt. Vor dem Krieg war er zu jung, dann kamen der Reichsarbeitsdienst und die Wehrmacht. Auf den Baustellen in Oppeln und im Umland hat er nur als Handlanger gearbeitet. Er ist mit Mörteleimern über schmale Gerüste balanciert, er hat Steine geschleppt, Zementsäcke von Lastwagen geladen und Stahlträger gewuchtet.

Im Sommer 1953 fängt er auf einer Großbaustelle in Tschenstochau an. Auch hier werden Wohnsiedlungen gebaut. Józef hatte bereits in Oppeln beobachtet, wie die

Arbeiter unter der Hand Geschäfte machten. Werkzeuge verschwanden, Hämmer, Kellen, Helme, Schubkarren, und ganze Wagenladungen mit Steinen, Schalbrettern und Dachziegeln wurden über Nacht abtransportiert. In Tschenstochau findet auch Józef einen Weg, seinen Lohn aufzubessern. Zusammen mit Piotr, einem Kollegen aus Lublinitz, streckt er Beton mit Sand und Kies und schafft im großen Stil Zement beiseite. Sie fliegen auf, und vermutlich wäre Józef sofort wieder im Gefängnis gelandet, wenn der Bauleiter nicht Angst vor einer Materialprüfung gehabt hätte.

In den nächsten Monaten zieht Józef von einer Baustelle zur nächsten. In Tichau, Bendzin, Kattowitz, überall in Oberschlesien werden Siedlungen, Fabriken und Kraftwerke gebaut. Er übernachtet in billigen Pensionen, in Turnhallen, die in provisorische Schlafsäle verwandelt worden sind, und in notdürftig hergerichteten Rohbauten mit vernagelten Fenstern.

In Kattowitz trifft er Piotr wieder. Im Sommer 1954 lässt er sich von ihm überreden, ihn an einem Freitagabend nach der Arbeit zu einer Tanzveranstaltung in Georgenberg zu begleiten, einer ehemaligen Bergarbeiterstadt nicht weit von Lublinitz, die seit dem Ende des Krieges Miasteczko Śląskie heißt. Piotr ist mit seiner Verlobten verabredet, die eine Freundin mitbringt, die Hebamme Maria Dej. Józef tanzt mit ihr, und es ist einer der ersten Abende seit Langem, an dem er um Mitternacht nicht völlig betrunken ist. Am nächsten Wochenende sehen Maria und er sich wieder.

Maria Dej wurde 1930 in Georgenberg geboren. Ihr Vater war Beamter und führte die Stadtkasse im Rathaus. Er starb vor Ausbruch des Krieges, und Maria lebt seitdem allein mit ihrer Mutter in der ulica Jana Matejki. Sie geht Filipina Szajerowa zur Hand, der Hebamme, die sie selbst zur Welt gebracht hat, und eines Tages soll sie deren Arbeit ganz übernehmen. Doch Maria hat andere Pläne.

Im 19. Jahrhundert war Georgenberg eine reiche Stadt. Jetzt ist die Eisenerzproduktion zum Erliegen gekommen, und in den Fünfzigerjahren gibt es hier nicht mehr als eine Ziegelei, einen Steinbruch und jede Menge Staub. Maria ist vierundzwanzig Jahre alt und will so schnell wie möglich fort aus ihrer Heimatstadt. Sie hat bereits eine Stellung in einem großen Krankenhaus in Kattowitz in Aussicht. Als sie Józef Koźlik kennenlernt, einen Junggesellen, der ein wenig älter ist als sie, mit den rauen Händen eines Mannes, der viel arbeitet, ist es für sie nicht die große Liebe, sondern eine Chance.

Auch Józef macht sich keine Illusionen. Er ist jetzt neunundzwanzig, die Hälfte der Zeit nach seiner Rückkehr aus Deutschland hat er im Gefängnis verbracht. Er schläft auf der harten Holzbank in der Küche seiner Mutter oder auf einem durchgesessenen Sofa bei einem seiner Trinkgefährten. Seine drei jüngeren Schwestern sind mittlerweile alle verheiratet. Hilda ist mit ihrem Mann nach Kattowitz gezogen. Sie und Anna haben bereits Kinder. Er dagegen hat nichts als die verblassten Erinnerungen an eine Frau und einen Sohn, die er fünf Jahre zuvor in Deutschland zurückgelassen hat. Die große Liebe hat er bereits hinter sich, und bei ihrem dritten Treffen macht er Maria kurzerhand einen Heiratsantrag. »Ich dachte, dass ich glücklich sein würde«, schreibt er später an meinen Vater.

Die Hochzeit findet am 4. September 1954 in Georgenberg statt, an einem warmen Spätsommertag. Im Garten hinter dem Haus, in dem Maria mit ihrer Mutter wohnt, wird ein Erinnerungsbild im Kreis der Verwandten gemacht, Maria lachend zwischen Józef und ihrer Schwiegermutter.

Im Herbst ziehen sie nach Schoppinitz, einer Stadt, die im Süden an Kattowitz grenzt und Józef mit ihren Hütten und Walzwerken und dem ständigen Lärm an Siemianowitz erinnert. Das junge Paar hat eine kleine Wohnung in einem Mietshaus zugeteilt bekommen. Sie haben nur zwei Zimmer, und in einem davon schläft Marias Mutter, die nicht allein in Georgenberg zurückbleiben wollte.

Józef hat sich Arbeit auf einer Baustelle in Kattowitz gesucht. Jeden Morgen um halb sechs verlässt er das Haus und geht zum Bahnhof. Maria kehrt um diese Zeit gerade von der Nachtschicht nach Hause zurück, und manchmal schaffen sie es sogar, noch eine Tasse Kaffee zusammen zu trinken. Wenn Maria Frühschicht im Krankenhaus hat, haben sie fast zur gleichen Zeit Feierabend. Dann machen sie nach dem Abendessen einen Spaziergang und schauen von der Fußgängerbrücke, die über eine der neuen Schnellstraßen führt, zu den drei hohen Schornsteinen der Zinkhütte hinüber, aus denen Funken in den Abendhimmel sprühen. Am Wochenende nehmen sie den Zug und fahren raus aus der Stadt ins Grüne, an einen See, wo man Boote ausleihen kann.

Vielleicht hätte es funktioniert. Wenn die Sache mit dem Foto nicht passiert wäre.

Józef findet Gefallen an dem Leben als verheirateter Mann. Er trinkt weniger als früher, nur ein paar Schluck bei der Arbeit, um sich warm zu halten. Das einzige Problem ist, dass Maria nicht schwanger wird. Die Hebamme, die im Kreißsaal des Krankenhauses von Schoppinitz Tag und Nacht hilft, die Kinder anderer Frauen zur Welt zu bringen, ist ungeduldig. Sie will selbst Mutter werden, und als es auch ein halbes Jahr nach der Hochzeit noch immer nicht so weit ist, kippt die Stimmung in der engen Wohnung.

Maria macht Józef Vorwürfe. Wenn er nach der Arbeit nach Wodka riecht, sagt sie, dass der Alkohol schuld daran sei, dass sie keine Kinder bekämen. Ihre Mutter mischt sich ein. Józef wirft immer häufiger die Tür hinter sich zu und verbringt den Abend in einer Kneipe. Manchmal kommt er die ganze Nacht nicht nach Hause.

Der Streit wird von Mal zu Mal schlimmer. Maria ist eifersüchtig. Sie verdächtigt Józef, sich mit einer anderen Frau zu treffen. Als er eines Nachts wieder einmal wütend aus der Wohnung läuft und seinen Mantel an der Garderobe vergisst, durchsucht sie seine Taschen. Es ist der alte Mantel, den er aus Deutschland mitgebracht hat. Seine Schwester Anna hat ihn seitdem immer wieder geflickt, und Józef hat ihn auch jetzt wieder den ganzen Winter über getragen.

Maria findet nichts außer einer halben Packung Zigaretten, Streichhölzern und alten Straßenbahnfahrscheinen. Dann, als sie den Mantel wieder zurück an die Garderobe hängen will, spürt sie etwas unter dem Stoff. Sie fasst in die rechte Innentasche, in der das Futter ausgerissen ist, tastet und zieht ein zerknittertes Foto hervor. Es ist die Porträtaufnahme einer jungen Frau. »Für immer Dein«, steht auf Deutsch auf der Rückseite, zusammen mit einem Namen und einem Datum: »Marianne, 12. September 1945«.

Józef hat Maria nichts von Marianne erzählt, und als sie ihm am frühen Morgen das Foto zeigt, ist er zu müde, zu verfroren und zu betrunken, um sich eine Lüge auszudenken. Er erzählt ihr die ganze Geschichte, von der Verlobung und auch von dem Sohn, den er in Deutschland zurückgelassen hat. Er wankt zum Küchenschrank, um aus einer Mappe, in der er Dokumente aufbewahrt, ein weiteres Foto hervorzuholen, das er zwischen den alten Schulzeugnissen aus Siemianowitz versteckt hat.

Es ist das Bild, das Marianne, ihn und ihren Sohn auf der Parkbank in Fürstenau zeigt. »Das ist er«, sagt Józef zu Maria. »An mir liegt es nicht, dass du nicht schwanger wirst.«

Vier Wochen vergehen, dann ist es vorbei. Die Frau in Deutschland, das ist schlimm genug, aber über das Kind kommt Maria nicht hinweg. Eines Abends, als Józef von der Arbeit heimkehrt, steht eine Tasche mit seinen Sachen vor der Wohnungstür. Maria verlangt die Scheidung. Er willigt ein. Verheiratet waren sie nicht einmal ein halbes Jahr.

Józef zieht zurück nach Steblau, und die Geschichte seines Lebens, die er in der Genossenschaftskneipe jeden Abend aufs Neue erzählt, hat eine weitere Wendung bekommen.

Das sei sein Schicksal, erklärt er den anderen, die neben ihm an der Theke sitzen, die Zeit in Fürstenau hole ihn immer wieder ein. Am nächsten Morgen, wenn er mit schwerem Kopf bei seiner Mutter in der Küche sitzt und die erste Zigarette raucht, stellt er sich vor, wie es wäre, nach Deutschland zurückzugehen.

In Tschenstochau hatte er im Jahr zuvor zum ersten Mal über Flucht nachgedacht, zusammen mit seinem Kollegen Piotr, mit dem er den Zement beiseitegeschafft hatte. Der beste Ort dafür, darin waren sie sich einig, war Zgorzelec, der polnische Teil von Görlitz. Die Stadt war nach dem Krieg, als die Neiße zum Grenzfluss geworden war, geteilt worden. Die Brücken wurden gesprengt, und es gab seitdem nur einen provisorischen Holzsteg, der Zgorzelec und Görlitz verband, jedoch nie zu einem Zollposten ausgebaut worden war.

Die Grenze zwischen Polen und Deutschland war bereits im ersten Winter nach dem Krieg geschlossen worden. Wer von Polen in die sowjetische Besatzungszone und später in die DDR reisen wollte, benötigte einen Pass und ein Visum, und beides bekamen nur die Angehörigen offizieller Delegationen, Politiker, Gewerkschaftsfunktionäre, Journalisten, gelegentlich ein Sportler. Trotzdem war die Grenze durchlässig für Schmuggelgüter. Polnische Fischer, ostdeutsche Eisenbahner und sowjetische Soldaten schafften tonnenweise Waren in beide Richtungen über Oder und Neiße.

Auf beiden Seiten wurde das Hinterland der Grenze zu einem Umschlagplatz für Güter aller Art. Ein Sack Kartoffeln von einem Feld in Strelno wurde gegen eine Tüte Zucker aus einem Kombinat in Leipzig getauscht; für zwei Kilo Schweinefett aus einer Genossenschaft in Masuren konnte man einen funktionstüchtigen Radioapparat aus deutscher Produktion bekommen. Auch ein Teil des Zements, den Józef und Piotr in Tschenstochau zur Seite geschafft hatten, war über die Grenze gewandert.

Piotr behauptete sogar, dass er dabei gewesen sei, als ein Güterzug, der in Richtung DDR unterwegs war, in einem Waldstück kurz vor Frankfurt an der Oder anhielt und eine Waggonladung Stahlplatten aus einem Walzwerk in Kattowitz für ein Bündel Dollarscheine den Besitzer wechselte. Auch Menschen überquerten die Grenze, und Józef und Piotr begannen, einen Fluchtplan zu schmieden.

Piotr hatte sich umgehört. In Zgorzelec war die Neiße an manchen Stellen nicht einmal zehn Meter breit, und im Herbst, wenn des Nachts dichter Nebel über der Böschung lag, waren die Chancen gut, unbemerkt die Grenze zu überqueren. Von Görlitz aus musste man dann nur noch nach Berlin gelangen und weiter in den Westteil der Stadt, und damit war man so gut wie auf der anderen Seite des Eisernen Vorhangs angelangt.

Piotr war sich sicher, dass es zu schaffen sei. Ein Kollege, der mit einer Sekretärin in der Zentrale des Bauunternehmens in Tschenstochau verlobt war, könne gegen entsprechende Bezahlung dafür sorgen, dass sie ganz offiziell für ein paar Tage auf eine Baustelle nach Zgorzelec geschickt würden. Dort würden sich schnell die nötigen Kontakte finden.

Es war nur eine Plauderei unter Kollegen, aber manchmal, wenn sie ihren Plan wieder einmal durchgegangen waren, begann Józef, tatsächlich darüber nachzudenken, wie es wäre, zurück nach Fürstenau zu gehen und es noch einmal mit Marianne zu versuchen.

Dann flog der illegale Zementhandel auf. Piotr und Józef verloren ihre Arbeit. Józef lernte Maria Dej kennen, und erst als sie ihn aus der Wohnung warf und er zurück nach Lublinitz kam, dachte er wieder an den Plan, den er mit Piotr entworfen hatte. Zwei Jahre vergingen, dann beschloss er, es zu versuchen.

Es ist eine kurze Geschichte, dokumentiert auf ein paar Seiten ganz am Schluss von Józefs Akte. 1956 gelangen Nachrichten über eine Kursänderung in Moskau nach Polen. Es heißt, dass der neue Parteichef Nikita Chruschtschow nach Stalins Tod mit dem Kurs seines Vorgängers gebrochen habe. Im Sommer gehen in Posen Arbeiter und Studenten auf die Straße und verlangen Änderungen im eigenen Land. Die Armee schreitet ein, doch der Protest weitet sich aus. Im Oktober wird Władysław Gomułka in Warschau zum Ersten Sekretär der polnischen Arbeiterpartei gewählt und kündigt Reformen an, weniger Planvorgaben in der Industrie, mehr Privatwirtschaft, keine weiteren Zwangskollektivierungen auf dem Land. Auch die Reisebeschränkungen sollen gelockert werden, und in der Kneipe der Genossenschaft erzählt jemand, dass man kein Visum mehr benötige, um in die DDR einzureisen.

Am 13. November 1956 kauft Józef sich eine Bahnfahrkarte und fährt über Oppeln, Breslau und Liegnitz nach Zgorzelec. Es ist der letzte Versuch, doch noch zu jenem tragischen Helden zu werden, zu dem er sich in seinen Geschichten immer wieder selbst gemacht hat.

Die Neuigkeiten erfährt er bereits am Bahnhof von einem Zigarettenverkäufer. In der DDR hatte man die Aufbruchstimmung in Polen mit Misstrauen beobachtet, und die Grenzübergänge, die im Oktober tatsächlich für ein paar Tage offen gewesen waren, sind längst wieder geschlossen. Józef verbringt ein paar Stunden am Bahnhof, trinkt, raucht und wartet. Als es dunkel wird, macht er sich auf den Weg. Er schlendert hinunter zur Neiße, wirft einen Blick auf die Brücke, auf den Schlagbaum, den Stacheldraht und die bewaffneten Posten auf beiden Seiten. Dann läuft er den Fluss entlang, nach Norden aus der Stadt hinaus.

Als er die Häuser hinter sich gelassen hat, geht er hinab zum Ufer und setzt den ersten Fuß ins Wasser. Es ist kälter, als er gedacht hat. Dann ruft jemand ein paar Worte, scharf und laut. Drei Deutsche in Uniform stehen am anderen Ufer, das Gewehr im Anschlag, keiner von ihnen ist älter als zwanzig. Noch während Józef die Hände hebt, erreichen ihn die polnischen Grenzsoldaten, die durch den Lärm auf ihn aufmerksam gemacht worden sind.

Er wird festgenommen. Vier Wochen darauf, am 14. Dezember 1956, verurteilt ihn das Gericht in Zgorzelec wegen des Versuches, illegal die Grenze zur Deutschen Demokratischen Republik zu überqueren, zu einer Haftstrafe von einem Jahr. Józef Koźlik kommt wieder einmal ins Gefängnis.

AN JÓZEFS BRIEFE kann ich mich nicht erinnern. Als Kind sammelte ich Briefmarken, und die kleinformatigen Umschläge mit den bunten Postwertzeichen wären mir sicher aufgefallen. Mein Vater muss diese Briefe allein gelesen haben, in seinem Arbeitszimmer im Erdgeschoss unseres Hauses. Vielleicht hat er bei der Lektüre aufgesehen, und sein Blick ist aus dem Fenster hinaus in den verwilderten Garten gefallen. Mit Sicherheit allerdings hat er die Briefe zuletzt ganz nach hinten in die unterste Schublade seines Schreibtischs gelegt, in die Zigarrenkiste, in der er sie viele Jahre über Józefs Tod hinaus aufbewahrte.

Doch Anfang der Achtzigerjahre kamen noch andere Briefe aus Polen. Auf der Rückseite stand dieselbe Adresse, nur ein anderer Name. Sie stammten von Józefs Schwester Anna. Und diese Briefe waren kein Geheimnis. Alle paar Wochen lag einer der Umschläge ganz selbstverständlich mit der übrigen Post auf unserem Küchentisch.

Polen wurde damals oft in den Nachrichten erwähnt. Es ging um die Streiks auf den Werften in Danzig und um die Gründung einer unabhängigen Gewerkschaft mit dem Namen Solidarność, und es wurden Befürchtungen geäußert, die Sowjetunion könnte Panzer in das Land schicken.

Ich war damals zehn Jahre alt. Ich weiß nicht, wie viel ich von den Nachrichten, die ich aufschnappte, verstanden habe. Doch ich kann mich gut an jenen Sonntag im Dezember 1981 erinnern, zwei Wochen vor Weihnachten, als das Küchenradio bereits während des Frühstücks lief, weil mein Vater die neuesten Meldungen aus Polen verfolgen wollte. Oppositionelle und unliebsame Parteimitglieder wurden verhaftet, Polizei und Militär kontrollierten das Land, und die Regierungsgeschäfte wurden von einer Gruppe von Generälen ausgeübt.

Es hieß, in Polen sei das Kriegsrecht ausgerufen worden. Den bedrohlichen Klang dieses Wortes habe ich noch im Ohr, genau wie ich bis heute das regungslose Gesicht meines Vaters vor mir sehe, der dem Radio lauschte.

Die Nachrichten waren in jenen Jahren oft beunruhigend, Mittelstreckenraketen und Atomsprengköpfe, Ölkrise und Waldsterben, aber die Neuigkeiten aus Polen waren etwas anderes. Sie hatten etwas mit uns zu tun. Schließlich hatten wir dort Verwandte. Dieses Wort fiel allerdings kein einziges Mal, und das, obwohl meine Mutter regelmäßig Pakete nach Steblau schickte, mit Konservendosen und Medikamenten, Kaffee und Tabak.

Zurück kamen lange Briefe von Anna. Mein Vater warf nur einen kurzen Blick auf den Absender, dann schob er die Briefe meiner Mutter zu, die sie öffnete und laut aus ihnen vorlas.

Es waren Berichte aus dem Alltag einer ganz normalen Familie. Anna war mit Ryszard verheiratet, einem Bahnbeamten, der bereits pensioniert war. Ihr Sohn Henryk lebte ebenfalls in Steblau; er und seine Frau Bronia hatten zwei Kinder. Anna schrieb von ihren Enkeln, von der Einschulung und von Zeugnissen, von Kommunionsfeiern, von Namenstagen und Geburtstagen, und meine Mutter legte Schokolade und Bonbons für die Kinder in die Pakete.

Manchmal äußerte Anna einen Wunsch und bat meine Mutter um eine Kräutertinktur von Doppelherz, um Nivea Creme oder ein Hautpflegemittel namens Kaloderma. Es waren Produkte und Marken, an die sie sich noch aus dem Krieg oder den Jahren davor erinnern musste, als im polnischen Grenzland Waren aus deutscher Produktion verkauft wurden, und Annas Briefe endeten immer mit einer längeren Aufzählung, in der sie alles auflistete, was meine Mutter ihr geschickt hatte, damit sie überprüfen konnte, was die polnischen Zollbeamten bei der Kontrolle entnommen hatten.

Anna schrieb diese Briefe an meine Eltern nicht selbst. Offenbar fühlte sie sich des Deutschen nicht mächtig genug. Sie erwähnte gelegentlich eine Nachbarin, die die Sprache besser beherrschte als sie und ihr beim Verfassen der Briefe zur Seite stand. Józef schien sie nicht um Hilfe bitten zu wollen, und in ihren Briefen kam ihr älterer Bruder nur vor, wenn er wieder einmal im Krankenhaus war.

Gesundheitlich war Józef Anfang der Achtzigerjahre bereits schwer angeschlagen. Er hatte Krebs, die gleiche Krankheit, an der sein Vater gelitten hatte, und musste im Krankenhaus von Guttentag am Magen und an der Leber operiert werden.

Auch diese Passagen las meine Mutter vor, doch ich stellte damals keine Verbindung her zwischen Annas krankem Bruder und jenem Józef Koźlik, den ich aus den Geschichten meines Vaters kannte. Ich fragte mich lange nicht einmal, warum wir überhaupt Post aus Polen bekamen.

JÓZEFS LEBENSLAUF hatte immer noch Lücken. Zum Beispiel hatte ich nicht herausgefunden, was er in jenem Jahr nach der Trennung von Marianne in Deutschland eigentlich genau gemacht hatte, bevor er schließlich im Dezember 1949 mit einem der letzten Züge der Militärmission nach Polen zurückkehrte.

Auch die Zeit zwischen seiner Entlassung aus dem Gefängnis in Breslau und den ersten Briefen, die er Anfang der Siebzigerjahre mit meinem Vater wechselte, lag im Dunkeln. Dazu kamen die frei erfundenen Geschichten, die er über sich selbst in Umlauf gebracht hatte, und selbst wenn es mir in vielen Fällen gelungen war, mit Hilfe einiger verstaubter Akten aus den Archiven der Wehrmacht, des britischen Verteidigungsministeriums und des polnischen Sicherheitsdienstes Wahrheit und Lüge zu trennen, so konnte ich über die Gründe, die Józef dazu gebracht hatten, seine Biografie abzuändern, nur Mutmaßungen anstellen.

Mehr würde ich nicht erfahren; die meisten Menschen, die ihn gekannt hatten, waren mittlerweile tot, Marianne und Maria Dej, Alois Gambusch, seine Schwestern Hilda und Lena, Heinrich Schulenberg und die ehemaligen Angehörigen der Kompanie, mit der er in Fürstenau stationiert gewesen war. Nach fast zehn Jahren, in denen ich mich mit meinem polnischen Großvater beschäftigt hatte, waren meine Recherchen an ein Ende gekommen.

Anfang September fuhr ich für ein Wochenende zu meinen Eltern. Im Gepäck hatte ich die Zigarrenkiste mit den Briefen, die ich meinem Vater zurückgeben wollte, und einen Ausdruck der Datei, in der ich in Stichworten alles zusammengetragen hatte, was ich über Józef herausgefunden hatte.

Wir saßen auf der Terrasse, die Hauswand in unserem Rücken war noch warm vom Sommer, und aßen den Pflaumenkuchen, den meine Mutter gebacken hatte. Erst am späten Nachmittag, als die Sonne bereits tief über den Dächern der Nachbarhäuser stand und kühle Luft von den Wiesen hinter der Siedlung in den Garten zog, gingen wir ins Wohnzimmer. Hier stand der runde, viel zu niedrige Tisch, der noch aus Arnolds Werkstatt stammte und an dessen geschwungenen Beinen man sich immer die Knie stieß. Ich baute mein Mikrofon und das Aufnahmegerät auf, um ein letztes Mal mit meinem Vater über Józef zu sprechen.

Meine Eltern lebten schon lange nicht mehr am Rand des Moors, wo ich die ersten Jahre meiner Kindheit verbracht hatte. Inzwischen besaßen sie ein Einfamilienhaus mit wärmegedämmten Wänden, dreifach verglasten Fenstern und strahlend roten Dachziegeln.

Alles war neu, doch überall in den weiß getünchten Zimmern fanden sich Überreste aus der Kindheit meines Vaters.

Die Vitrine im Wohnzimmer stammte genau wie der runde Tisch aus Fürstenau, der hohe Bücherschrank mit der Glastür, der in seinem Arbeitszimmer stand, war ebenfalls von Arnold angefertigt worden, und auch die Bauerntruhe im Esszimmer, in der meine Mutter die Tischdecken aus Annas Aussteuer aufbewahrte. Es handelte sich um Teile der Erbmasse, die in den Siebzigerjahren nach dem Ende des Streits zwischen Marianne und ihrer Schwester unter der Aufsicht von Richtern und Anwälten zwischen den Verwandten aufgeteilt worden war.

Vielleicht hatten die wuchtigen Eichenmöbel mit ihrem barock anmutenden Schnitzwerk sogar einen gewissen Wert. Das schwere Besteck mit den riesigen Tortenhebern und gewaltigen Schöpfkellen, das die meiste Zeit über unbenutzt in den Schubladen der Einbauküche lag und nur zu Weihnachten hervorgeholt wurde, war immerhin aus Silber. Doch mein Vater bewahrte auch Annas unhandlichen Dampfentsafter mit dem porösen Gummischlauch auf, der im Abstellraum neben der Küche meiner Eltern zusammen mit einem Satz Einmachgläser verstaubte, und in der Garage, in der er sein Werkzeug hatte, lagen zerbrochene Zollstöcke und stumpfe Stechbeitel. Dosen mit Schrauben und Nägeln standen neben Holzkästen mit rostigen Scharnieren und mehreren Rollen grobkörnigem Schleifpapier aus dem Maschinensaal in Fürstenau.

An einem Haken an der Wand hing sogar einer der grauen Kittel, die Arnold bei der Arbeit getragen hatte. Die Ärmel waren viel zu kurz, als dass er meinem Vater hätte passen können, aber er hatte ihn trotzdem nicht weggeworfen.

Mein Vater hatte das Haus, in dem er mit meiner Mutter lebte, in ein Museum verwandelt, das an eine versunkene Welt erinnern sollte, von der niemand wusste, wie sie wirklich einmal ausgesehen hatte. Es gab kein Archiv, keine Akten, in denen die Wahrheit über die Kindheit meines Vaters in Fürstenau verzeichnet war, nur seine windschiefen und bis zuletzt widersprüchlichen Erinnerungen und ein paar sperrige Möbel, angelaufenes Silber und eine Handvoll alter Schrauben und Nägel.

Die Zigarrenkiste mit den Briefen hatte er nicht wieder in der Schublade seines Schreibtischs verstaut, sondern in den kleinen Safe im Abstellraum eingeschlossen, in dem er neuerdings wichtige Dokumente und Unterlagen aufbewahrte. Den Ausdruck mit Józefs Lebenslauf hatte er überflogen, während wir Kaffee tranken, und dann wortlos beiseitegelegt.

Ich hatte meinem Vater in den letzten Jahren immer wieder von den Ergebnissen meiner Nachforschungen berichtet, und ich war jedes Mal enttäuscht und oft wütend darüber gewesen, dass er sich nie dazu äußerte, keine Fragen stellte, nichts. Stattdessen landete er zuletzt immer wieder bei den alten Geschichten aus Fürstenau, bei vergangenen Sommertagen, die von Schmerz, Furcht und stillem Glück durchzogen waren. Es schien meinen Vater nicht zu interessieren, dass Józef weder in Monte Cassino noch in Arnheim gewesen war, dass er kein Held und waghalsiger Deserteur war, sondern ein Wehrmachtssoldat, der in britische Kriegsgefangenschaft geraten war und nur durch Zufall zur polnischen Exilarmee gefunden hatte.

Und doch hatte sich etwas verändert. In den späten Nachmittagsstunden, als die letzten warmen Sonnenstrahlen durch die Fenster ins Wohnzimmer fielen und die Oberflächen der dunklen Eichenmöbel sanft zu schimmern begannen, ahnte ich, dass Józefs Geschichte nie mir gehören würde.

Es war beinahe ein Gefühl der Erleichterung. Mein Vater saß neben mir auf dem Sofa, inmitten der Erinnerungsstücke aus Fürstenau, und ich war wieder an dem Punkt angekommen, an dem alles begonnen hatte. Ich schaltete das Aufnahmegerät ein, und dann hörte ich ihm zu, wie er mir mit seiner tiefen, mit dem Alter leicht rau gewordenen Stimme den Schluss der Gutenachtgeschichte erzählte, die er vor über dreißig Jahren an dem Abend nach dem Besuch bei meinen Großeltern begonnen hatte.

Ich hatte versucht, diese Geschichte selbst zu Ende zu bringen. Doch nun musste ich erkennen, dass meine Bemühungen, die Figur, die den Kindheitserinnerungen meines Vaters entsprungen war, in die Wirklichkeit zu holen, unnötig gewesen waren. Józef Koźlik war bereits im Jahre 1978 im ehemaligen Grenzland zwischen Deutschland und Polen für einige Tage aus dem Dickicht der Geschichten hervorgetreten.

ALS ICH DEN BRIEF, den mein Vater 1973 an Józef Koźlik geschrieben hatte, zum ersten Mal las, hätte ich den Satz inmitten der kühlen Formulierungen beinahe übersehen. Ganz am Schluss, nachdem mein Vater über den Wohlstand geschrieben hatte, der in Fürstenau Einzug gehalten habe, hatte er im gleichen distanzierten Stil hinzugefügt: »Zu den Veränderungen in der Bundesrepublik Deutschland ließe sich noch viel sagen, aber dazu würde dieser Brief nicht ausreichen. Darüber könnte man auch bei einer anderen Gelegenheit ausführlicher reden.« Mein Vater hatte an dieser Stelle die Möglichkeit eines Treffens angedeutet.

Józef ging nicht darauf ein, vielleicht hatte er den umständlich formulierten Satz einfach überlesen. Es dauerte fünf Jahre, bis mein Vater auf einer Karte, die er zu Ostern nach Steblau schickte, das Thema offenbar noch einmal zur Sprache brachte.

Diesmal kam umgehend eine Antwort. »Ich freue mich sehr, dass Du mich noch in diesem Jahr besuchen willst«, schrieb Józef am 10. April 1978 an meinen Vater. Zehn Tage später kam bereits ein zweiter, euphorischer Brief von ihm mit der Bitte, den genauen Termin für einen Besuch doch per Telegramm anzukündigen.

Ostern und die Sommerferien verstrichen. Erst im Herbst desselben Jahres machte mein Vater sich auf den

Weg. Er war jetzt Anfang dreißig, ein Studienrat und zweifacher Vater, doch genau wie zwanzig Jahre zuvor, als er von zu Hause ausgerissen war, um mit dem Fahrrad in Richtung Polen aufzubrechen, traf er die Vorbereitungen für seine Reise in aller Heimlichkeit.

Mein Vater hatte meiner Großmutter gegenüber nie erwähnt, dass Józef Kontakt zu ihm aufgenommen hatte, und er verschwieg ihr auch jetzt das wahre Ziel seiner Reise. Offiziell würde er zusammen mit meiner Mutter in die DDR fahren, um eine Brieffreundin von ihr zu besuchen, mit der sie sich seit der Schulzeit schrieb.

Das war es auch, was er mir erzählte, bevor er mich und meine Schwester zu meinen anderen Großeltern brachte, den Eltern meiner Mutter. Ich war sieben Jahre alt, und selbst wenn ich gewusst hätte, dass es von dem Ort in Sachsen, in dem die Brieffreundin meiner Mutter lebte, nicht weit war nach Görlitz und bis zur polnischen Grenze, hätte ich den eigentlichen Grund der Reise meiner Eltern wohl nicht erraten. Für mich existierte Józef nur in den Geschichten meines Vaters.

An einem Samstagmorgen brachen meine Eltern auf, zunächst in Richtung DDR. Es war der 28. Oktober 1978, nicht einmal zwei Wochen nachdem der polnische Kardinal Karol Wojtyła in Rom zum Papst gewählt worden war. Auf der Fahrt hörten meine Eltern im Autoradio Berichte über die Spannungen zwischen dem sozialistischen Staat und der katholischen Kirche, über die katastrophale wirtschaftliche

Situation in Polen und die schlechte Versorgungslage. Mein Vater hörte aufmerksam zu, als würden sich zwischen den Meldungen Informationen über Józef Koźlik verbergen.

Mein Vater hatte seit seiner Schulzeit jeden Zeitungsartikel über Polen verschlungen, der ihm in die Hände fiel, und in den überfüllten Regalen seines Arbeitszimmers reihten sich Bücher über die Geschichte des Zweiten Weltkriegs aneinander. Er hatte in den späten Sechzigerjahren mit dem Studium begonnen, als eine ganze Generation von Studenten in der Bundesrepublik die Forderung erhob, das Schweigen über die Zeit des Nationalsozialismus zu brechen.

Mein Vater hatte über den Hitler-Stalin-Pakt gelesen, über den fingierten Überfall auf den Sender Gleiwitz, den Deutschland als Vorwand für den Angriff auf Polen genommen hatte, über die Massaker der Einsatzkommandos im besetzten Polen und über die Gaskammern und Verbrennungsöfen in Auschwitz-Birkenau, Sobibór und Treblinka. Im Dezember 1970 hatte er in der Tagesschau gesehen, wie Bundeskanzler Willy Brandt bei seinem Staatsbesuch in Polen vor dem Denkmal für die Opfer des Aufstands im Warschauer Ghetto auf die Knie gefallen war, und er hatte im Anschluss an die Unterzeichnung des Warschauer Vertrages im Spiegel, in der Zeit und in der Frankfurter Rundschau die Diskussionen um die Ostpolitik der sozialliberalen Koalition verfolgt.

Er wusste alles über Polen, was man in den Siebzigerjahren über dieses Land wissen konnte. Aber er wusste kaum etwas über seinen Vater, jenen Mann, den der Zweite Weltkrieg für ein paar Jahre aus seinem Heimatland nach Deutschland gebracht hatte und der ihm trotz der Briefe, die sie gewechselt hatten, nicht nähergekommen war.

In unserer Küche stand ein altes, dunkelgrünes Kofferradio. Mein Vater hatte es sich als Schüler gekauft, nachdem er in den Sommerferien vier Wochen in der Ziegelei in Fürstenau gearbeitet hatte. Er hörte damit die Nachrichtensendungen, während er das Abendessen richtete. Er schnitt Brot auf, holte Wurst, Schinken und Käse aus dem Kühlschrank und deckte den Tisch, und nebenbei lauschte er den verzerrten Stimmen der Korrespondenten, die über verrauschte Telefonleitungen aus Asien, Amerika und Afrika zugeschaltet wurden.

Als ich in Józefs Briefen auf die Namen der Politiker stieß, die sich mir damals eingeprägt hatten, Brandt und Breschnew, Carter, Sadat und Ayatollah Khomeini, war es so, als ob mich ein Echo aus weiter Ferne erreichte, aus jener verlorenen Epoche, die mir im Blick zurück genauso unwirklich vorkam wie die Geschichten aus der Kindheit meines Vaters.

Die Kommentare und Reportagen, die mein Vater im Radio verfolgte, zeichneten ein flirrendes, hektisches Bild der Welt, das sich Tag für Tag, manchmal sogar von Stunde zu Stunde veränderte. Er selbst schien das beruhigend zu finden. Nach dem Mittagessen blieb er in der Küche sitzen und blätterte bei einer Tasse Kaffee in den Zeitungen. Artikel, die er nicht gleich las, legte er beiseite. Am Sonntagnachmittag, wenn schlechtes Wetter war, sah mein Vater den Stapel im Wohnzimmer durch und las Berichte über Aufstände, Krisen und Kriege, über Gipfeltreffen und Regierungskoalitionen.

Er wirkte wie ein Kind, das tief in ein Spiel versunken war, wenn er auf dem Fußboden hockte, um sich herum Zeitungsausschnitte, die er mit Anmerkungen und Unterstreichungen versah, in Mappen und Ordner legte und in seinem Arbeitszimmer in die Regale einsortierte. Der Regen klatschte an die Fensterscheiben, die alten Heizungsrohre in unserem Haus rauschten, und das Papier raschelte auf der harten, borstigen Auslegware, die uns die Vormieter überlassen hatten. Sie kratzte unter meinen bloßen Füßen, wenn ich abends nach dem Baden noch einmal in das Wohnzimmer kam, um Gute Nacht zu sagen. Mein Vater saß dann bereits vor dem Fernseher und wartete darauf, dass die Tagesschau begann.

Manchmal schnappte ich einzelne Wörter aus den Nachrichten auf, die einen gefährlichen Klang hatten, Boykott, Ultimatum, Doppelbeschluss. Als ich mich mit dem Leben meines Großvaters zu beschäftigen begann, war das alles längst Vergangenheit. Ich las in alten Zeitungsartikeln von einer Welt, die in Lager und Blöcke zerfallen war. Ausgerechnet in dieser zerklüfteten Landschaft waren mein Vater und Józef sich nähergekommen.

Mein Vater hatte die gleichen Träume wie viele seiner Altersgenossen in der Bundesrepublik gehabt. Gegenüber Józef erwähnte er sie zum ersten Mal kurz nach der Fußballweltmeisterschaft 1974. Am 3. Juli stand Polen in Frankfurt am Main im Viertelfinale gegen die Bundesrepublik. Die Partie fand unter schwierigen Bedingungen statt. Der Rasen war durch tagelangen Regen aufgeweicht worden, und die Begegnung, die später als »Wasserschlacht von Frankfurt« bezeichnet werden sollte, endete mit einem knappen eins zu null für die Bundesrepublik.

Das Spiel hätte verlegt werden müssen, beklagte sich Józef kurz darauf in einem Brief an meinen Vater, aber vermutlich hätte die polnische Mannschaft auch ohne Regen keine Chance gehabt. Der österreichische Schiedsrichter habe von Anfang an auf der Seite der Westdeutschen gestanden. Es seien verrückte Zeiten, schrieb er mit Blick auf die Partie, und fuhr fort, nicht nur Deutschland, die ganze Welt sei in zwei Hälften zerfallen: »Ich würde gern mehr über Deine politischen Ansichten wissen.«

Diesmal ließ mein Vater sich nicht lange bitten. Er muss in seiner Antwort Alexander Dubček erwähnt haben, den tschechoslowakischen Parteisekretär, der sich 1968 in seiner Heimat für Reformen eingesetzt hatte. Der sogenannte Prager Frühling war nach wenigen Monaten durch den Einmarsch der Truppen des Warschauer Paktes beendet worden. Dubček wurde abgesetzt, aber mit seinem Namen verbanden sich von nun an auch im Westen die

Hoffnungen auf einen Sozialismus mit menschlichem Antlitz.

Mein Vater war Mitglied bei den Jusos. Er bewunderte Willy Brandt, der Anfang der Siebzigerjahre eine neue, aufgeschlossene Politik gegenüber dem Ostblock in Gang gesetzt hatte, und wenn er in den Briefen, die er an Józef schrieb, von einem »demokratischen Sozialismus« schwärmte, dann fielen auch die anderen Schlagwörter der Zeit, »Politik der kleinen Schritte« oder »Wandel durch Annäherung«. Mein Vater hatte während seines Studiums an den Protesten gegen den Vietnamkrieg teilgenommen, er interessierte sich für die Situation in den Ländern der Dritten Welt, und neben Alexander Dubček erwähnte er gegenüber Józef wohl auch Salvador Allende, den Marxisten, der 1970 in freien Wahlen zum Präsidenten von Chile gewählt worden war. Nach seiner Ermordung im Jahre 1973 war er für all jene zu einem Märtyrer geworden, die daran glaubten, dass der Sozialismus eines Tages mit friedlichen Mitteln siegen würde.

Auch Józef Koźlik hörte Radio, genau wie mein Vater. Über Mittelwelle und Kurzwelle verfolgte er die Nachrichten von Radio Free Europe, dem World Service der BBC und der Deutschen Welle. Den Informationen aus dem eigenen Land traute er nicht. »In unserer Zeitung stimmt bloß das Datum und im Radio die Uhrzeit«, schrieb er, »alles andere ist Propaganda.« Für die politischen Vorlieben meines Vaters hatte Józef nichts übrig. Wenn man in einem

Land im Osten Europas lebe, hinter Grenzen, die mit Stacheldraht, elektrischen Zäunen und Minen gesichert seien, schrieb er, dann könne man sich kaum vorstellen, dass der Sozialismus jemals ein menschliches Antlitz tragen würde.

Polen war damals bereits auf dem Weg in die Krise. Der Staat hatte hohe Kredite aufgenommen, um die Wirtschaft anzukurbeln, zuerst in Ländern des Ostblocks, dann im Westen. Der Aufschwung blieb aus, und als mit der Ölkrise die Kosten für Kredite explodierten, geriet Polen in eine Schuldenfalle.

In seinen Briefen beschrieb Józef detailliert die Auswirkungen der sozialistischen Planwirtschaft, die mit dem Geld aus dem Westen gestützt wurde, auf die Bevölkerung. Die Lebensmittelpreise würden von Tag zu Tag steigen, Butter und Fleisch seien kaum noch zu bezahlen, Zucker würde rationiert, genau wie Kohle, andere Waren seien gar nicht mehr zu bekommen, und vor den Geschäften bildeten sich endlose Schlangen.

»Das ist die kommunistische Wirtschaft«, schrieb Józef im Januar 1977 an meinen Vater, einige Monate nachdem das Arbeiterkomitee gegründet worden war, aus dem später die Solidarność hervorgehen sollte. Damals war es in Warschau, in Radom und vielen anderen polnischen Städten zu Streiks gekommen, die Polizei und Armee mit Gewalt beendet hatten: »Der Mensch wird hier wie ein Tier behandelt.«

Józef wusste, dass ihn seine offene Kritik an den Zuständen in Polen in Schwierigkeiten bringen konnte. Wenn er sich erkundigte, ob ein bestimmter Brief auch angekommen sei, dann nicht nur, weil mein Vater ihn wieder einmal viel zu lange auf eine Antwort hatte warten lassen, sondern auch weil er fürchtete, dass unliebsame Postsendungen ins Ausland von den polnischen Zensurbehörden aussortiert würden.

Einen der Umschläge hatte er deshalb Alois Gambusch mitgegeben, seinem Jugendfreund aus Steblau, der im Frühjahr 1978 zum ersten Mal nach dem Krieg wieder in Polen gewesen war, um seine jüngere Schwester und seinen Bruder zu besuchen, die Einzigen aus seiner Familie, die den Krieg überlebt hatten. Andere Briefe schickte Józef unter dem falschen Namen ab, den er gegen Ende des Krieges als Angehöriger der polnischen Exilarmee bekommen hatte. Józef Chmielewski stand dann auf der Rückseite des Umschlags, mit einer falschen Adresse in Tarnowitz, und die Briefe schlossen mit dem Satz: »Meine richtige Anschrift ist Dir bekannt!«

Das Gefängnis in Breslau habe er 1957 als kranker Mann verlassen, hatte Józef in einem seiner ersten Briefe an meinen Vater geschrieben. Seitdem sei er vierzehnmal im Krankenhaus gewesen, um Magengeschwüre behandeln zu lassen, Rheuma und eine Leberzirrhose. »Siehst Du«, schrieb er an meinen Vater, »auch ich gehöre zu den Sklaven in ›Archipel Gulag‹.« Józef musste aus dem Radio von Alexander Solschenizyns Werk über die stalinistischen Lager erfahren haben. Nachdem im Januar 1974 die ersten Übersetzungen erschienen waren, berichteten Radio Free Europe und andere westliche Sender, die auch in Polen gehört wurden, über die darin dokumentierten Verbrechen. Dass es auch der Alkohol war, der seiner Gesundheit zu schaffen machte, erwähnte Józef nicht.

Arbeit hatte er in den Siebzigerjahren nicht mehr. Er hatte sich immer wieder krankschreiben lassen müssen und zuletzt eine Invalidenrente beantragt. Anfang 1976 war er noch einmal für ein paar Stunden in der Woche in Lublinitz in die Textilfabrik gegangen, um in der Baukolonne des Unternehmens auszuhelfen, gab die Arbeit allerdings kurz darauf wieder auf. Unter einen kurzen Ostergruß, den er 1976 an meinen Vater schickte, setzte er als PS: »Liege wieder im Krankenhaus.«

Józef blieb Rentner. Zuletzt lagen immer größere Abstände zwischen den Briefen, und die kurzen persönlichen Anmerkungen, die er zwischen seinen bitteren politischen Betrachtungen einstreute, fügten sich zu dem traurigen Bild eines alten Junggesellen, der die meiste Zeit des Tages in der Küche seiner Mutter saß und an seinen Sohn schrieb, den er vor fast dreißig Jahren in Deutschland zurückgelassen hatte.

Sein letzter Brief, der meinen Vater nur wenige Tage vor der Abfahrt erreicht hatte, lag jetzt im Handschuhfach. Józef hatte eine Wegbeschreibung geschickt: »Von der DDR aus fährst Du in Richtung Breslau (Wrocław), Kreuzburg (Kluczbork) und Rosenberg (Olesno). Ich wohne zwei Kilometer außerhalb von Lubliniec, nicht weit von der Kreuzung mit dem Fleischergeschäft. Du kannst Dir nicht vorstellen, wie sehr ich mich freue, dass ich Dich nach so langer Zeit wiedersehen werde. Wir werden uns viel zu erzählen haben.«

MEINE ELTERN HATTEN zwei Kartons mit Lebensmitteln im Kofferraum, Kaffee, Konserven mit Ananas und Pfirsichen, Kakao, Zucker und Mehl, außerdem einen Taschenrechner, um den Józef meinen Vater gebeten hatte. Als sie am Morgen die Grenze überquert hatten, zusammen mit einer Kolonne aus Lkw, waren sie zunächst einem weiten, grauen Himmel entgegengefahren, der über endlosen Stoppelfeldern lag. Jetzt war Nachmittag, und seit sie Breslau hinter sich gelassen hatten und entlang der Oder in Richtung Oberschlesien fuhren, schien Polen nur noch aus dichten Wäldern zu bestehen. Buchen, Eichen und Linden zogen an ihnen vorüber, dann wieder dunkle Kiefernschonungen.

Mein Vater saß hinter dem Steuer. Er wich Schlaglöchern aus, überholte Pferdefuhrwerke, Traktoren und klapprige Omnibusse. Alte Männer mit zerbeulten Mützen und Arbeitsjacken schoben ihre Fahrräder am Straßenrand entlang, und alle paar Kilometer durchquerten meine Eltern ein Dorf mit einem unaussprechlichen Namen, den sie mühsam, Buchstabe für Buchstabe, mit den Einträgen auf ihrer Karte verglichen. Chrząstowice, Dębska Kuźnia und Grodziec waren Ortschaften, die nur aus zwei oder drei Straßenzügen bestanden, grob verputzte Kolonistenhäuser mit kleinen Ställen, leeren Wäscheleinen und struppigen Hunden, die ihrem Auto nachbellten. Schmale Forstwege führten zwischen den Dörfern in die Wälder, vergessene Milchkannen standen an den Zufahrten zu Bauernhöfen.

Es war Dienstag, der 31. Oktober 1978. Am nächsten Tag würde in Polen Allerheiligen begangen werden, und der Tag darauf war Allerseelen, an dem die katholische Kirche der Verstorbenen gedenkt. Überall auf den Dörfern hatten meine Eltern Frauen mit langen Röcken und Kopftüchern gesehen, die auf den Friedhöfen die Gräber schmückten.

In Ozimek überquerten sie die Malapane, einen schmalen, unscheinbaren Fluss. Von hier wären es nur ein paar Kilometer nach Groß Stanisch, heute Staniszcze Wielkie, gewesen, wo der preußische Hilfsschaffner Augustyn Koźlik sechzig Jahre zuvor Maria Wieszolek geheiratet hatte und wo im Februar 1925 Józef zur Welt gekommen war.

Davon wusste mein Vater nichts, doch als er mir dreißig Jahre später die Fahrt durch das Oppelner Land beschrieb, überlagerten sich seine Erzählungen mit meinen Recherchen. Ich war selbst oft mit dem Auto über die Dörfer gefahren, die auf beiden Seiten der Malapane lagen.

Die Sonne war untergegangen, und die letzten Kilometer legten meine Eltern mit eingeschalteten Scheinwerfern zurück. Schließlich erreichten sie Lublinitz. Eine Straße führte rund um die Altstadt, an einer Kirche vorbei, wieder kam ein Friedhof, dann der Bahnhof. Sie fuhren auf der ulica Oleska aus der Stadt heraus, nach Steblau, das inzwischen ein Ortsteil von Lublinitz geworden war, und nach zwei Kilometern hielten sie an einer Kreuzung. Es war sechs

Uhr abends, eine Straßenbeleuchtung gab es nicht, und aus der Fleischerei, die Józef erwähnt hatte, drang nur ein schwacher Lichtschein nach außen. Die Fensterläden waren bereits geschlossen.

Meine Eltern wollten gerade noch einmal einen Blick in den Brief mit der Wegbeschreibung werfen, als im Licht der Scheinwerfer plötzlich eine Gestalt auftauchte, ein hagerer Mann mit einem schmalen Gesicht, die Haare streng nach hinten gekämmt. In der Hand hatte er eine Zigarette, die kurz aufglimmte, als er einen letzten Zug nahm und sie anschließend in die Dunkelheit warf.

Mein Vater kurbelte die Scheibe herunter und bemerkte, als der Mann sich zum Fenster beugte, die Ascheflocken auf dem breiten Kragen seines Mantels. »Ich bin es«, sagte der Mann. »Józef.«

Die kalte und feuchte Luft war durch die Fensterritzen ins Zimmer gekrochen, die Scheiben waren beschlagen, das Bettzeug klamm. Es war ein Herbstmorgen wie einst in Fürstenau. Mein Vater wachte auf, als er Pferdehufe draußen auf der Straße hörte, wie damals, wenn die langen Eichenbretter, die sein Großvater zu Möbeln verarbeitete, früh am Morgen mit einem Fuhrwerk vom Bahnhof zum Holzschuppen geschafft wurden.

Meine Mutter schlief noch. Mein Vater stand auf, warf einen Blick aus dem Fenster, auf das verfallene Gutshaus mit dem eingebrochenen Dach, von dem sie gestern Abend in der Dunkelheit nur Umrisse hatten erkennen können, und auf die Straße mit dem Kopfsteinpflaster, auf der ein Pferdefuhrwerk hinaus in die Felder fuhr. Er ging zu dem Ofen, der in der Ecke stand, und als er die Hand auf die Kacheln legte, konnte er noch einen Rest Wärme spüren. Er hockte sich hin, öffnete die rußige Klappe und zog die staubige Kiste mit den alten Zeitungen und dem Anmachholz heran, Handgriffe, die er das letzte Mal als Kind ausgeführt hatte. Er zerknüllte Papier, nicht zu fest, damit es sich an der Glut, die sich im Ofen über Nacht gehalten hatte, entzünden konnte. Dann schichtete er Holz darüber, erst Späne, dann dünne Scheite. Zuletzt legte er Briketts in den Ofen, öffnete die untere Klappe, die den Luftzug regulierte, und wartete auf die vertrauten Geräusche, auf das leise Fauchen, mit dem das Zeitungspapier Feuer fing, und auf das Knacken des trockenen Brennholzes.

Mein Vater legte noch einmal die Hände auf die warmen Kacheln, dann zog er sich eine Hose und einen Pullover über und öffnete die Tür zur Küche. Józef war bereits wach, er saß unter einer nackten Glühbirne am Tisch, in der Hand eine Zigarette. Auf dem Herd in der Ecke köchelte Wasser im Kessel, und die Fensterscheiben waren beschlagen. Vor ihm auf dem Tisch lag der Taschenrechner, den mein Vater ihm am Abend zuvor überreicht hatte.

Als Józef plötzlich im Licht der Scheinwerfer aufgetaucht war, hatte es keine Umarmung gegeben, nur ein Händeschütteln, und als sie sich verlegen auf dem Gehsteig vor der Fleischerei gegenüberstanden, fiel meinem Vater auf, dass Józef fast einen Kopf kleiner war als er selbst.

Sie waren wieder ins Auto gestiegen, und Józef lotste meinen Vater durch die Dunkelheit. Sie fuhren nicht weit, nur ein paar Hundert Meter die Straße zurück, auf der sie hergekommen waren. Dann bogen sie ab und hielten vor einem großen Anwesen, dem ehemaligen Gutshof von Steblau. Józef führte sie zu einem kleinen Gesindehaus. Er schloss die Tür auf, es roch nach kaltem Zigarettenrauch. Józef sagte, ein Bekannter von ihm sei für ein paar Tage verreist und habe ihm die Wohnung für die Zeit überlassen: »Hier können wir alles besprechen.«

Es gab nur ein Zimmer, ein Wohnzimmer, das gleichzeitig als Schlafzimmer genutzt wurde, mit einem Sofa, das sich zu einem schmalen Bett ausklappen ließ. Die Toilette war in einem Holzverschlag hinter dem Haus untergebracht, eine Taschenlampe lag bereit für den Weg über den Hof.

Józef legte Kohle im Ofen nach, dann stellte er in der Küche drei angeschlagene Teller auf den Tisch, Brot, Butter, Leberwurst in Dosen, Bier und eine Flasche Wodka. Seine Hand zitterte, als er den Schnaps eingoss, und das erste Glas kippte er in einem Zug hinunter. Er sah meinen Eltern beim Essen zu. Als sie fertig waren, schenkte er noch einmal nach, dann griff er zu den Zigaretten und erzählte von dem Tag, an dem er meinen Vater vor dreißig Jahren in Fürstenau zum letzten Mal gesehen hatte. »Deine Mutter stand auf der Treppe vor eurem Haus«, sagte er. »Sie hielt dich auf dem Arm, und du hast zum Abschied gewinkt.«

Er ließ noch einmal jene Legende erstehen, die er selbst in den Jahren nach dem Krieg in Polen geschaffen hatte, die Geschichte von dem polnischen Soldaten, der unter dem Decknamen Józef Chmielewski für sein Vaterland in den Kampf gegen die Wehrmacht zieht und sich nach dem Krieg in einer deutschen Kleinstadt in die Tochter eines Tischlers verliebt. Es war eine Erzählung voller Lücken und Widersprüche, doch an diesem Abend schien mein Vater davon nichts zu bemerken, und auch später würde er sie nicht infrage stellen. Das ehemalige Gesindehaus, in dem Józef meine Eltern untergebracht hatte, nahm die Züge des Hauses in Fürstenau an, in dem mein Vater aufgewachsen war. Der Kachelofen, die Toilette im Hof, die keine Wasserspülung hatte, das Klappern der Pferdehufe hatten die Welt seiner Kindheit noch einmal heraufbeschworen.

An diesem Abend verbanden sich ein letztes Mal die brüchigen Erinnerungen meines Vaters mit den verstreuten Episoden aus Józefs Leben zu jenem Geflecht aus Kindheitsfantasien, Halbwahrheiten und Lügen, die mich über viele Jahre hinweg beschäftigt gehalten hatte.

Sie hatten lange an dem Tisch in der Küche gesessen. Józef musste gewusst haben, dass er meinen Vater und meine Mutter nur diesen einen Abend für sich allein haben würde. Am nächsten Morgen nahm er sie mit in eine Gastwirtschaft.

Zu Fuß waren es vom Gutshof nur ein paar Minuten. Józef wechselte ein paar Worte mit dem Wirt, nickte den drei Männern zu, die an der Theke saßen. Dann bestellte er Frühstück, Brötchen mit Honig und Marmelade, dazu eine Kanne Kaffee. Sie hatten gerade erst angefangen zu essen, als die Tür aufgerissen wurde und eine Frau in den Schankraum stürmte, mit Lockenwicklern im Haar, über die sie ein Tuch gebunden hatte.

Sie redete lautstark auf Józef ein, dann wechselte sie ins Deutsche. »Tante«, sagte sie zu meinem Vater. »Ich bin deine Tante.« Es war Anna, Józefs Schwester.

Sie entschuldigte sich wortreich dafür, dass meine Eltern nicht bei ihr untergekommen seien. Józef habe niemandem gesagt, dass Besuch kommen würde. Erst heute Morgen habe sie beim Fleischer gehört, dass ihr Bruder am Abend zuvor in ein Auto mit einem deutschen Kennzeichen gestiegen sei.

Sie wechselte zurück ins Polnische, stellte Józef ein paar Fragen und schüttelte entsetzt den Kopf. Auf keinen Fall, sagte sie, dürften meine Eltern eine weitere Nacht auf dem Gelände des Gutshofs verbringen.

Kurz darauf saßen sie auf dem Sofa in Annas kleiner Wohnung im ersten Stock des Hauses in der ulica Jagusia, vor sich Porzellantassen mit viel zu starkem Kaffee. An der Wand hing ein gerahmtes Foto von Johannes Paul II., aus dem Fenster sah man in den Garten, über Felder und Äcker. Annas Mann war dazugekommen, Ryszard, der sich als

Richard vorstellte, außerdem Lena, Józefs zweitjüngste Schwester, die inzwischen Witwe war, zusammen mit ihrem Sohn Bogdan. Die Frauen bestritten die Unterhaltung, erzählten von der dritten Schwester Hilda, die in Kattowitz lebte. Józef zündete sich eine Zigarette an, Anna zog sich zurück, um die Lockenwickler abzulegen.

Es klingelte an der Tür, und plötzlich drängelten sich die Nachbarn in der Wohnung. Sie hatten riesige Taschen dabei und packten in der Küche säckeweise Kartoffeln und Mohrrüben aus, Gläser mit eingekochtem Rotkohl, in Zeitungspapier eingeschlagenes Fleisch, Eier, Sahne, Konfekt, Wodka, Likör. Die meisten von ihnen sprachen Deutsch mit schlesischem Akzent, mit langgezogenen Vokalen und einer schwerfälligen Satzmelodie, und fast alle hatten Verwandte in der Bundesrepublik. Sie zählten Städte auf, Hamburg, Dortmund, Gelsenkirchen und die Namen kleiner Orte am Rand des Ruhrgebiets, von denen meine Eltern noch nie gehört hatten.

Die Wohnung leerte sich wieder. Anna und Lena gingen in die Küche, sie banden sich Schürzen um und bereiteten das Mittagessen vor. Meine Mutter bot Hilfe an, die Männer stellten Tische zusammen und rückten Stühle. Henryk kam, Annas Sohn, der als Elektriker in einem Kombinat in Oppeln arbeitete. Er hatte gerade erst zusammen mit seiner Frau Bronia zwei Straßen weiter ein Haus gebaut. Bei ihnen sollten meine Eltern übernachten, und meine Mutter verteilte Süßigkeiten an Henryks Kinder, die sich artig bedankten. Alle waren da, die ganze Familie, sogar Maria, Józefs Mutter, saß für eine Weile stumm am Tisch, das eine Auge halb geschlossen.

Ab jetzt war es einfach nur ein Besuch bei entfernten Verwandten. Es wurden unverfängliche Fragen gestellt und höfliche Scherze gemacht, die Frauen hielten ihre Männer davon ab, über Politik zu sprechen, und warfen ihnen böse Blicke zu, wenn sie die Gläser auf dem Tisch zu schnell wieder mit Wodka füllten. Die Vergangenheit ließen sie außen vor. Sie sprachen nicht über den Krieg, nicht über Józefs Jahre in Deutschland, nicht über Fürstenau und nicht über Marianne. Nur Anna beugte sich einmal, als sie Kaffee nachschenkte, zu meinem Vater herunter und flüsterte ihm zu: »Ihr seht euch ähnlich.«

Es gibt Fotos von diesem Besuch meiner Eltern in Steblau. Die hellen Farben sind über die Jahre hinweg verblasst, und die Aufnahmen haben einen warmen, braunen Ton bekommen, der zu der herbstlichen Stimmung passt. Das Bild, das meinen Vater und meine Mutter in der kleinen Küche im ersten Stock von Józefs Elternhaus zeigt, hatte Anna aus ihrer Blechschachtel gezogen, als ich sie das erste Mal von Krakau aus besucht hatte. Die anderen Fotos fand ich in einem Album im Schrank meiner Eltern, zusammen mit ein paar alten Aufnahmen von Józef und Marianne aus Fürstenau, die Józef meinem Vater in den Siebzigerjahren offenbar mit der Post geschickt hatte.

Nachdem sie den Mittwoch, Allerheiligen, in Annas

Wohnung verbracht hatten, und zwischen Mittagessen, Kaffee und Kuchen und Abendessen nur Zeit für einen kurzen Spaziergang geblieben war, machten sie am nächsten Tag mit Józef, Ryszard und Henryk einen Ausflug zum Wallfahrtsort Tschenstochau. Zu Allerseelen war die Stadt überfüllt mit Pilgern, und im Paulinerkloster, das auf einem Hügel über der Stadt thronte, schoben sich Menschenmassen durch die schmalen Gänge, um einen Blick auf das Bild der Schwarzen Madonna zu werfen.

Am Nachmittag besuchten sie alle zusammen mit den Kindern den Friedhof in Lublinitz, auf dem Lenas verstorbener Mann begraben lag. Die Gräber waren festlich geschmückt, und vor den Toren des Friedhofs waren Buden aufgebaut worden, an denen Blumengestecke, Kerzen und Devotionalien verkauft wurden. Es herrschte eine Art Volksfeststimmung. Meine Eltern kauften an einem der Stände riesige rote Lutscher, die die Form von Schmetterlingen hatten, und Henryks Kinder hielten sie für eines der Fotos, die mein Vater damals machte, stolz in die Kamera.

Am nächsten Morgen brachen meine Eltern in aller Frühe auf. Anna hatte ihnen für die Fahrt einen Marmorkuchen gebacken, mit dem Kakao, den meine Mutter mitgebracht hatte. Umarmungen wurden getauscht, Küsse auf Wangen gedrückt. Anna und Ryszard, Lena und Bogdan, Henryk und Bronia und ihre Kinder standen am Straßenrand und winkten. Als meine Eltern losfuhren, trat Józef aus der kleinen Gruppe der Verwandten heraus, stellte sich in die Mitte der Fahrbahn, um dem Auto nachzusehen, eine Hand zum Abschied erhoben, in der anderen eine brennende Zigarette.

Die Sonne war gerade erst aufgegangen. Die Straße zwischen Lublinitz und Oppeln lag im Nebel, und wenn sie an Friedhöfen vorbeikamen, tanzten zwischen den weißen Schwaden die flackernden Flammen der Windlichter, die die ganze Nacht über auf den geschmückten Gräbern gebrannt hatten. Inmitten dieser Traumlandschaft stand eine hagere Gestalt, die im Rückspiegel langsam ihre Konturen verlor. Józef verwandelte sich wieder in jene Fantasiefigur, die meinen Vater sein Leben lang begleitet hatte und die er niemals für einen richtigen Vater hergegeben hätte.

Das Fotoalbum, das bei meinen Eltern steht, ist nur halb gefüllt, als hätten sie mit Absicht Platz gelassen für Bilder von weiteren Besuchen. Tatsächlich hatten sie mit Józef Pläne geschmiedet. Das nächste Mal, so war es verabredet worden, würden meine Eltern meine Schwester und mich nach Polen mitnehmen, man würde von Steblau aus mit Józef nach Krakau fahren und vielleicht sogar für einige Tage nach Masuren oder nach Zakopane in die Berge.

Doch nach dem Besuch in Steblau kam nur noch ein einziger Brief, im Januar 1979, in dem Józef berichtete, dass er den Taschenrechner, den meine Eltern ihm mitgebracht hatten, unter der Hand gegen einen gebrauchten Fernsehapparat eingetauscht hatte. Mein Vater hat ihm nie geantwortet.

Als im Dezember 1981 in Polen der Ausnahmezustand erklärt wurde, das Kriegsrecht, wie es damals in den Nachrichten hieß, hatten sie keinen Kontakt mehr. Das war das Ende der Geschichte. Józef Koźlik verschwand für immer im Nebel.

ES IST DER HERBST des Jahres 1984. Ich bin dreizehn Jahre alt, und das alte Haus mit dem verwilderten Garten, in dem ich mit meinen Eltern gewohnt habe, ist dabei, eine Erinnerung zu werden, genau wie das dunkle Wasser in den Gräben, die durch das Moor verliefen, und das helle, scharfe Gras, das zwischen den Birken wuchs und mir im Sommer in die bloßen Beine schnitt. In den großen Ferien waren wir umgezogen, in eine Einfamilienhaussiedlung am Rand einer Kleinstadt.

Die Kaffeemaschine läuft. Wir sind gerade mit dem Mittagessen fertig, als es an der Tür klingelt. Mein Vater sieht auf die Wanduhr, die über dem Regal mit den Kochbüchern hängt. Es ist halb zwei, Mittagsstunde. Niemand in der Siedlung klingelt um diese Zeit bei seinen Nachbarn. Meine Mutter steht auf und geht zur Tür. Als sie zurückkommt, hält sie einen Umschlag in der Hand. »Es ist ein Telegramm«, sagt sie. »Aus Polen.« Mein Vater zögert, dann reißt er den Umschlag auf und überfliegt die Zeilen auf dem dünnen Blatt Papier. »Józef ist tot«, sagt er, dann sieht er mich an: »Dein Großvater ist gestorben.« Meine Mutter berührt meinen Vater leicht an der Schulter. »Er war schon lange krank«, sagt sie.

Mein Vater greift zur Zeitung wie jeden Mittag, meine Mutter schenkt Kaffee ein. Ich gehe auf mein Zimmer, schalte den Radiorekorder ein, der neben meinem Bett auf dem Nachttisch steht, und beginne mit den Hausaufgaben, Mathematik, ein Aufsatz in Deutsch, englische Vokabeln.

Mein Schreibtisch steht am Fenster. Wenn ich hinausschaue, sehe ich auf den Wendehammer am Ende der Spielstraße, auf Vorgärten mit gestutzten Taxushecken, auf säuberlich verputzte Klinkerfassaden, gepflegte Rasenflächen und selbstgebaute Carports, an deren Holzpfeilern Glyzinien ranken. Es ist ein grauer Tag, Regen fällt, und ich verwende keinen weiteren Gedanken an meinen Großvater Józef Koźlik, der an diesem Freitag, dem 9. November 1984, um ein Uhr morgens im Alter von neunundfünfzig Jahren in einem Krankenhaus am anderen Ende der Welt an den Folgen einer Krebserkrankung gestorben ist.

SPLITTER. EIN NACHWORT

Noch einmal Fürstenau. In der Stadt, in der meine Großmutter sich im Frühjahr 1945 in einen jungen Mann namens Józef Koźlik verliebte, gibt es am Rand des Friedhofs ein kleines, mit einer Buchsbaumhecke abgegrenztes Areal mit grauen Grabsteinen. Eine knappe Inschrift auf einer verwitterten Steinplatte erklärt, dass es sich um eine Gräberanlage für »polnische Kriegstote« handele, die in Fürstenau zwischen 1939 und 1945 ums Leben gekommen seien. Solche Gedenktafeln, die an die Opfer des Zweiten Weltkriegs erinnern, findet man an vielen Orten in Deutschland. Merkwürdig ist nur, dass polnische Soldaten während des Krieges ausgerechnet in Fürstenau begraben worden sein sollen, in einer kleinen Stadt, die am nordwestlichen Rand Deutschlands liegt. Irgendetwas stimmt hier nicht, und tatsächlich ist 1997, also über fünfzig Jahre nach dem Ende des Zweiten Weltkriegs, eine zweite Tafel auf dem Gräberfeld aufgestellt worden. Sie enthält rund sechzig Namen polnischer Soldaten, die in und um Fürstenau gestorben und bestattet worden sind, allerdings sind sie nicht zwischen 1939 und 1945 ums Leben gekommen, sondern nach dem Krieg: zwischen 1945 und 1947. Es handelt sich um die Angehörigen der 1. Selbstständigen Fallschirmjägerbrigade, die nach Kriegsende hier in Fürstenau stationiert waren.

Heute kenne ich natürlich die ganze Geschichte: Auf Anordnung des War Office in London war im Frühjahr 1945 am Rand der britischen Besatzungszone eine polnische Enklave geschaffen worden, die Ostfriesland umfasste, das Emsland und einen Teil des Artlands, zu dem Fürstenau gehört. Zwei Jahre lang versahen polnische Soldaten, zu denen eben auch mein Großvater Józef Koźlik gehörte, hier den Besatzungsdienst. Manche von ihnen starben in dieser Zeit und wurden in Deutschland begraben, unter anderem auf dem Friedhof in Fürstenau.

*

Als ich für »Die Legenden der Väter« recherchierte, verbrachte ich einige Wochen in Warschau, um Polnisch zu lernen. An einem Sonntagnachmittag besuchte ich das Muzeum Wojska Polskiego, das polnische Kriegsmuseum. Vor allem Familien mit kleinen Kindern schlenderten durch die Räume. Väter erklärten ihren Söhnen den Gebrauch von Morgensternen, Bajonetten und Maschinenpistolen, während junge Paare sich im Hof des Museums gegenseitig vor polnischen Jagdflugzeugen und russischen Panzern fotografierten.

In der Sammlung finden sich nicht nur Waffen, sondern auch zahlreiche Exponate aus dem persönlichen Besitz berühmter polnischer Heerführer. Ein Rasiermesser, ein Rasierspiegel und ein Schachspiel zum Beispiel gehörten Tadeusz Kościuszko, der zunächst unter George Washington im amerikanischen Unabhängigkeitskrieg kämpfte, um dann 1792 als General der polnischen Armee sein Heimatland gegen die Truppen des Zaren zu verteidigen. In einer Vitrine liegt eine Nagelschere aus dem Necessaire von Jan Henryk Dąbrowski, dem Anführer der polnischen Legionen unter dem Befehl Napoleons, und ein Aschenbecher mit der Aufschrift »Hotel Rubens«, den General Władysław Sikorski, Premierminister der Exilregierung, während seiner Zeit in London benutzt haben soll. Sikorski war der Oberbefehlshaber der polnischen Exilarmee, der sogenannten Polnischen Streitkräfte im Westen, zu denen auch die 1. Samodzielna Brygada Spadochronowa gehörte, die 1. Selbstständige Fallschirmjägerbrigade. In Polen kennt jedes Kind die Geschichte dieser Einheit – zumindest den ersten Teil. Ursprünglich sollten die Fallschirmjäger die polnische Heimatarmee beim Aufstand in Warschau unterstützen, wurden stattdessen aber im September 1944 von Alliierten bei Arnheim ins feindliche Feuer geschickt.

Nach dem Krieg hielten die polnischen Exilgemeinden in Großbritannien, USA und Kanada die Erinnerung an ihre tragischen Helden wach, und sogar Hollywood hat den Fallschirmjägern ein Denkmal gesetzt: mit Richard Attenboroughs monumentalen Kriegsfilm »Die Brücke von Arnheim« aus dem Jahre 1977. Ein Teil des Films erzählt – und das ziemlich genau entlang der historischen Fakten –, wie die polnischen Fallschirmjäger nach der Landung am Rhein in einen Hinterhalt geraten und dort von einer Division der Waffen-SS aufgerieben werden. Gene Hackmann spielt den polnischen Befehlshaber Generalmajor Stanisław Sosabowski. Ob der Film in den Siebziger- oder Achtzigerjahren in Polen zu sehen war? Teil der offiziellen Geschichtsschreibung wurde die Brigade erst nach dem Ende der sozialistischen Herrschaft (und nach der heute fast vergessenen Auflösung der polnischen Exilregierung im Dezember 1990).

In einem der hinteren Räume des Kriegsmuseums in Warschau steht seitdem eine Vitrine, die allein den Fallschirmjägern und ihrem Einsatz bei Arnheim gewidmet ist, mit einem Fallschirm »Typ HT«, hergestellt von der Irving Air Chute of Great Britain Ltd. in Letchworth, Hertfordshire, und Sosabowskis Pistole und Dienstsiegel. Darüber hängt ein großformatiges Ölgemälde von der Schlacht am Rhein, das Stefan Garwatowski im Jahre 1989 angefertigt hat: Soldaten mit ernsten, entschlossenen Mienen hasten durch sumpfiges Gelände, während im Morgengrauen strahlend weiße Fallschirme wie spätsommerliche Blütenblätter zu Boden schweben. Das Pathos ist nicht zu übersehen. Kein

Wunder, dass mein Großvater später behauptet hat, er sei in Arnheim dabei gewesen.

*

Ein Hinweis auf den Besatzungsdienst, den die 1. Selbstständige Fallschirmjägerbrigade ein halbes Jahr nach der Niederlage am Rhein in Deutschland angetreten hat, findet sich im Kriegsmuseum in Warschau nicht. Die Episode ist in Polen weitgehend unbekannt. Es gibt nur eine einzige Monografie zu dem Thema, ein Buch des Krakauer Historikers Jan Rydel, das unter dem Titel »Die polnische Besatzung im Emsland« vor rund zehn Jahren auch in Deutschland erschienen ist. Rydel hat die militärgeschichtlichen Quellen minutiös aufgearbeitet und den verwickelten politischen Entscheidungsprozess nachgezeichnet, der zu der Einrichtung einer polnischen Enklave innerhalb der britischen Besatzungszone führte.

In meinem Buch habe ich die Sache stark verkürzt dargestellt. Tatsächlich überlagerten sich damals unterschiedliche militärische und diplomatische Interessen. Churchill zum Beispiel fürchtete, dass die Rote Armee nach der militärischen Niederlage Deutschlands über die Elbe hinaus und weiter nach Westeuropa vorrücken würde – und begann in den letzten Wochen des Krieges, norwegische, dänische, belgische und eben auch polnische Soldaten in der britischen Besatzungszone in Deutschland zusammenzuziehen.

Bei der Rekonstruktion von Józefs Biografie kam mir Churchills Angst vor einem Dritten Weltkrieg sehr gelegen: Sie ist die einzige Erklärung dafür, warum mein Großvater mit seiner Einheit im September 1945 – wie ich aus seinen Militärpapieren weiß – für kurze Zeit an die Grenze zur sowjetischen Besatzungszone verlegt wurde. (Und dass mein Vater nur wenige Tage nach Józefs Rückkehr nach Fürstenau gezeugt worden ist, ist eine dieser Geschichten, die man sich so natürlich niemals ausdenken könnte.)

Wie auch immer: Die Pläne für diese »German army« wurden bald aufgegeben. Doch seit der Konferenz von Jalta, auf der die Westverschiebung Polens beschlossen und das Land endgültig dem sowjetischen Einflussbereich überlassen worden war, war der moralische Druck auf die britische Regierung gestiegen: Die Exil-Polen fühlten sich verraten. Als Mitte Mai 1945 die Entscheidung fiel, polnische Streitkräfte in Deutschland für Besatzungsaufgaben heranzuziehen, war das auch eine Art von Entschädigung gegenüber den aufgebrachten Vertretern der polnischen Regierung in London. Gleichzeitig gab es das Problem, dass beim Vormarsch der britischen und kanadischen Truppen im Nordwesten Deutschlands deutlich mehr Lager mit polnischen Gefangenen entdeckt worden waren, als man zunächst angenommen hatte. Im Frühsommer 1945 sah es darum zunächst so aus, als ob im Emsland eine Art polnischer Miniaturstaat auf deutschem Boden entstehen würde, ein Reservat für die unzähligen Displaced Persons, die nach Ende des Kriegs nicht nach Polen zurückkehren wollten.

Diese Idee wurde zumindest in Ansätzen umgesetzt. In mehreren Dörfern im Kreis Aschendorf/Hümmling musste die Mehrheit der deutschen Bevölkerung im Mai 1945 ihre Häuser räumen und sie polnischen DPs überlassen, und kurz darauf wurde ein Teil der Bewohner der Stadt Haren an der Ems evakuiert und auf ländliche Gemeinden verteilt, wo sie auf Bauernhöfen unterkamen. Mehr als 40.000 Polen lebten jetzt in Haren. Am 23. Juni 1945 wurde die Stadt in Maczków umbenannt, nach dem polnischen General Stanisław Maczek, und vier Wochen später gaben Yehudi Menuhin und Benjamin Britten hier gemeinsam ein Konzert zu Ehren der polnischen Opfer des Zweiten Weltkriegs. Haren beziehungsweise Maczków war vorübergehend eine polnische Stadt, und zwei Jahre lang – bis zum Sommer 1947 – durften polnische Soldaten im Emsland und den benachbarten Gebieten Siegermacht spielen.

Bei Jan Rydel kann man nachlesen, dass die Soldaten diese Situation durchaus zu ihrem Vorteil nutzten. Viele von ihnen, darunter auch mein Großvater Józef Koźlik, waren an Schmuggel und Schwarzmarktgeschäften beteiligt. Darüber hinaus kam es zu gezielten Erniedrigungen der einheimischen Bevölkerung. Insbesondere in und um Fürstenau gab es zahlreiche gewalttätige Übergriffe polnischer Soldaten auf Deutsche, oft ohne eindeutigen Anlass: In den

Akten der Militärpolizei, die Jan Rydel ausgewertet hat, treten die Angehörigen der 1. Selbstständigen Fallschirmjägerbrigade nicht wie strahlende Sieger auf, sondern wie junge Männer, die durch den Krieg völlig aus dem Leben gefallen sind. In einem seiner Briefe an meinen Vater erwähnte Józef Koźlik übrigens auch die polnischen Gräber am Rand des Friedhofs von Fürstenau und die ungewöhnlich hohe Zahl der Toten. Die Hälfte der Soldaten, die in Fürstenau auf dem Friedhof lägen, sei bei Unfällen ums Leben gekommen, schrieb Józef Koźlik. Die andere Hälfte habe Selbstmord begangen.

*

Auch in Deutschland weiß kaum jemand, dass es zwischen 1945 und 1947 eine polnische Besatzungszone gab. In den Geschichtsbüchern kommt diese Episode der Nachkriegszeit nicht vor. Im Netz finden sich nur ein dürrer Wikipedia-Eintrag und zwei, drei Zeitungsartikel aus den vergangenen Jahren. In Fürstenau und den anderen Orten der polnischen Besatzungszone ist diese Episode gründlich aus dem kollektiven Gedächtnis getilgt worden, und der banale Mechanismus dieses Löschvorgangs beeindruckt mich immer wieder.

So erzählte meine Großmutter zum Beispiel oft von einem Unfall, der sich im Sommer des Jahres 1945 in Fürstenau im Garten ihres Elternhauses ereignet hatte. Ein Nachbarsmädchen hatte in der Nähe des Bahnhofs eine flache Konservendose ohne Aufschrift gefunden, die sie zusammen mit einem Cousin meiner Großmutter zu öffnen versuchte. Die beiden Kinder, sie waren vielleicht sieben oder acht Jahre alt, hatten die Dose, in der sie gezuckerte Pfirsiche oder Ananas vermuteten, auf die Treppe am Hauseingang gestellt. Dann nahmen sie den Hammer zur Hand, den sie aus der Tischlerwerkstatt geholt hatten. Es brauchte genau sieben kräftige Schläge, um die Explosion auslösen: Es war keine Konservendose, sondern eine Signalmine, ein kleiner, handtellergroßer Sprengkörper, der auf die Eisenbahnschienen gelegt wurde, um Soldaten im Feindesland auf einen nahenden Zug aufmerksam zu machen. Plötzlich war überall Blut, Erwachsene stürzten aus dem Haus, und kurz darauf – so erzählte meine Großmutter später immer wieder – »kamen die Engländer«: britische Sanitäter, die die zerfetzte Hand des Mädchens notdürftig verbanden und beide Kinder anschließend ins Lazarett nach Lingen fuhren.

Mit dem Nachbarsmädchen habe ich während der Arbeit an meinem Buch telefoniert – es war Ingeborg, die jüngere Tochter des Lehrers Tatchen, die damals mit ihrer Mutter und ihrer älteren Schwester Karla im Elternhaus meiner Großmutter untergekommen war. (Karla ist die junge Frau, die meiner Großmutter Alibis für ein Treffen mit Józef verschaffte.) Ingeborg hat von dem Unfall eine steife Hand zurückbehalten und bestätigte mir, dass es natürlich keine britischen Soldaten waren, die sie und den Cousin meiner Großmutter ins Krankenhaus nach Lingen gebracht hatten, sondern Polen. Es waren die polnischen Besatzungssoldaten, an die man sich später in Fürstenau am liebsten gar nicht mehr erinnert hätte – und deren Grabstätten man darum nach dem Krieg zunächst mit einer falschen Zeitangabe versehen hatte. Dass die Tafel mit den falschen Jahreszahlen bis heute auf dem Friedhof zu sehen ist, gleich neben dem neuen Stein mit den korrigierten Angaben, kommt mir mittlerweile nur konsequent vor: Die Vergangenheit ist immer nur eine Version der Gegenwart.

*

Auf Familiengeschichten ist kein Verlass. Das musste auch der polnische Politiker Donald Tusk erfahren. Im Jahre 2005 kandidierte er in Polen als Vorsitzender der rechtsliberalen Partei Platforma Obywatelska, der Bürgerplattform, für das Amt des Präsidenten. Es war ein patriotisch gestimmter Wahlkampf, in dem auch die Geister der Vergangenheit beschworen wurden. In einem Fernsehspot berief sich Donald Tusk auf seinen Großvater, Józef Tusk, einen Eisenbahner, der zu Beginn des Krieges als Angehöriger der polnischen Minderheit in Danzig von der Gestapo verhaftet worden war und drei Jahre in den KZ Stutthof und Neuengamme verbracht hatte. Es war eine einfache, klare Geschichte: deutsche Täter, polnisches Opfer. Dann setzte Jacek Kurski, der Wahlkampfchef des nationalkonservativen Präsidentschaftskandidaten Lech Kaczyński, ein gefährliches Gerücht in Umlauf: Tusks Großvater habe sich 1944 freiwillig für den Dienst in der Wehrmacht gemeldet. Tusk dementierte, doch nur wenige Tage später bestätigte eine Archivrecherche des polnischen Fernsehens, dass Józef Tusk ohne Zweifel Wehrmachtssoldat gewesen war. Er hatte zum Grenadier-Ersatz- und Ausbildungs-Bataillon 328 gehört, bis er schließlich in amerikanische Kriegsgefangenschaft geriet. Er hatte sich allerdings nicht freiwillig gemeldet: Donald Tusks Großvater war als Angehöriger der Deutschen Volksliste zum Wehrdienst verpflichtet worden – genau wie mein Großvater Józef Koźlik und viele andere junge polnische Männer.

In Polen war dieses Thema lange tabu. Erst im Anschluss an den Fall Tusk entstanden erste Veröffentlichungen: 2007 erschien Barbara Szczepułas Buch »Dziadek w Wehrmachcie« (»Großvater in der Wehrmacht«), in dem eine ganze Reihe von Zeitzeugen zu Wort kommen, und drei Jahre später Ryszard Kaczmareks Monografie »Polacy w Wehrmachcie«, in dem unter anderem sehr genau erklärt wird, wie die deutschen Verwaltungsbehörden mit Hilfe der Volksliste ein rechtliches Instrument schufen, um in den annektierten Gebieten im Osten des Reiches aus Menschen, die bis 1939 die polnische Staatsangehörigkeit hatten, »Deutschstämmige« zu machen – und ihnen damit auch den Weg in die Wehrmacht zu ebnen. Genaue Zahlen gibt es nicht. Vorsichtige Schätzungen gehen von 200.000 polnischen Soldaten in der Wehrmacht aus, möglicherweise waren es bis zu 500.000, und natürlich ist es vollkommen unklar, wie viele dieser »polnischen Wehrmachtssoldaten« sich selbst als »Polen« im Sinne einer nationalen Zugehörigkeit verstanden.

Wenn ich in meinem Buch in einem der ersten Kapitel von Józefs Vater Augustyn behaupte, dass er »Pole ist, kein Deutscher«, dann ist das ein Satz, der so verkürzt ist, dass man ihn eigentlich streichen müsste – um stattdessen ein weiteres Buch über ein kompliziertes Leben im Grenzland der Geschichte zu schreiben. In Oberschlesien ist Identität auf jeden Fall ein ziemlich wackliges Konstrukt.

Sehr gut illustriert das eine doppeldeutige Anekdote, die ich in einem Aufsatz des 2013 verstorbenen Publizisten und Filmemachers Michał Smolorz gefunden habe. 1940 wurden im ehemals polnischen Teil Oberschlesiens die ersten Soldaten für das Deutsche Afrikakorps rekrutiert, das bei den Polen von da an nur noch »AK« hieß. Ein kleiner, subtiler Witz: »AK«, das war im besetzten Polen eigentlich die Abkürzung für die Armia Krajowa, die legendäre Heimatarmee, die im Untergrund gegen die Deutschen kämpfte (und über die man in Polen eigentlich keine Witze macht).

*

Michał Smolorz hat sich auch mit den Mythen beschäftigt, die sich rund um die polnischen Wehrmachtsangehörigen ranken. Unter anderem hielt sich in Polen lange die Überzeugung, dass die ehemaligen Angehörigen der Wehrmacht vonseiten der sozialistischen Machthaber Repressalien ausgesetzt worden waren. Tatsächlich gab es zu Zeiten der Volksrepublik selbst unter den kommunistischen Politikern Männer, die während des Krieges eine deutsche Uniform getragen hatten. Auch ein anderer Mythos bröckelt: die vermeintlichen Massendesertionen polnischer Soldaten aus der Wehrmacht. Ich hatte in Polen davon gehört, und die eindrucksvolle Geschichte von den Uniformen, die die Alliierten mit an die Front nahmen, um polnische Wehrmachtsdeserteure umgehend in die eigenen Reihen übernehmen zu kommen, hat es am Ende auch in mein Buch geschafft. Aber: Es ist halt nur eine Geschichte. Es hat zwar definitiv Fälle von Fahnenflucht an der Front gegeben, die meisten Überläufer waren jedoch Polen, die genau wie mein Großvater als Wehrmachtsangehörige in englische oder amerikanische Kriegsgefangenschaft gerieten und anschließend in Großbritannien – viele vermutlich in Polkemmet House in Whitburn – von der polnischen Exilarmee rekrutiert wurden. Nicht nur mein Großvater hatte sich im Nachhinein offenbar dafür entschieden, die Sache etwas dramatischer darzustellen. Es ist nur eine Geschichte. Aber eben: eine gute Geschichte.

*

»Schlag nach« heißt die Enzyklopädie, die mein Vater von seinen Großeltern zu seinem fünfzehnten Geburtstag geschenkt bekam. Das dicke, in Leinen gebundene Buch steht heute im Regal in meinem Arbeitszimmer. Es enthält eine Zusammenstellung von Fakten aus verschiedenen Wissensgebieten. Eine Tabelle über die Zeitzonen der Erde steht neben einer Liste von Meerengen, die vom Öresund bis zur Hudsonstraße reicht, es gibt Farbtafeln mit Verkehrszeichen und Nationalflaggen, mathematische Formeln und ein Periodensystem der Elemente sowie einen Medaillenspiegel der letzten olympischen Sommerspiele, die in Rom stattfanden, als Armin Hary für Deutschland die 100 Meter in 10,2 Sekunden lief und dafür Gold bekam. Das Buch ist im Jahr 1960 gedruckt worden, als die Mauer noch nicht gebaut war. Die DDR heißt nur die »sogenannte DDR«, und Schlesien, Pommern und Ostpreußen werden als »Ostgebiete des Deutschen Reiches unter fremder Verwaltung« aufgelistet. Hinten im Buch findet sich auf dem Vorsatzpapier eine Karte von Deutschland, und auch sie zeigt das Land in den Umrissen aus der Zeit vor dem Krieg. Stolp und Köslin, Glogau, Gleiwitz und Breslau sind als deutsche Städte eingetragen – genau wie Elbin, Allenstein und Königsberg. Nur wenn man sehr genau hinsieht, erkennt man die schmale gestrichelte Linie, die entlang von Oder und Neiße verläuft und die östliche Grenze der DDR markiert. Wenn mein Vater 1960 den Geburtsort von Józef Koźlik gekannt hätte – was natürlich nicht der Fall war, er kannte damals schließlich noch nicht einmal seinen Namen! –, dann hätte er große Schwierigkeiten gehabt, mit Hilfe dieser Enzyklopädie die Nationalität seines Vaters zu bestimmen. Vermutlich hätte er ihn für einen der neun Millionen »Vertriebenen« gehalten, die in den Fünfzigerjahren in der Bundesrepublik lebten. Zumindest ist das die Zahl, die ich in »Schlag nach!« gefunden habe.

»Vertriebene« oder »Heimatvertriebene« waren für mich immer eine abstrakte Größe: ein politisches Phänomen, an dem man sich in den Achtzigerjahren in Westdeutschland bei angeleiteten Diskussionen im Gemeinschaftskundeunterricht genauso abarbeitete wie an der »Atomkraft« oder dem »sauren Regen«. Ich war ein Schüler, der eifrig gegen Kernkraftwerke, Umweltverschmutzung und den Revanchismus der Vertriebenenverbände Position bezog, und auch zwanzig Jahre nach dem Ende meiner Schulzeit zögerte ich einen Moment, als ich nach Wangen im Allgäu eingeladen wurde. Wangen ist eine schwäbische Kleinstadt, in der seit 1951 bei den »Wangener Gesprächen« regelmäßig Schriftsteller und bildende Künstler zusammenkommen, die aus Schlesien stammen und ihre Heimat nach dem Zweiten Weltkrieg verlassen mussten.

An einem Freitagmorgen im September saß ich mit »Die Legenden der Väter« im sorgfältig renovierten Weberzunfthaus vor einem Publikum, das ausschließlich aus alten Menschen bestand. Die Männer hatten abgewetzte Aktenmappen unter den Arm geklemmt, die Frauen trugen schwere

Broschen am Revers ihrer Kostümjacken, und in der Luft hing der verführerische Geruch nach Kölnisch Wasser, Filterkaffee und poliertem Silber, den ich von den Sonntagnachmittagen kannte, an denen ich mit meinen Eltern meine Großeltern besuchte. Es war eine stille Lesung: Aus dem Publikum kamen kaum Reaktionen, nur manchmal nickte jemand mit dem Kopf bei einem der Ortsnamen, die in meinem Buch vorkommen, bei Lublinitz, Siemianowitz, Oppeln oder Groß Stanisch. Eine zustimmende Geste, die mir anzeigte, dass auch ich die schlesische Traumlandschaft betreten durfte?

Nach der Lesung stand ich etwas verloren in dem mit dunklem Holz ausgekleideten Saal, als eine ältere Dame mich ansprach. Sie stammte aus einem kleinen Dorf in Niederschlesien. Sie war dort in den Jahren vor dem Krieg geboren worden und begann ganz unvermutet, von ihrer Kindheit zu erzählen: vom Garten hinter ihrem Elternhaus, vom Hühnerstall, von einem morschen Zaun, von dem sanft ansteigenden Hügel hinter der Weide, von Nachbarn, vom Pastor und von der kleinen Schule. Schließlich berichtete sie von der Welle der Gewalt, die das Dorf gegen Ende des Krieges überrollte, und von dem letzten Bild, das ihr aus dieser Zeit im Gedächtnis geblieben war: ihr Lehrer, der im Frühjahr 1945 mit einem Kälberstrick an einem der knorrigen Äste des Apfelbaums neben der Schule aufgehängt worden war. Es waren hochaufgelöste, grausame Erinnerungen, die über Jahrzehnte hinweg genauso säuberlich gepflegt worden waren wie die Fassaden der uralten Fachwerkhäuser in Wangen.

Als ich eine Stunde später im Zug nach München saß, fiel mir ein, dass mein Vater mir einmal erzählt hatte, wie er an einem Nachmittag im Herbst 1960 mit der Enzyklopädie, die er einige Wochen zuvor zum Geburtstag bekommen hatte, in die Tischlerei gegangen war. Er hatte seinen Großvater schon häufig dabei beobachtet, wie er in der Werkstatt Schnitzmuster von einem Bogen Papier auf ein Stück Holz übertragen hatte und dabei ein Zeichengerät mit dem seltsamen Namen Storchenschnabel benutzte. Das Instrument bestand aus zwei Stäben, die so miteinander verbunden waren, dass man mit dem kürzeren der beiden Stäbe eine Zeichnung abfahren konnte, während der längere, in sich bewegliche Stab, an dem ein Kohlestift befestigt war und der ein wenig dem Schnabel eines Storchen glich, gleichzeitig eine maßstabgetreue Vergrößerung der Vorlage erstellte. Einer der Gesellen half meinem Vater, das Zeichengerät richtig einzustellen, und nach einigen Versuchen gelang es ihm, die Umrisse Deutschlands in den Grenzen von 1937 auf eine Sperrholzplatte zu übertragen, mit Schlesien am südöstlichen Rand. Er malte die Karte in verschiedenen Farben aus, überzog sie mit klarem Lack und hängte sie anschließend in seinem Zimmer an die Wand über seinem Bett, sodass er abends vor dem Einschlafen einen Blick darauf werfen konnte.

*

Eine andere Lesung, die mich ziemlich durcheinandergebracht hat, fand in Kattowitz statt. In Oberschlesien gibt es seit zwei, drei Jahren ein starkes Interesse am Thema »polnische Wehrmachtssoldaten«. Die letzten noch lebenden Zeitzeugen werden befragt, die Zeitungen haben sich der Thematik angenommen, eine Ausstellung »Dziadek w Wehrmachcie« ist in Vorbereitung.

Im Herbst 2013 war ich eingeladen worden, in Kattowitz die polnische Ausgabe von »Die Legenden der Väter« vorzustellen, die gerade unter dem Titel »Legendy ojców« bei Wydawnictwo Akcent erschienen war. Rund dreihundert Menschen hatten sich im Saal der Schlesischen Bibliothek versammelt. Die Zuhörerinnen und Zuhörer waren überwiegend im Alter meiner Eltern, und sie erzählten ganz ähnliche Geschichten, wie ich sie auch bei Lesungen in Deutschland immer wieder gehört hatte: wie oft bei ihnen zu Hause am Küchentisch über den Krieg und die Nachkriegszeit gesprochen worden war und wie wenig sie gleichzeitig über das Leben ihrer Eltern in jenen Jahren wussten – insbesondere über die Zeit, die ihre Väter in der Wehrmacht verbracht hatten. Trotzdem war die Atmosphäre in Kattowitz auf irritierende Art anders als bei einer vergleichbaren Veranstaltung in Deutschland: weniger gedrückt, gelöster.

Ganz am Ende stand im Saal der Schlesischen Bibliothek eine Frau auf und sagte zu mir: »Mein Vater war auch in der Wehrmacht, genau wie Ihr Großvater. Glauben Sie, ich kann trotzdem stolz auf ihn sein?« Es war keine rhetorische

Frage, die Frau aus dem Publikum erwartete wirklich eine Antwort. In umständlichen Worten versuchte ich ihr damals zu erklären, was an der Frage falsch sei. Es war ein beschämender Moment, und erst später begriff ich, dass ich mit der Stimme meines Vaters gesprochen hatte, mit der kühlen, distanzierten Stimme, die ich aus seinem ersten Brief an Józef Koźlik kannte, den er im Juni 1973 auf der Schreibmaschine in seinem Arbeitszimmer geschrieben hatte, dem einzigen Brief von ihm an seinen Vater, der sich erhalten hat.

Die richtige Antwort auf die Frage der Frau in Kattowitz hat auf jeden Fall mit dem skurrilen Foto zu tun, das Józefs jüngere Schwester Anna 1944 im Garten ihres Elternhauses in der Wehrmachtsuniform ihres Bruders zeigt. Sie hatte mir den Abzug geschenkt, als ich für einige Wochen in Lubliniec war, und noch am gleichen Nachmittag nahm ich das Foto mit in das Internetcafé am Rand des Marktplatzes. Die Uniform war bisher der einzige konkrete Hinweis auf Józef Koźliks Zeit in der Wehrmacht. Da ich mich noch nie mit Kragenspiegeln und sogenannten militärischen Ehrenabzeichen beschäftigt hatte, klickte ich mich jetzt durch Seiten wie forum-der-wehrmacht.de und wehrmacht-forum.de, und sah mich dabei immer wieder vorsichtig nach den anderen Gästen des Internetcafés um. Es kam mir obszön vor, mich mitten in einer polnischen Kleinstadt mit den Paspelierungen auf den Schulterklappen einer Wehrmachtsuniform zu beschäftigen, und trotzdem konnte ich es nicht abwarten, mehr über die Zeit zu erfahren, die Józef Koźlik als deutscher Soldat verbracht hatte. Und ich erinnere mich sehr genau an den kurzen Stich der Enttäuschung, als ich feststellte, dass mein polnischer Großvater es bei den Bodentruppen der deutschen Luftwaffe nur zu einem einfachen Soldaten gebracht hatte.

*

Ich kannte Fürstenau nur aus den Erinnerungen meines Vaters. Als ich mir dort vor zehn Jahren den Friedhof anschauen wollte, auf dem ich schließlich die Gräber der polnischen Besatzungssoldaten entdecken sollte, musste ich nach dem Weg fragen. Ich stand in der Nähe des alten Stadttors, in einer Einkaufsstraße, in der Fürstenau trotz einiger alter Bürgerhäuser wie eine ganz gewöhnliche niedersächsische Kleinstadt aussieht, mit dem Asia-Bistro Kim Wok, einer Tchibo-Filiale, einem Laden mit Geschenkartikeln und dem Eiscafé Venezia mit seiner zeitlosen Neonreklame. Das alles hatte – genau wie die Lebensmittel-Discounter und die Siedlungen mit den Einfamilienhäusern am Rand der Stadt – wenig mit dem Ort zu tun, den ich aus den Geschichten meines Vaters kannte. Doch auch die Gegenwart ist immer nur eine weitere Version der Vergangenheit.

»Zum Friedhof müssen Sie rechts am Schloss vorbei«, erklärte mir eine junge Frau, die vor einem Schuhgeschäft einen Kinderwagen im Heck eines Kleinwagens verstaute, »und dann am Parteihaus rechts.«

Als ich ihrer Wegbeschreibung folgte, stellte ich fest, dass die junge Frau mit »Parteihaus« nicht das Haus gemeint hatte, in dem in Fürstenau der Ortsverein der SPD untergebracht ist, sondern das »Haus der NSDAP«, das Ende der Dreißigerjahre in der Stadt errichtet worden war, mit einem Hakenkreuz-Mosaik über dem Eingang und Runenschmuck an der Fassade. Das Gebäude war, wie ich später erfuhr, im Frühjahr 1945 von den polnischen Besatzungssoldaten übernommen worden, weil es im Keller eine moderne Waschküche gab, in der Uniformen gereinigt und gestärkt werden konnten. Das Hakenkreuz und die Runen sind heute nicht mehr zu erkennen, aber in Fürstenau heißt das Haus bis heute »Parteihaus«.

Die Vergangenheit ist nicht vergangen, sie ist einfach nur in tausend Teile zersplittert, von denen keines mehr zum anderen passt: Das habe ich gelernt, als ich mich mit der Geschichte meines polnischen Großvaters Józef Koźlik beschäftigt habe, und auch, dass wir es nicht in der Hand haben, welcher dieser scharfkantigen Splitter sich in einem unerwarteten Moment durch die papierne Oberfläche der Gegenwart bohrt. Der Krieg ist noch lange nicht vorbei.

*

Am gleichen Tag, an dem ich den Friedhof in Fürstenau besucht hatte, aß ich im Restaurant eines alteingesessenen Hotels zu Mittag. Ich kam mit dem Besitzer ins Gespräch, dem Juniorchef, der nur wenige Jahre älter war als die junge Mutter, die mir den Weg zum Friedhof gezeigt hatte. Ich erklärte ihm, dass meinem Urgroßvater vor vielen Jahren die Tischlerei hinter dem Bahnhof gehört hatte. Ich konnte es mir nicht anders vorstellen, als dass auch heute noch jeder in dieser Stadt Arnold Mensing kannte, jene leuchtende Gestalt aus den Geschichten meiner Kindheit.

»Ach, ich weiß«, sagte der Mann, der in Fürstenau aufgewachsen war: »Ihr Vater war doch dieses Polenkind.«

Berlin, im Frühjahr 2015
Kolja Mensing

DANK

Viele Bücher sind in diesem Buch aufgegangen. Besonders erwähnen möchte ich Jan Rydels geschichtswissenschaftliche Arbeit »Die polnische Besatzung im Emsland. 1945 bis 1948«, erschienen im fibre Verlag, Osnabrück 2003. Dem Autor bin ich darüber hinaus für seine geduldige Hilfe zu persönlichem Dank verpflichtet. Jochen Böhler danke ich für großzügige Einblicke in sein privates Archiv und Jerzy Kochanowski für die Hinweise zur Geschichte der Grenze zwischen Polen und der DDR.

Kolja Mensing

WIE KOMME ICH HIER RAUS?

Roman

192 Seiten
Broschur
12 €

ISBN: 978-3-940426-32-1

»Wie komme ich hier raus?« ist ein Buch über das Aufwachsen in der Provinz. Kolja Mensing erzählt vom aufgeräumten Leben in der Einfamilienhaus-Siedlung, von Flatrate-Partys im Dorfgemeinschaftshaus und tristen Nachmittagen in der Fußgängerzone, zwischen Jeans Shop, Sonnenstudio und Fielmann. Viele Wege führen aus dieser Welt heraus: Autobahnen, Eisenbahnschienen oder ein Flug mit der Billig-Airline. Doch am Ende landet man auch in Berlin, New York oder Tokyo immer wieder dort, wo man hergekommen ist: »Einst ging man in die Stadt, um der Provinz zu entkommen. Aber wohin soll man gehen, wenn überall Provinz ist?«

»Klug, unterhaltsam und mit einer großen Portion Selbstironie.«
Nadine Kreuzahler / Radio Fritz

Verbrecher Verlag Gneisenaustraße 2a 10961 Berlin
www.verbrecherei.de info@verbrecherei.de

Kolja Mensing

MINIBAR

Erzählungen

Originalausgabe

144 Seiten
Broschur
13 €

ISBN: 978-3-935843-81-2

Die Figuren in »Minibar« haben auch mit Mitte Dreißig noch das Gefühl, ganz am Anfang zu stehen. Die Protagonisten seiner kurzen und streng durchkomponierten Erzählungen leben in der Großstadt. Sie wohnen in renovierten Altbauwohnungen und anonymen Hotelzimmern, treffen sich auf der Dating-Line zum schnellen Sex und flüchten sich vor der schweren Last der Zufriedenheit in die zerbrechliche Welt der eigenen Kindheit.

»Kolja Mensing erzählt Geschichten, übrigens mit beachtlicher literarischer Potenz, und entkommt durchgängig souverän der Gefahr der billigen Häme wie auch der Nostalgie.«
Jochen Schimmang

»Konferenznomaden, Tagungshotels, Warteschleifen: Selten findet man so viel Gegenwart in so wenig Text. Mensings Minibar enthält poetische Stenogramme aus unseren Transiträumen. Minidramen ganz ohne Theater – die schönsten Storys der Saison.«
Stephan Maus, Stern

Verbrecher Verlag Gneisenaustraße 2a 10961 Berlin
www.verbrecherei.de info@verbrecherei.de

Kolja Mensing
und Robert Thalheim

MOSCHEE DE

128 Seiten
Broschur
10 €

ISBN: 978-3-940426-69-7

Die Integrationsdebatte im Vorgarten! Es ist eine wahre Geschichte: Am Rand von Berlin bricht der Krieg der Kulturen aus. Eine muslimische Gemeinde will in Heinersdorf auf einem brach liegenden Grundstück eine Moschee errichten. Anwohner schließen sich in einer Bürgerinitiative zusammen, Lokalpolitiker und Neonazis demonstrieren Hand in Hand gegen den geplanten Bau. Es kommt zu Tumulten, Brandsätze werden gelegt und Nachbarn werden zu Feinden. Ein tiefer Graben läuft durch den Vorort. Und das ganze Land schaut zu.
»Moschee DE« nimmt diesen Fall zum Anlass für eine Forschungsreise in den deutschen Alltag. Basierend auf Gesprächsprotokollen entsteht ein Stück aus Originalzitaten. Wer stürzt sich da Hals über Kopf in den unübersichtlichen »Kampf der Kulturen«? Welche Fronten tun sich auf im Vorort zwischen Fast-Food-Restaurant, Kirche, Kleingartenkolonie und Autobahnauffahrt? Wer wissen will, wie offen die deutsche Gesellschaft ist, erhält mit diesem Buch einen tiefen Einblick in deutsche Gefühlslagen am Vorabend der aktuellen Integrationsdebatte.

»Moschee DE« wurde mit dem Kulturpreis der Ev.-luth. Landeskirche Hannover ausgezeichnet und gastierte nach der Uraufführung am Schauspiel Hannover am Deutschen Theater in Berlin.

David Wagner
MAUER PARK

Broschur mit Abbildungen
240 Seiten
14 €

ISBN: 978-3-943167-41-2

Was ist aus der neuen Pracht von gestern geworden? Wie sieht das Neue Berlin von vor fünfzehn Jahren heute aus? Bröckelt es schon am Potsdamer Platz? Glitzert die Glasarchitektur noch und sind nun alle Brachen der Friedrichstraße bebaut?
David Wagner flaniert wieder durch die Straßen der Stadt und besucht die Plätze und Bars, die er in seinem 2001 erschienen Band »David Wagner in Berlin« beschrieben hat. Mauer Park vereint diese klassischen Berlin-Feuilletons der neunziger Jahre mit neuen Stadtbetrachtungen. Nebeneinander gelesen zeigt sich, wie radikal Berlin sich verändert und wie sehr diese Stadt dazu verdammt ist, immerfort zu werden.
David Wagner wundert sich über Luxus-Apartments an der Schönhauser Allee, sitzt wieder im Café M, tanzt in der Flittchenbar und trinkt im Kumpelnest 3000. Und staunt darüber, dass die Wagenburg an der Lohmühle nun einen eigenen Bürgermeister hat.

David Wagner, geboren 1971, lebt seit 1991 in Berlin. Im Jahr 2000 erschien sein mehrfach preisgekrönter Debütroman »Meine nachtblaue Hose«, sein Roman »Vier Äpfel« fand sich auf der Longlist zum Deutschen Buchpreis 2009. Sein Roman »Leben« wurde 2013 mit dem Preis der Leipziger Buchmesse ausgezeichnet.

David Wagner

WELCHE FARBE HAT BERLIN

224 Seiten
Broschur
14 €

ISBN: 9783940426963

David Wagner wandert durch die Stadt, allein, manchmal in Begleitung. Was ist die Stadt? Wie lässt sie sich beschreiben? Immer wieder stößt er auf die Trümmer der deutschen Geschichte. Wagner erzählt, wie sehr sich die Stadt in den letzten zehn Jahren verändert hat. Er macht ein Praktikum als Türsteher in der »Flittchen Bar«, trifft die Füchse auf der Pfaueninsel und einen müden Bürgermeister neben einem Bärenkostüm. Er spaziert durch die Randgebiete und durch den alten Westen. Er geht die Baustellen ab und erinnert sich an Baulücken. David Wagner läuft seit zwanzig Jahren kreuz und quer durch Berlin. Er ist ein Stadtwanderer, »in Halbtrance, gepaart mit dem Willen zur illusionslosen Genauigkeit«, wie die Wochenzeitung Die Zeit meinte. »Welche Farbe hat Berlin?« versammelt größtenteils unveröffentlichte Texte, die in den letzten Jahren entstanden sind.

Milo Rau

DIE ZÜRCHER PROZESSE / DIE MOSKAUER PROZESSE

336 Seiten
Broschur
18 €

ISBN: 978-3-943167-80-1

Milo Rau hat eine neue Theaterform erfunden. Er holt die Wirklichkeit auf die Bühne und lässt an reale Gerichtsprozesse angelegte Aufführungen stattfinden – mit Akteurinnen und Akteuren der Zeitgeschichte! Politik wird verhandelt, ergebnisoffen.
Die Zürcher Prozesse: Die Schweizer Zeitschrift Weltwoche ist für die einen die letzte Bastion gegen den linken Mainstream, für die anderen ein verfassungsfeindliches Hetzblatt. Milo Rau hat der Weltwoche auf der Theaterbühne den Prozess gemacht und stellt die Frage nach der Funktion von Journalismus in einer modernen, westeuropäischen Gesellschaft.
Die Moskauer Prozesse: Die Bilder des Schauprozesses gegen Pussy Riot gingen durch alle Medien – doch er war kein Einzelfall. Milo Rau verhandelte drei Fälle, in denen das »dissidente« gegen das »wahre« Russland antrat, in Moskau neu, mit Orthodoxen und Künstlerinnen – sein Prozess gegen Pussy Riot wurde dabei von Kosaken gestört, er selbst zur Persona non grata.
Dieser Band dokumentiert »Die Zürcher Prozesse« und »Die Moskauer Prozesse«, liefert Statements und Hintergründe und zeigt, dass das politische Theater zu einer neuen Form gefunden hat.

»Die Moskauer Prozesse« zeigen ein Denksport-Spektakel, das lehrt, wie politische Kunst funktionieren kann.
Wolfgang Höbel / Spiegel Online

Sarah Schmidt

EINE TONNE FÜR FRAU SCHOLZ

Roman

224 Seiten
Hardcover
19 €

ISBN: 978-3943167-78-8

Nina Krone wohnt im letzten unsanierten Mietshaus der Gegend, klar, dass man hier noch mit Kohle heizt. Und keiner der Nachbarn ist unter 50 Jahre alt … Eines Tages kann sie es nicht mehr ertragen, das Leiden an der Welt, das ihre Nachbarin, Frau Scholz, vor sich herträgt. Um ihr demonstratives Schnaufen beim Kohleschleppen nicht mehr mit anhören zu müssen, beginnt sie damit, ihr jeden Tag einen Eimer Kohle vor die Tür zu stellen. Das freut Frau Scholz zuerst gar nicht, doch dadurch kommen sie ins Gespräch.

Auch Nina hat ihr Päckchen zu tragen: Ihre Arbeit frustriert sie, ihr Chef wird immer seltsamer und ihr Freunde, tja, da gibt es nicht viele. Sie steckt in einer Sinnkrise, und zu allem Überfluss konfrontiert ihr Sohn Rafi sie mit der Nachricht, dass er und sein Freund zusammen mit einem lesbischen Pärchen ein Kind bekommen möchten. Ihre Tochter Ella wiederum wirkt so diszipliniert und nur auf ihr berufliches Fortkommen fixiert, geradezu unheimlich …

Sarah Schmidts Roman erzählt von einer Freundschaft zwischen den Generationen und von einer Familie, die aus den Fugen gerät. Ihre lebensnahen Schilderungen und Dialoge sind voller Komik, und doch ganz ernst.

Sarah Schmidt ist ein klug-komischer Berlin-Roman über die eigene Generation gelungen.
Mareike Ilsemann
Bücher – Das WDR 5-Literaturmagazin

Verbrecher Verlag Gneisenaustraße 2a 10961 Berlin
www.verbrecherei.de info@verbrecherei.de

Die Arbeit an dieser Veröffentlichung wurde mit einem Stipendium der Stiftung Preußische Seehandlung Berlin und dem Grenzgänger-Stipendium der Robert Bosch Stiftung gefördert.

Dieses Buch erschien erstmals 2011 im Aufbau Verlag und wurde für diese Neuausgabe vollständig überarbeitet.

Erste Auflage
Verbrecher Verlag Berlin 2015
www.verbrecherei.de

Lektorat: Kristina Wengorz
Satz: Christian Walter
Druck: Dressler, Berlin

ISBN: 978-3-95732-086-5

Printed in Germany

Der Verlag dankt Carolin Trauter.